U0504056

河北省社会科学基金项目

赵静 著

发以辩理 悟以证心

汪瑗及其《楚辞集解》研究

社会科学文献出版社
SOCIAL SCIENCES ACADEMIC PRESS (CHINA)

序

方　铭

在两千多年的屈原及楚辞研究史中，屈原及楚辞学家层出不穷，而就影响而言，汪瑗无疑是明代具有重要影响的一位研究者。金开诚、葛兆光在其论文中言及"在历代《楚辞》注本中，明人汪瑗的《楚辞集解》是较有质量的一种"，闵齐华、李陈玉、王夫之、蒋骥、戴震、俞樾等注家于其研究中，也都不同程度地吸取或者暗合了汪瑗的观点。

汪瑗所处的时代大致在明嘉靖年间，此时正是王阳明心学开始流行之际，文坛则以后七子为主导。在这样的背景下，汪瑗不囿成见，冲决旧说，撰写了《楚辞集解》。该书在阐发屈辞微旨方面提出了许多真知灼见，归有光、焦竑皆予以极高评价，见重于当时。然而，该书问世以来，学界评价不一，有"读书门径，治学津逮"之称的《四库全书总目》说："瑗乃以臆测之见，务为新说以排诋诸家。"这种否定之词致使此书的影响日渐式微，流传也愈来愈少。汪瑗的许多说法被目为"名说"，而其真正发明者反倒湮没无闻。《楚辞集解》作为一份文化遗产，我们应该取其精华，采取实事求是的态度来看待它。相对于该书的学术价值和学术影响而言，学界对它的重视和研究的确相对薄弱。

赵静硕士毕业于河北大学，后来从我治先秦两汉文学与文献，她以"汪瑗《楚辞集解》研究"为博士论文选题，在前贤时彦论述的基础上更为全面系统深入地研究了汪瑗《楚辞集解》的学术价值。如今，《发以辩理，悟以证心——汪瑗及其〈楚辞集解〉研究》有机会付梓，可以更好地让更多的人分享赵静博士的研究成果，这是一件令人高兴的事情。

赵静博士的《发以辩理，悟以证心——汪瑗及其〈楚辞集解〉研究》一书，厚重扎实，具体来说，有以下几点值得肯定：

一是系统全面。作者将汪瑗的《楚辞集解》作为研究对象，对《楚辞集解》做了全面、深入、系统的分析与考察，以展现其学术特点、学术来源、研究方法，并针对《四库全书总目》对《楚辞集解》所作出的评价进行辩证分析，以便更客观地评价《楚辞集解》的学术价值。

二是细致深入。作者能深入联系明代的社会背景，从明代楚辞学以及整个政治文化生态中去考察《楚辞集解》写作的背景，充实和推动了楚辞学史的研究。

三是时出己见。在从楚辞学史的角度论述汪瑗对一些重要楚辞学论题的研究时，作者不仅仅满足于将汪瑗的观点陈述出来，而是将诸家之论互为异同者进行比较，并在此基础上进行了楚辞本体研究，这是此书的一大亮点。

总之，赵静博士的《发以辩理，悟以证心——汪瑗及其〈楚辞集解〉研究》一书成就是多方面的，其中的创见不能一一列举，当然，学术研究是个不断积累的过程，肯定还有不少问题需要继续琢磨。赵静博士富于春秋，又在高校任职，有充裕的时间继续推进她的研究。期待她够继续勤奋进取，在学术的道路上走得更远，不断有更好的论著问世。

目 录

绪 论

一 选题意义

"《楚辞集解》是明代《楚辞》注本中质量最高、较有特色的一部著作"①，自其刊行后对楚辞研究发挥过关键性的作用，对后代的楚辞研究者乃至整个学术史产生了很大的影响。相对于汪瑗《楚辞集解》自身的学术价值、在楚辞学史上的地位、对后世研究者的影响来说，目前学术界对汪瑗及其《楚辞集解》的研究却不尽如人意，仅有一篇硕士论文和为数不多的几篇零散的研究论文，尚未出现过汪瑗《楚辞集解》研究的专门著作或博士学位论文。且从其研究的范畴来看，单篇论文中有的针对《楚辞集解》的版本、训诂研究等作些零散的分析，有的单行论文以汪瑗提出的"屈原未投水"及"归隐"为核心展开，不断深入发展的迹象不明显，这些都导致了对汪瑗《楚辞集解》的研究缺乏系统性和厚重感，不能完全展现出汪瑗《楚辞集解》的真实价值，亟须系统深入的研究成果来弥补这一缺憾。仅从这一点来看，研究汪瑗《楚辞集解》就显得十分必要和非常有意义。

---

① （明）汪瑗撰《楚辞集解》，董洪利点校，北京古籍出版社，1994，第1页。

　　具体说来，本选题的意义主要体现在以下几个方面。首先，本选题以汪瑗及其所写的《楚辞集解》作为研究对象，对《楚辞集解》作一次全面、深入、系统的分析与考察，以展现其学术特点、学术来源、研究方法，探寻屈原与楚辞在汪瑗思想与精神中的重要作用，加深对汪瑗研究楚辞以及汪瑗接受屈原与楚辞的理解与认识，充实和推动楚辞学史的研究。其次，汪瑗的《楚辞集解》于字词训诂、阐发屈辞微旨方面提出许多真知灼见，后世楚辞学研究者或取其观点而未标明出处，或未读其书而与之见解相近，导致一些最早源自汪瑗的见解被张冠李戴，这就需要尽力揭示某种观点的最早提出者，这也是楚辞学史需要厘清的客观问题，同时对汪瑗在整个楚辞学史上的地位与作用给予再确认。再次，汪瑗楚辞学是明代楚辞学的重要研究成果，易重廉云："明代从洪武到嘉靖的二百年间，复古思想统治了学术界，楚辞学也显得比较沉寂，作为空谷足音的只有汪瑗的《楚辞集解》。"① 从时代的视角来考察，《楚辞集解》实为明代楚辞学的一部代表作。因此，研究汪瑗楚辞学除了研究汪瑗本人的注释特点、研究方法外，势必要将其放在明代楚辞学以及整个政治文化生态中去考察，这就有利于从楚辞学视角加深对明代楚辞学与政治文化生态的整体认识。最后，以汪瑗所著之《楚辞集解》为核心，将汪瑗楚辞学中的重要问题置于整个楚辞学史中进行考察，通过将汪瑗与其他楚辞学者进行比较研究，势必能更清楚地勾画出各研究者之间观点的发展与演变的关系及其内在原因，推动对相关楚辞学者的研究。换言之，本选题并不局限于汪瑗的楚辞注解，而是要以《楚辞集解》所涉及的前代人的学术成果及对后代的楚辞学的影响为视角来构建"汪瑗楚辞学"体系，这将更有利于对汪瑗楚辞学进行系统性与理论性的阐释。

---

① 　易重廉著《中国楚辞学史》，湖南出版社，1991，第 367 页。

二　研究现状综述

自西汉刘向辑《楚辞》以来，两千多年的楚辞学史上，涌现出众多杰出的楚辞学者，他们的研究不断推动着楚辞学的深入发展，汪瑗无疑是明代楚辞学者中的佼佼者，其《楚辞集解》堪称明代楚辞研究的代表作，但《四库全书总目》却给予了汪瑗不公正的评价："《楚辞》一书，文重义隐，寄托遥深。自汉以来，训诂或有异同，而大旨不相违舛。瑗乃以臆测之见，务为新说以排诋诸家。其尤舛者，以'何必怀故都'一语为《离骚》之纲领，谓实有去楚之志，而深辟洪兴祖等谓原惓惓宗国之非。又谓原为圣人之徒，必不肯自沉于水，而痛斥司马迁以下诸家言死于汨罗之诬。盖掇拾王安石《闻吕望之解舟》诗李壁注中语也。亦可为疑所不当疑，信所不当信矣。"①《四库全书总目》因汪瑗提出屈原"必不肯自沉于水"的观点而对《楚辞集解》持攻其一端的偏激态度，全然无视其在《楚辞》研究中所做的突出贡献，而未将《楚辞集解》收入《四库全书》，导致《楚辞集解》的研究滞后于其他相关楚辞学著作，但无可否认，汪瑗也在"以王逸、洪兴祖、朱子三本互校其字句"②的基础上，及在其他相关书籍的综合论证的参校下得出了许多真知独见，无疑影响了后世的楚辞学研究，足见《楚辞集解》起到了承上启下的关键作用。闵齐华、李陈玉、王夫之、蒋骥、戴震、俞樾等学者于其研究中，也都不同程度地吸取或者暗合了汪瑗的观点，甚至其中一些创见已目为"名说"，而其首倡者汪瑗却湮没无闻，为此，金开诚与葛兆光曾撰《汪瑗和他的〈楚辞集解〉》为汪瑗辩解，汪瑗及其《楚辞集解》已经逐步引起楚辞学研究者的关注。

①　（清）永瑢等撰《四库全书总目》，中华书局，1965，第1269页。
②　（清）永瑢等撰《四库全书总目》，中华书局，1965，第1269页。

相对于《楚辞集解》的学术价值和学术影响，学界对《楚辞集解》的重视和研究相对薄弱。对《楚辞集解》一般性的介绍与评价散见于部分《楚辞》书目及《楚辞》要籍研究著作中，如姜亮夫的《楚辞书目五种》、洪湛侯的《楚辞要籍解题》、熊良智的《楚辞文化研究》、徐在日的《明清楚辞学史》、孙巧云的《元明清楚辞学史》等。专门论文仅有十多篇单篇论文及一篇硕士学位论文，单篇论文如金开诚、葛兆光的《汪瑗和他的〈楚辞集解〉》，崔富章的《明汪瑗〈楚辞集解〉书录解题》，熊良智的《明人汪瑗在楚辞研究中的贡献》，熊良智的《〈楚辞集解〉刻本的几个问题》，种亚丹的《试论汪瑗的〈楚辞集解〉》，罗建新的《汪瑗"屈原非水死"说平议》《楚辞意象研究综述》《汪瑗对〈楚辞〉文学性的体认》《〈楚辞集解〉训诂考据的成就》，黄建荣的《〈楚辞集解〉字词注释的新特点》，刘伟生的《汪瑗解骚论略》《〈楚辞集解〉辩驳——"屈原投水说"的理路分析》，卢川的《论汪瑗的楚辞学研究》以及周秉高的《楚辞研究史上的一个另类——评汪瑗的〈楚辞集解〉》等，硕士学位论文仅有罗建新的《汪瑗〈楚辞集解〉研究》一篇。现将研究成果综述如下。

已有的汪瑗楚辞学研究大致可以从以下几个方面来综述。

（一）汪瑗《楚辞集解》撰写背景研究

1. 汪瑗生平及撰写《楚辞集解》动机研究

汪瑗的家世及生平因为所能见到的资料极其有限，因此研究相对困难，熊良智的《楚辞文化研究》一书中的"汪瑗的身世和时代"一节曾论述此问题，推算"汪瑗的卒年是在明朝隆庆三年（干支纪年为己巳），即 1569 年"①。洪湛侯主编的《楚辞要籍解题》认为汪

①　熊良智著《楚辞文化研究》，巴蜀书社，2002，第 269 页。

瑗"约卒于明嘉靖四十五年（公元 1566 年）"①，孙巧云的《元明清楚辞学史》及罗建新的硕士论文《汪瑗〈楚辞集解〉研究》与洪湛侯观点一致。因为关于汪瑗的资料有限，并未形成清晰年谱，这无疑是一大遗憾。

关于汪瑗撰写《楚辞集解》的动机，孙巧云的《元明清楚辞学史》指出："其一，悼念不遇时之贤人，'亦惟自致扶抑之意，以为不得志于时者悼耳'；其二，阐发《楚辞》中前人所未发之深意，'沧浪《答吴景山书》又有云："所论《离骚》，中有深得，实前辈之所未发。"' 余注固知无当，不知于当时景山注且奚若也。"②但孙巧云只是在其《元明清楚辞学史》中进行了概述，并未对此进行展开论述，汪瑗对于不得志于时者的悼念之意，不止于对不遇时的贤人，其不能忘情于《骚》者，也源于"亦惟悲夫《骚》不及一遇尼山耳"③。与此之外，汪瑗能通过自己的集解达到"无失扶抑邪正之意，庶可以得原之情于万一"④ 的目标，故此问题所涉及的相关方面仍然有待考察。

2. 对汪瑗创作《楚辞集解》的背景研究

对汪瑗生活于明嘉靖时期的大背景研究，主要涉及王阳明心学、家乡的学术渊源的大背景。

（1）王阳明心学对汪瑗的影响

明代中后期，王阳明心学盛行，学术风气为之大变，革古尚新思潮盛行，徐在日在其《明代楚辞学史论》中云："明代中晚期，由于阳明心学的影响，学术界与思想界出现了一股反对宋学，标立新说的思潮。他们要毁弃旧说，自立门户，创出一条自己的路。因

---

① 洪湛侯著《楚辞要籍解题》，湖北人民出版社，1984，第 39 页。
② 孙巧云著《元明清楚辞学史》，浙江工商大学出版社，2013，第 95 页。
③ （明）汪瑗撰《楚辞集解》，董洪利点校，北京古籍出版社，1994，第 4 页。
④ （明）汪瑗撰《楚辞集解》，董洪利点校，北京古籍出版社，1994，第 4 页。

此在各个领域，都产生了一些新意迭出的成果。在这种思潮冲击下，汪瑗的《楚辞集解》，也带上了强烈的标新意味。"① 孙巧云在其《元明清楚辞学史》中云："汪瑗所处时代大致在嘉靖年间，此时正是后七子主导文坛、王阳明心学开始蔓延之际。汪瑗《楚辞集解》只录屈原之作，注解时多伸以己意，此种著书的做法是时代风气影响下的产物。"② 但不管是徐在日还是孙巧云，只是只言片语交代了汪瑗创作《楚辞集解》的背景，并没有论述王阳明心学对汪瑗创作《楚辞集解》的具体影响，对此有待进一步考察。

（2）汪瑗家乡的学术渊源

汪瑗的家乡在徽州歙县，学术氛围浓厚，"汪瑗前有朱熹，后有戴震等皆为徽州同乡，其学术之发明，考证之精核皆为中国学界之著名代表"③。汪瑗的同乡赵汸在学术上亦为当时翘楚，"汪瑗《楚辞集解》成书之所'东山精舍'，正为同乡先贤元人赵汸所创；汪瑗所著《杜律五言补注》也正为增补赵汸的《杜律五言注》。这些都可以看作是汪瑗与家乡学术渊源的直接证据"④。汪瑗还参加黄山的天都社活动，并留下诗歌。可见，家乡的学术文化背景是汪瑗创作《楚辞集解》的重要因素之一。

（3）汪瑗的师承影响

汪瑗师承于唐宋派代表人物归有光，该派反对前后七子的拟古主义。熊良智于《楚辞文化研究》一书中"汪瑗的师承影响"一节论述了归有光主张创立己见、不流时俗的特点，熊良智引用归有光的话语论述曰："愿诸君相与悉心研究，毋事口耳剽窃。以吾心之理而会书之意，以书之旨而证吾心之理，则本原洞然，意趣融

---

① 徐在日：《明代楚辞学史论》，北京大学博士学位论文，1999，第56页。
② 孙巧云著《元明清楚辞学史》，浙江工商大学出版社，2013，第95页。
③ 熊良智著《楚辞文化研究》，巴蜀书社，2002，第275页。
④ 熊良智著《楚辞文化研究》，巴蜀书社，2002，第276页。

液，举笔为文，辞达义精。"① 同时，熊良智还指出汪瑗对《楚辞集注》的怀疑精神亦源于其师归有光："尝闻之师曰：'《纲目》之书，乃朱子命门人各成数册，而已特总裁之耳。'故其间书法至今犹有一二可议者。朱子之《序》，自以为足继获麟，然则此书其或然与？"② 在《楚辞集解》一书中，可以看到多处"尝闻之师曰"的例子，足见归有光对汪瑗的影响之深。

（二）《楚辞集解》的版本研究

1. 国内版本

关于《楚辞集解》的版本，姜亮夫在《楚辞书目五种》中提到有明万历四十六年刊本以及万历四十三年乙卯焦竑序刊本，后者于上海图书馆以及江苏国学图书馆可见。③ 而洪湛侯的《楚辞要籍解题》则提出："有明万历三十六年（公元一六〇八年）汪文英初刻，万历四十六年（公元一六一八年）汪仲弘补刻本。北京图书馆藏。万历四十三年乙卯（公元一六一五年）汪文英刻本。武汉大学、上海图书馆、浙江图书馆、南京图书馆等处藏。万历四十六年刻本。浙江图书馆、四川图书馆藏。"④ 熊良智于其《楚辞文化研究》中指出："《楚辞集解》有两个刻本。两个刻本的刊刻时间和刊刻人都不同，通常我们称万历乙卯年（1615）汪文英刻本为'初刻'，戊午年（1618）汪仲弘刻本为'补刻'。"⑤

除了《楚辞集解》万历乙卯本及戊午本外，"《北京图书馆古籍善本书目》编号17319著录《天问注补》二卷，题为'明汪仲

---

① 转引自熊良智著《楚辞文化研究》，巴蜀书社，2002，第273页。
② 熊良智著《楚辞文化研究》，巴蜀书社，2002，第272页。
③ 姜亮夫编《楚辞书目五种》，上海古籍出版社，1993，第73页。
④ 洪湛侯著《楚辞要籍解题》，湖北人民出版社，1984，第47－48页。
⑤ 熊良智著《楚辞文化研究》，巴蜀书社，2002，第278页。

弘'撰"①。《天问注补》的署名为"新安汪仲弘畸人甫",此独立本《天问注补》与万历戊午本中的《天问注补》内容相同。

2.《楚辞集解》国外版本

《楚辞要籍解题》指出:"万历四十六年刻本。浙江图书馆、四川图书馆藏,又日本京都大学、上野图书馆藏。上野藏本有归有光序,为国内藏本所无。万历间刻本附《天问注补》二卷,美国国会图书馆藏。日本写本,日本内阁文库藏。"② 除此之外,熊良智在《楚辞文化研究》中指出,日本藏本有京大乙本、内阁本、小田切本、京大甲本、国会本、阪大本。熊良智将六种藏本分为三个系统进行分析,得出:"日本的《楚辞集解》虽有三个系统,只有一个初刻本的足本,即'内阁本';Ⅲ类系统的'阪大本'乃是经过后人组合而成,并非原刻;其余都是残缺不全的。"③ 日本株式会社曾出版了京都大学的汉籍善本丛书本的《楚辞集解》,"这一个影印本的内容似乎很完整,但它仍然是一个后人整理组合的结果。"④ 国外尤其是日本藏有如此多之《楚辞集解》版本,但往往残缺不全,熊良智将国内图书馆所藏的《楚辞集解》的万历四十三年本及四十六年本与日本藏本进行比较后,得出"长期以来,则视日本所藏珍贵无比,其实中国藏本就其完整和收藏都较日本藏本为优"⑤ 的结论。鉴于中国的藏本完整且较日本藏本为优,故本文不再赘述日本藏本。

(三)《天问注补》的作者问题

汪文英所刊刻的《楚辞集解》的"初刻本"与汪仲弘《楚辞

---

① 熊良智著《楚辞文化研究》,巴蜀书社,2002,第287页。
② 洪湛侯著《楚辞要籍解题》,湖北人民出版社,1984,第48页。
③ 熊良智著《楚辞文化研究》,巴蜀书社,2002,第289页。
④ 熊良智著《楚辞文化研究》,巴蜀书社,2002,第290页。
⑤ 熊良智:《〈楚辞集解〉刻本的几个问题》,《四川师范大学学报》1994年第4期。

集解》的"补刻本"的不同之处，除了《序》的多寡之外，《天问》篇的注解无疑是最大的差异。初刻本《楚辞集解》只有汪瑗在朱熹《楚辞集注》上所作的二十条旁批，而补刻本则有完整的《天问注补》两卷，所以学界针对《天问注补》的作者归属问题产生了不同观点。

1. 《天问注补》为汪瑗所作

姜亮夫先生认为《天问注补》作者为汪瑗，他认为："诸图皆极精致，度非仲弘所补，当亦汪氏原作。则此本乃就四十三年本补刊者耶？而仲弘其人，乃盗窃世父书者矣！"[①]"不然则仲弘能为世父补舆图之精如此，亦必为一时通人，何以不闻有他著作。"[②]姜先生主要根据《天问注补》中所出现的诸图而推测《天问注补》当为汪瑗原作。

之后，崔富章先生对该观点做了更详细的阐释："汪仲弘，诚好名者也。《离骚》诸卷无一字增删，竟自题'侄仲弘补辑'。《天问》卷更没瑗名，径题'汪仲弘补注'。"[③]又云："考其自述云：'余伯父学富天人，才工诗、史，凌霄有志，强仕无闻，以生平侘傺之衷，窥屈氏抑郁之志，拮其全简，显微阐幽，《天问》尤发其奥，直驾扬、刘，以为汨罗知己。'又云：'余向者目睹《天问》之阙，欲补其全'……夙夜黾勉，幸而成编。虽不能仰媲班史续成之义，亦庶自为一家之言。"[④]然后针对此段中所出现的矛盾进行分析："他强调未见汪瑗'天问全注'（'未获亲承'），以明'自为一家之言'。可是，'《天问》尤发其奥，直驾扬、刘'、'精蕴尽

---

① 姜亮夫编《楚辞书目五种》，上海古籍出版社，1993，第73页。
② 姜亮夫编《楚辞书目五种》，上海古籍出版社，1993，第73页。
③ 崔富章著《明汪瑗〈楚辞集解〉书录解题》，刊于《屈原研究论集》，长江文艺出版社，1984，第365页。
④ 崔富章著《明汪瑗〈楚辞集解〉书录解题》，刊于《屈原研究论集》，长江文艺出版社，1984，第365页。

阐'、'多所创发'云云，何得而闻耶?"① 总之，崔富章先生认为汪仲弘没有看到汪瑗的《天问》注，当无从得知"《天问》尤发其奥，直驾扬、刘""精蕴尽阐""多所创发"的结论，故他认为汪仲弘所言自相矛盾，从而推出《天问注补》作者为汪瑗。

2. 《天问注补》为汪仲弘所作

熊良智则立足于《天问注补》文本的角度，将"补刻本"中的《天问注补》与"初刻本"中汪瑗所作的二十条《天问》初解进行对比，总结出："虽然，《天问注补》确曾采纳，甚至照搬了汪瑗的观点和材料，但是，毕竟还是有他自己的体例、观点和材料。《北京图书馆古籍善本书目》编号 17319 著录《天问注补》二卷，题为'明汪仲弘撰'，结合参看《注补》的'凡例'和《引》言，或者可进而佐证它是自有规模，独自成书的。"② 熊良智之后，罗建新在其硕士论文中云："那种以为汪仲弘纯粹是'窃世父之作以为己有'，'假补注之名以射利'的看法显然是不妥当的。熊良智先生的看法倒是较能切合实际。"③

有研究者认为《天问注补》为汪瑗所作，更有学者倾向于汪仲弘所作。④ 故而，《天问注补》的作者问题仍需要进一步考察，以更好地推动楚辞学的研究及发展。

（四）《楚辞集解》的注解方法研究

汪瑗在《楚辞》研究方法上可以说自成一家，而新的研究方法的运用也为汪瑗在楚辞学上创新及突破奠定了基础。经学者研究，

---

① 崔富章著《明汪瑗〈楚辞集解〉书录解题》，刊于《屈原研究论集》，长江文艺出版社，1984，第 365 页。
② 熊良智著《楚辞文化研究》，巴蜀书社，2002，第 287 页。
③ 罗建新：《汪瑗〈楚辞集解〉研究》，安徽师范大学硕士学位论文，2004，第 8 页。
④ 卢川：《论汪瑗的楚辞学研究》，《长江大学学报》（社会科学版）2014 年第 3 期。

主要有以下几点。

1. 独据本文

《楚辞集解》一书采用了"以《楚辞》注《楚辞》"的方法，熊良智的《楚辞文化研究》中将汪瑗"以《楚辞》注《楚辞》"的方法阐释为"独据本文"，他指出："汪瑗的独据本文，首先注意考虑本文的语言环境，根据上下文的意义来理解。"① 为了阐述这个观点，熊良智举出"康娱"与"女嬃"等例子进行论证。另外，熊良智还指出："汪瑗的独据本文就是注重作品的整体性，也就是从整体结构加以解释。"② 这就突出了汪瑗在注解屈赋时的整体性原则，无疑，根据《楚辞》中的篇章去阐释《楚辞》中的文本，将更臻于屈赋的本意。

2. 多重比较法

汪瑗的《楚辞集解》之所以命名为"集解"，不言而喻就是在融诸家之长于一体的基础上形成一家之言，汪瑗的主要做法就是将王逸、洪兴祖和朱熹的注解进行比较，择善而从。罗建新在其硕士学位论文《汪瑗〈楚辞集解〉研究》中，对汪瑗所使用的比较法进行了论述，包括三点：①对前人注骚不同意见之比较；②作品比较；③作家比较。从而将汪瑗所用的比较法分门别类地进行论述，不止《楚辞集解》，在《杜律五言补注》中汪瑗也同样采用了比较法，但没有《楚辞集解》详尽。

3. 专题讨论法

汪瑗注《楚辞》明显不同于其他注家的方面就是他使用了专题讨论法，这也就决定了《楚辞集解》一书的体例自成一家，汪瑗分别从大序、小序、正文注释、蒙引、考异等几个板块进行论述，而

---

① 熊良智著《楚辞文化研究》，巴蜀书社，2002，第318页。
② 熊良智著《楚辞文化研究》，巴蜀书社，2002，第320页。

每个板块论题集中又采用了专题讨论法。而关于《考异》板块，汪瑗对正文中出现异文的情况进行校勘，将王逸、洪兴祖、朱熹注本中的异文进行辨析，发现"虽三家于本章之下略载其说，彼此各有遗漏，不能备详"①。于是，汪瑗"效朱子《韩文考异》"②的体例，并通过考异达到"文从字顺、意义明畅者而从之"③的目标。罗建新在其硕士论文《汪瑗〈楚辞集解〉研究》中也对此方法进行了探讨。

4. 统计法

汪瑗在注解屈赋时使用统计法，他将相同字词在屈辞中出现的次数进行统计，通过总结该词语在屈辞各篇的具体使用语境，最后推出该词的具体含义，确实不失为一种很好的方法，汪瑗将统计法运用到《楚辞集解》中在当时是难能可贵的。比如"丰隆"一词，汪瑗统计出"丰隆"一词在屈辞中出现在《离骚》《思美人》《远游》篇，然后汪瑗总结出："详此三言，则不待王逸之注，洪氏之辨，而丰隆之为云师章章矣。"④

（五）汪瑗《楚辞集解》的训诂、考辨研究

1.《楚辞集解》词义诠释的研究

汪瑗对屈赋从训诂方面进行了多方面的研究，如罗建新的《汪瑗〈楚辞集解〉研究》一文中有"字词训诂"一节，对汪瑗的字词训诂进行了探讨，主要成就在于：第一，博采众说，择善而从，并有新的阐发；第二，不囿成见，冲决旧说，"发前人之所未发，悟前人之所未悟"，提出诸多新见。黄建荣在《〈楚辞集解〉字词

---

① （明）汪瑗撰《楚辞集解》，董洪利点校，北京古籍出版社，1994，第439页。
② （明）汪瑗撰《楚辞集解》，董洪利点校，北京古籍出版社，1994，第439页。
③ （明）汪瑗撰《楚辞集解》，董洪利点校，北京古籍出版社，1994，第439页。
④ （明）汪瑗撰《楚辞集解》，董洪利点校，北京古籍出版社，1994，第380页。

注释的新特点》中对汪瑗的《楚辞集解》的字词训诂的特点进行了阐释：第一，以分析多音多义字和纠正前人注音之误为出发点的正文注音；第二，依据形声字谐声偏旁相通的原则疏解字词之间的叶韵关系；第三，在声训和明了字词通假关系的基础上分析具体字词通用的道理；第四，以字形分析与字义阐释相结合来辨析字词意义。①

然而，汪瑗的《楚辞集解》在训诂方面亦存在其牵强附会之处，《楚辞学通典》即指出《楚辞集解》的不足之处：第一，"有臆测之见"；第二，对《离骚》原文擅自改动，态度不严肃。《楚辞学通典》还指出《楚辞集解》之《考异》与《集解》中之《离骚》原文，有多处文字不同，甚至有对《离骚》文句更改、而《考异》则未考校者，态度很不严谨。② 徐在日在其博士论文中亦有"《楚辞集解》的缺点"一节专门探讨此问题，指出汪瑗将"'路不周以左转'句妄改为'路不周以右转'。他又认为《怀沙》'刓方以为圜兮，常度未替'中的'未替'有误，妄改为'永替'"③。《楚辞学通典》以及徐在日的博士论文《明代楚辞学史论》指出了汪瑗《楚辞集解》在擅自改动原文方面的缺点。

2. 《楚辞集解》名物考释研究

于名物考释方面，汪瑗也提出不少有启发性的见解，如"三后之纯粹兮，固众芳之所在"中的"三后"，汪瑗认为当指"祝融、鬻熊、熊绎也"④。关于这一点"后世的不少注家，如王夫之、戴震、马其昶等，都赞同'三后'为楚先君之说，只是对具体指那三

---

① 黄建荣：《〈楚辞集解〉字词注释的新特点》，《中国文字研究》2002 年（第三辑）。
② 周建忠、汤漳平主编《楚辞学通典》，湖北教育出版社，2002，第 351 - 352 页。
③ 徐在日：《明代楚辞学史论》，北京大学博士学位论文，1999，第 79 - 80 页。
④ （明）汪瑗撰《楚辞集解》，董洪利点校，北京古籍出版社，1994，第 314 页。

位君主，略有分歧；而汪氏之说，似更近情理"①。于"羲和"一词，汪瑗认为"此所用羲和，当如望舒、飞廉等号同看，朱子以为尧主四时之官名，非是"。洪湛侯认为汪瑗"驳正了朱熹自相矛盾之处，令人信服"②。洪湛侯还指出"申椒"一词之解释"洽合文义"③。汪瑗的"宓妃"考辨，更是在继承前人考辨的基础上进一步进行详细考辨，其说被屈复等接受。

3. 《九章》《九歌》考辨

（1）学界对《九章》《九歌》"名说"的首肯

汪瑗《楚辞集解》中有很多独到的观点为后人所承袭，许多"名说"的首倡者是汪瑗，而后人却将其张冠李戴，如《湘君》篇是"托为湘君以思湘夫人之词"，《湘夫人》篇是"托为湘夫人以思湘君之词"。这一说法为闵齐华所采，后世个别学者也因此而误认"二湘"为配偶神之说肇自闵氏。金开诚和葛兆光先生曾撰写《汪瑗和他的〈楚辞集解〉》予以澄清，《楚辞学通典》云："其论注颇多创见，闵齐华《文选瀹注》'楚辞'部分基本采用汪说。汪氏说《九歌·礼魂》为'前十篇之乱辞'，又说'二湘'为湘水配偶神，《湘君》'托为湘夫人以思湘君之词'，均为闵齐华、王夫之所采用。又说《哀郢》作于顷襄王二十一年秦拔郢都之时，并由此推出，屈原见废在顷襄王十三年。"④ 徐在日在其论文《明代楚辞学史论》中的"《楚辞集解》的标新意识"一节对"《九歌》的创作时间"、"《九章》的创作时间"、"《九歌·礼魂》为'全十篇之乱辞'"以及"湘君指湘江之神，不是舜之二妃说"⑤ 略作考察，

---

① 洪湛侯撰《楚辞要籍解题》，湖北人民出版社，1984，第43页。
② 洪湛侯撰《楚辞要籍解题》，湖北人民出版社，1984，第43页。
③ 洪湛侯撰《楚辞要籍解题》，湖北人民出版社，1984，第43页。
④ 周建忠、汤漳平主编《楚辞学通典》，湖北教育出版社，2002，第351页。
⑤ 徐在日：《明代楚辞学史论》，北京大学博士学位论文，1999，第62－71页。

并指出了汪瑗的这些创见对后世楚辞研究者的影响，这也从侧面体现了《楚辞集解》中诸"名说"的影响力。

（2）学界对《九章》《九歌》"名说"的批判

随着学术研究的发展，学界关于《楚辞集解》中《九章》《九歌》"名说"亦出现了批评的声音，周秉高在其论文《楚辞研究史上的一个另类——评汪瑗的〈楚辞集解〉》中针对汪瑗的《礼魂》是"每篇歌后当续以此歌"一说持否定的态度，并指出"从艺术完整性的角度看，其不可能是前十首每歌之后的'乱辞'，那么它就是对前十首祭歌的总结"①。针对《哀郢》的创作背景，周秉高先生认为："总之，《哀郢》作于顷襄王二十一年说，纯属虚构妄言，不可信据！"②并对《怀沙》《思美人》《惜往日》等诗篇重新进行考证，在其论文的《结语》中说，《楚辞集解》"其谬论流毒甚广，必须加以驳斥方可利于楚辞研究之深入"③。周秉高先生的观点亦颇为合理，故此问题所牵涉的汪瑗对《九章》《九歌》的创见需要进一步考察。

（六）学界对汪瑗的"屈原非投水说"的指正

汪瑗在注解屈赋时，多次表达"屈原非投水说"的观点，他认为屈原实为隐居以避祸，提出"其不去楚者，固不舍楚而他适；其终去楚者，又将隐遁以避祸也。孰谓屈子昧《大雅》明哲之道，而轻身投水以死也哉？读者即《楚辞》熟读而遍考之可见矣"④。"屈

---

① 周秉高：《楚辞研究史上的一个另类——评汪瑗的〈楚辞集解〉》，《职大学报》2015 年第 3 期。
② 周秉高：《楚辞研究史上的一个另类——评汪瑗的〈楚辞集解〉》，《职大学报》2015 年第 3 期。
③ 周秉高：《楚辞研究史上的一个另类——评汪瑗的〈楚辞集解〉》，《职大学报》2015 年第 3 期。
④ （明）汪瑗撰《楚辞集解》，董洪利点校，北京古籍出版社，1994，第 35 页。

原非投水说"的观点并非始于汪瑗，《四库全书总目》指出汪瑗
"屈原非投水说"源于李壁："盖掇拾王安石《闻吕望之解舟》诗
李壁注中语也，亦可为疑所不当疑，信所不当信矣。"① 也就是说在
宋朝的时候，李壁就早已提出了"屈原非水死"的观点。而汪瑗在
论及"屈原非水死"之时，对彭咸问题的考辩则影响了后世楚辞学
者，金开诚与葛兆光先生所撰之《汪瑗和他的〈楚辞集解〉》曾指
出戴震、曹耀湘、俞樾诸人对彭咸的类似考辩或本于汪瑗，或与汪
说不谋而合，并提出："汪瑗以彭咸不水死论证屈原不水死，是错
误的；而其在彭咸问题的发难与考辩却有意义和影响。"② 游国恩先
生也曾经写了《离骚从彭咸确为水死辩》一文进行考辩，云："乌
得以其一二不关水死之言遂疑其本未有投渊之实哉？"③ 姚小鸥先生
在他的论文《彭咸的"水游"与屈原的"沉渊"》中云："汪瑗所
提出的屈原非'水死'的观点缺乏证据，他的其他论证也显得牵
强，如径以'老彭'为彭咸而提出'则孔子窃比之意'的问题，
没有足够的说服力。"④ 刘伟生在其《〈楚辞集解〉辩驳——"屈原
投水说"的理路分析》一文中，从四个方面总结了汪瑗对"屈原
投水说"的辩驳，并对汪瑗关于屈原"去楚而隐"的立论进行分
析，然后总结：汪瑗"在这种考辩与探求中又时时加以己意，甚至
以臆测之法得出一些无根的结论"⑤。而罗建新亦论述了汪瑗"屈
原非投水说"之观点，并对此观点进行了批驳。首先，罗建新从
"彭咸"的角度进行论证，他认为汪瑗在"论证彭咸、彭铿、彭

---

① （清）永瑢等撰《四库全书总目》，中华书局，1965，第 1269 页。
② 金开诚、葛兆光：《汪瑗和他的〈楚辞集解〉》，见中华书局编辑部编《文史》第 19 辑，
中华书局，1983，第 176 页。
③ 游国恩著《游国恩学术论文集》，中华书局，1989，第 76 页。
④ 姚小鸥、王克家：《彭咸的"水游"与屈原的"沉渊"》，《中国楚辞学》2007 年第 14
辑，第 145 页。
⑤ 刘伟生：《〈楚辞集解〉辩驳——"屈原投水说"的理路分析》，《中国楚辞学》第 9
辑，第 193 页。

翦、彭祖、老彭、篯铿'实为一人'之时，汪氏所提供的证据是站不住脚的"。再者，罗建新指出"汪氏认为屈子自沉水死无意义也无价值的看法也是错误的"①。诸学者针对汪瑗的"屈原非水死说"从不同角度切入并进行辩驳，指正了汪瑗"屈原非水死说"中所出现的谬误。

三　研究内容与目标及创新点

近年来，学者们逐步认识到《楚辞集解》富有创见这一特点，但关于汪瑗及其《楚辞集解》目前没有出现专著，所以已有研究的不足正是本书的研究重点所在。本书的研究目标及创新主要体现在以下几点。

第一，重新评价《楚辞集解》，本书在综合研究《楚辞集解》的基础上，针对《四库全书总目》对《楚辞集解》所作出的评价进行辩证分析，提出当以一分为二的态度来看待《楚辞集解》的成就及其局限性的观点。

第二，考证《天问注补》的作者并重新评价《天问注补》。学界关于《天问注补》的作者主要有两种观点：其一，认为《天问注补》是汪瑗的作品；其二，熊良智则认为《天问注补》为汪仲弘的作品。笔者赞同"《天问注补》的作者是汪仲弘"的观点，并对"《天问注补》的作者是汪瑗"的观点进行疑误辨析。经过论证，得出结论：《天问注补》是汪仲弘在"少继伯父之志"的基础上的"一家之言"。

第三，在训诂研究方面，本文在前贤时人的基础上，将汪瑗的《离骚》训诂与诸家进行比较，对汪瑗的训诂成就进行归纳总结，

---

① 罗建新：《汪瑗〈楚辞集解〉研究》，安徽师范大学硕士学位论文，2004，第23-24页。

并找出汪瑗《离骚》训诂的成就及局限性及其所产生的社会背景，以便更客观地评价《楚辞集解》的学术价值。

第四，从章法方面对《楚辞集解》的价值进行归纳总结。章法上，汪瑗注重分析屈辞的层次结构，对屈辞的承上启下之阖辟处予以分析，本文对此略作探究。

第五，探究汪瑗研究《楚辞》的方法。汪瑗通过"以意逆志"的解诗法、"以《楚辞》注《楚辞》"的训诂法注《楚辞》，使得所注更臻于屈子本意，对后世之研究颇有启发，本文对其进行总结。

| 第一章 |

《楚辞集解》的成书研究

　　汪瑗的生活年代基本与明嘉靖时期相始终，他所撰写的《楚辞集解》是一部重要的楚辞注本，无论从注释方法方面还是注释风格方面都体现出与汉宋诸家不同的风貌，体现了《楚辞》研究的新趋势，推进楚辞研究取得进步。关于《楚辞集解》的具体成书时间，典籍中并没有明确记载，但借助归有光所作之序，大体可推断其成书年代，其序云："嘉靖戊申中七月既望昆山归有光熙甫于畏垒轩中。"① 而"嘉靖戊申"当为嘉靖二十七年，即1548年。汪瑗完成《楚辞集解》后，便将其送至归有光处，恳请归有光审阅，曰："删定当否，愿先生政之。"② 本章主要从《楚辞集解》的成书方面进行探讨，主要涉及"汪瑗的生平及其著述"、"《楚辞集解》的撰写动机"、"《楚辞集解》的版本、体例"以及"《天问注补》作者考辨"四个方面。

第一节　汪瑗的生平及其著述

　　汪瑗，字玉卿，安徽新安（现在称为"歙县"）人，其生平的相

---

① （明）汪瑗撰《楚辞集解》，董洪利点校，北京古籍出版社，1994，第2页。
② （明）汪瑗撰《楚辞集解》，董洪利点校，北京古籍出版社，1994，第1页。

关史料太少，难考其详，然从焦竑为其著述所作之序中可大致推出其仙逝之年，云："君既逝之五十年，子文英欲梓行之，以公同好，而属余为弁。"① 焦竑写此序的时间为"万历乙卯（1615）春"②，而彼时汪瑗已逝五十年，依焦竑所言，汪瑗大概逝于嘉靖四十四年（1565），而明朝嘉靖时期始于 1522 年，结束于 1566 年，那么汪瑗有生之年大概与嘉靖时期相始终。

一　汪瑗的生平

关于汪瑗祖辈，汪仲弘（汪瑗之侄）曾于《楚辞集解补纪由》中云汪家以文学著称于新都，曰："新都以文学世其家，则余宗著。余宗居丛山有年矣。一祖三宗鼎峙，若屈、昭、景。"③ 汪瑗出身于文学世家，其家族世代以文学相传承，汪仲弘将其"一祖三宗"的地位比作楚国的"昭""屈""景"三族，"昭""屈""景"三族作为楚国王族的三个分支，地位显赫，则汪瑗家族在新都的文学地位可略见一斑，并曾涌现出赫赫有名的文学大家。接着，汪仲弘以先王父、大父为代表来论述其家学，此二人即汪瑗的祖父、父亲。汪瑗祖父时，"首以《诗》《书》为吾宗扫云陆"④，足见汪瑗祖父时就已经以《诗》《书》著称。而至汪瑗父亲时，则"凡古图书经传，不靳倾资蓄之"⑤，汪瑗的父亲为了购买图书经传不惜倾尽所有资产，收藏了如此多之图书经传，汪瑗就有机会遍观群书，为之后的学业奠定良好的基础。

逮至汪瑗及其弟汪珂一辈，"伯父瑗幼而颖，治经余暇，肆其

---

① （明）汪瑗撰《楚辞集解》，董洪利点校，北京古籍出版社，1994，第 3 页。
② （明）汪瑗撰《楚辞集解》，董洪利点校，北京古籍出版社，1994，第 3 页。
③ （明）汪瑗撰《楚辞集解》，董洪利点校，北京古籍出版社，1994，第 6 页。
④ （明）汪瑗撰《楚辞集解》，董洪利点校，北京古籍出版社，1994，第 6 页。
⑤ （明）汪瑗撰《楚辞集解》，董洪利点校，北京古籍出版社，1994，第 6 页。

力于藏书，弗令大父知也"①。显而易见，幼时之汪瑗即聪颖好学，
且于治经之余悄悄瞒着父亲尽力去博览家中藏书，少时之积淀，为
后来著述奠定了坚实的基础。汪瑗的父亲希望汪瑗将来能够跻身缙
绅之列，无奈汪瑗本人却"幼厌青云事"②，并没有醉心于科举之
事，为了进一步学习经术，"毗陵震泽，时以经术擅海内，大父饰
羔雁，俾从之游"③，归有光曾久居震泽湖畔，世称"震川先生"，
当时归有光以经术闻名海内，归有光之子曰："盖自嘉靖庚子岁，
先君读书安亭江上，四方来学者甚众，多登第，仕至通显。"（子宁
跋语）④ 追随归有光的求学者甚众，且多能登第，于是汪瑗与其弟
汪珂游学于归有光处。兄弟二人于求学之际，非常勤奋，"余闻之
先君，当偕伯父读书震泽时，水乡浩淼，若涉沧溟，永夜严更，篝
灯达旦。寒则拥枲衾，两人双足顿敝筐中以为常"⑤。可见，汪瑗及
其弟汪珂兄弟二人当时为了学习，通宵达旦、彻夜不眠，严寒之
时，两人则都将脚放在破筐中御寒。汪瑗的弟弟汪珂也是"经史辞
章靡不诣极，而尤专精于《楚辞》"⑥。功夫不负有心人，汪瑗与其
弟汪珂的才华在当地被称为"三吴有双丁二陆"⑦，即将其兄弟二
人比之为历史上大名鼎鼎的陆机、陆云，且陆机当时被誉为"太
康之英"，足见当地人对其兄弟二人是推崇备至的。归有光曾对汪
瑗给予很高的评价："余碌碌谫才，端章甫衣之士相从者，何只数
百人，未有如玉卿昆季者。玉卿丰姿奇俊，迥异寻常，超然有尘世

---

① （明）汪瑗撰《楚辞集解》，董洪利点校，北京古籍出版社，1994，第6页。
② （明）汪瑗撰《楚辞集解》，董洪利点校，北京古籍出版社，1994，第1页。
③ （明）汪瑗撰《楚辞集解》，董洪利点校，北京古籍出版社，1994，第6页。
④ 清抄本《归震川先生未刻稿》，转引自杨峰《归有光研究》，复旦大学博士学位论文，
  2006，第11页。
⑤ （明）汪瑗撰《楚辞集解》，董洪利点校，北京古籍出版社，1994，第7页。
⑥ （明）汪瑗撰《楚辞集解》，董洪利点校，北京古籍出版社，1994，第6页。
⑦ （明）汪瑗撰《楚辞集解》，董洪利点校，北京古籍出版社，1994，第1页。

想。"① 归有光的门生不止数百人，而汪瑗却能于其中脱颖而出，于成百上千的学生中成为翘楚，汪瑗的学识和涵养，甚至让归有光产生"当退舍以让矣"② 之感，这足以从侧面凸显汪瑗卓越之才华。

兄弟二人学就而返之时，曾名噪一时，使得"都人士罔不心倾"③，于是每天跟从二人学习诗歌、古文辞，而此时汪瑗的父亲始知汪瑗并没有专心致力于科举功名之事，而是专注于诗歌、古文辞。汪瑗的父亲针对此事并没有采取放任自流的方式，而是采取"言且谇"④ 的态度对其兄弟二人直言规劝乃至责骂，迫于父亲的威压，汪瑗开始"屈首经艺"⑤，踏上科举考试之路。而当时的科举考试难度很大，方弘静曾云："世际休明，邑之应试者几三千人，其与进于庠者七十人耳，而有力者求之且数倍，窭人子幸遇者，间亦什一，非卓尔不群，神明所助，不可冀也。"⑥ 这几句话反映了当时人们对于科举的热衷程度，与此同时也可以看出汪瑗考中科举的难度。在这种情况下，其弟汪珂在科举与从商之间选择了"挟箧而贾游"⑦，汪瑗则"试数冠诸生"⑧，但汪瑗终生"未尝挂尺组沾斗禄"⑨，汪瑗虽曾致力于科举之事，但并未顺遂，终生未踏上仕宦之途。归有光曾对此事发表过感慨："才如玉卿，何愧于庙廊，何羞于缙绅，竟不能脱其颖。"⑩ 而归有光在科举之途上亦颇为塞顿，他于嘉靖十九年（1540）得中举人，但却屡试不第，只得长期以举子

---

① （明）汪瑗撰《楚辞集解》，董洪利点校，北京古籍出版社，1994，第1页。
② （明）汪瑗撰《楚辞集解》，董洪利点校，北京古籍出版社，1994，第1页。
③ （明）汪瑗撰《楚辞集解》，董洪利点校，北京古籍出版社，1994，第6页。
④ （明）汪瑗撰《楚辞集解》，董洪利点校，北京古籍出版社，1994，第6页。
⑤ （明）汪瑗撰《楚辞集解》，董洪利点校，北京古籍出版社，1994，第6页。
⑥ （明）方弘静著《素园存稿》，《四库全书存目丛书》"集部"121册，齐鲁书社，1997，第336页。
⑦ （明）汪瑗撰《楚辞集解》，董洪利点校，北京古籍出版社，1994，第6页。
⑧ （明）汪瑗撰《楚辞集解》，董洪利点校，北京古籍出版社，1994，第6页。
⑨ （明）汪瑗撰《楚辞集解》，董洪利点校，北京古籍出版社，1994，第8页。
⑩ （明）汪瑗撰《楚辞集解》，董洪利点校，北京古籍出版社，1994，第1页。

身份"独抱遗经于荒江墟市之间",直至嘉靖四十四年(1565)其
60岁时方得以考中进士①,而彼时汪瑗的命运却将要接近尾声。

而汪瑗仙逝之时,据汪瑗之侄汪仲弘曰:"伯兄能读父书,天
靳其齿。仲若季富于齿,不能读父书。"②据此可知,当时其长子悟
性很高,但却不幸夭折。而其次子及幼子则不能很好地理解和继承
汪瑗之志,汪瑗之子汪文英于其序中云:"不肖夙遭悯凶,甫离襁
褓,先人即捐馆舍。"③汪瑗之子汪文英刚刚离开襁褓之中时,汪瑗
即仙逝,度其卒时年龄并不大。

二 汪瑗交友、结社活动

《歙县志》云:"汪瑗,字玉卿,歙丛睦人,邑诸生,博雅工
诗,见服于弇州、历下。"④又《歙县志》云:"汪瑗,字玉卿,丛
睦坊人,为诸生,博雅工诗,与弇州、沧溟友善。"⑤此处"弇州"
指的是王世贞,为"后七子"之代表,王世贞于李攀龙死后曾主盟
文坛垂二十年之久,且"见服于弇州、历下",指出了汪瑗的才华
在当时出类拔萃,而汪瑗"与弇州、沧溟友善"则指出了汪瑗与二
人的友好关系。

徽州崇文重教,文会诗社盛行的文化氛围亦使以诗会友成为汪
瑗广结朋友的一种方式,汪瑗曾参加黄山的天都社活动,并留下诗
歌。据《天都社前后》云:"嘉靖壬寅重九,倡社天都峰下。践约
者,为程自邑诰、程汝南应轸、陈达甫有守、江廷莹瓘、江民璞
珍、佘元复震启、汪玉卿瑗、王子容尚德、方际明大治、方子瞻

---

① 参见黄毅著《明代唐宋派研究》,上海古籍出版社,2008,第21页。
② (明)汪瑗撰《楚辞集解》,董洪利点校,北京古籍出版社,1994,第6页。
③ (明)汪瑗撰《楚辞集解》,董洪利点校,北京古籍出版社,1994,第8页。
④ (清)靳治荆修,吴苑等撰《歙县志》卷九,清康熙二十九年刊本。
⑤ (清)劳逢源撰《歙县志》(道光)卷八之九,清道光八年刻本,第1309页。

霓、方定之弘静、郑思祈玄抚、郑子金铣、郑文仲懋坊、郑思道默，合王仲房寅为十六人，乃效谢灵运邺中七子、颜延年五君咏，为十六子诗。"① 嘉靖二十一年（1542）九月重阳节之日，包括汪瑗在内的 16 人一起组成天都诗社，并去黄山天都峰游历咏诗，其目的是"效谢灵运邺中七子、颜延年五君咏，为十六子诗"，而这 16 个人皆是当时诸贤，所作之十六首诗歌俱可见于《黄山志》，陈有守的《天都社盟词》亦载有此事。当时汪瑗留下来的诗歌为："青壁高千仞，黄山第一峰。芙蓉落天境，丹膆耀云松。石室留仙灶，金沙驻玉容。倘从轩后去，白日驾飞龙。"② 汪瑗的诗中描写了黄山中以险峻峭拔著称的天都峰，还有松树、石室、金沙，体现了作者"白日驾飞龙"的奇思妙想，将天都峰的景色描写得淋漓尽致。汪瑗等 16 人作为当时的佼佼者能以诗社形式相与游历天都峰亦为当时之盛事，且 16 人在天都峰留宿一晚。后期天都诗社再次由方弘静主盟相聚盛事，彼时汪瑗已逝。

三　汪瑗的师承影响

汪瑗于归有光处求学三年，归有光曾对汪瑗的学识大加赞赏，并于"何只数百人"的门徒中，选定汪瑗与之一起考订《尚书·武成》："余所考定如此，只移得厥四月以下一段，文势既顺，亦无阙文矣。汪玉卿尚疑甲子失序。盖先儒以《汉志》推此年置闰在二月，故四月有丁未、庚戌，本无可疑也。"③ 且归有光对《武成》考证详尽，"其于考正更详矣，今读《武成》，叹先生之所得非易

① 许承尧撰《歙事闲谭》，李明回、彭超、张爱琴校点，黄山书社，2001，第 421 页。
② （清）闵麟嗣编《黄山志》，清康熙六年（1667）刻本。
③ （明）归有光：《震川先生集》，周本淳校点，上海古籍出版社，1981，第 18 页。

易也，《武成》今始定矣。门人沈孝顿首百拜识"①。汪瑗的《楚辞集解》考证亦颇为详尽，云："宁为详，毋为简。宁芜而未剪，毋缺而未周。"②体现了师徒二人严谨的治学态度，另外，汪瑗之师对汪瑗的谆谆教诲于《楚辞集解》中曾被多次提及。

　　在知识的学习方面，汪瑗曾向其师学习过《楚辞》，其记录散见于汪瑗对《离骚》《天问》《怀沙》《悲回风》《卜居》各篇所作之注中，《楚辞蒙引》亦有记载。其师之传授既有表达方式方面的内容，又有字词训诂方面的内容。在表达方式方面，如《悲回风》注云："尝闻之师曰，此篇议论幽眇，词调铿锵，体裁整齐。奇伟佚宕，如洪涛巨浪奔腾；涌涌舂撞，如汪洋大海之间。视之令人魄夺目眩，莫可端倪，非规规然从事于寻常笔墨蹊径间者，所可得而仿佛其万一也。"③字词训诂方面，如注解《远游》中"将突梯滑稽，如脂如韦，以洁楹乎"一句，汪瑗曰："尝闻之师曰，三句盖以油漆匠为喻也。洁楹，谓粉饰其屋宇，举楹以见余也，乃油漆匠之事……韦，熟皮也，即所以为刷者也。"④字词训诂方面的其他例子还见于《离骚》注及《蒙引》中"'屏翳'辨"⑤一条。汪瑗所言"尝闻之师曰"中之"师"具体指谁，汪瑗没有明确标注，但从归有光序及汪仲弘《楚辞集解补纪由》推测当为归有光。逮及《楚辞集解》完成之日，汪瑗涉迢迢水路就正于归有光："一日涉桐江，渡钱塘，来谓曰：'瑗今妄意抒辞，注释《离骚》……删定当否，愿先生政之。'"⑥此处当不仅指《离骚》注而当指汪瑗所作

---

① 清抄本《归震川先生未刻稿》，转引自杨峰《归有光研究》，复旦大学博士学位论文，2006，第 11 页。
② （明）汪瑗撰《楚辞集解》，董洪利点校，北京古籍出版社，1994，第 4 页。
③ （明）汪瑗撰《楚辞集解》，董洪利点校，北京古籍出版社，1994，第 233 页。
④ （明）汪瑗撰《楚辞集解》，董洪利点校，北京古籍出版社，1994，第 281－282 页。
⑤ （明）汪瑗撰《楚辞集解》，董洪利点校，北京古籍出版社，1994，第 383 页。
⑥ （明）汪瑗撰《楚辞集解》，董洪利点校，北京古籍出版社，1994，第 1 页。

的《楚辞集解》。宋人曾有以"离骚"称屈赋各篇的先例，洪兴祖曰："《离骚》二十五篇，多忧世之语。"① 晁补之于《离骚新序》亦云："八卷皆屈原遭忧所作，故首篇曰《离骚经》，后篇皆曰'离骚'。"② 晁补之以"离骚"指代全部屈赋，其区别在于首篇称《离骚经》，其余篇只称为"离骚"。归有光对其评价为："今观《离骚》之注，发人之所未发……至于《天问》……是集行，当如日月之明，光被四表，连城之璧，见重当时。"③ 归有光评价了《离骚》《天问》篇，可见，汪瑗完成《楚辞集解》后即从歙县来归有光处就教，师徒二人之间的深厚感情于此可见一二。

在思想观念方面，归有光要求学生要有真知灼见，摒弃剽窃之弊病："愿诸君相与悉心研究，毋事口耳剽窃。以吾心之理而会书之意，以书之旨而证吾心之理，则本原洞然，意趣融液，举笔为文，辞达义精。"④ 在创新方面，归有光起到了表率作用，沈钦甫于识语云："我归先生于书无不读，六经子史尤深究，有《经论孟传标注》，皆绝出人意表，发前人所未发。"⑤ 汪瑗于《楚辞集解》中也提及学者当有真知独见，云："故学者观书，贵有真知独见。不可不求诸心，而徒傍人篱壁，拾人涕吐也。"⑥ 汪瑗自己也做到了有真知独见，归有光在评价汪瑗的《楚辞集解》时云："今观《离骚》之注，发人之所未发，悟人之所未悟，发以辩理，悟以证心，千载隐衷，籍玉卿一朝而昭著。"⑦ 与此同时，汪瑗对于那些没有真知独见的看法给予否定，指出朱熹的《楚辞集注》"指意之所归，

① （明）汪瑗撰《楚辞集解》，董洪利点校，北京古籍出版社，1994，第 12 页。
② 杨金鼎编《楚辞评论资料选》，湖北人民出版社，1985，第 67 页。
③ （明）汪瑗撰《楚辞集解》，董洪利点校，北京古籍出版社，1994，第 1 页。
④ （明）归有光：《震川集》卷十《山舍示学者》。
⑤ 清抄本《归震川先生未刻稿》，转引自杨峰《归有光研究》，复旦大学博士学位论文，2006，第 11 页。
⑥ （明）汪瑗撰《楚辞集解》，董洪利点校，北京古籍出版社，1994，第 161 页。
⑦ （明）汪瑗撰《楚辞集解》，董洪利点校，北京古籍出版社，1994，第 1 页。

亦未尝有所发明"①，且对朱熹的《楚辞集注》有所怀疑，认为
《楚辞集注》乃出自朱熹门徒之手。注《悲回风》篇时，汪瑗说：
"海虞吴讷亦谓此篇临终之作，出于瞀乱迷惑之际，词混淆而情哀
伤，无复如昔雍容整暇矣。是亦拾人之涕吐者也，曷尝深考其文，
而为自得之言乎？"② 汪瑗指出了吴讷的"拾人之涕吐"之举，足
见汪瑗崇尚真知独见之观念。

四 汪瑗的著述

作为汪瑗的老师，归有光对汪瑗更为了解，对其评价切中肯綮，
称汪瑗"恬淡自修，不慕浮艳，优游自适，无意功名，以著述为
心"③。而"无意功名，以著述为心"则更好地描述了汪瑗的品性。

既以著述为心，归有光于《楚辞集解》序云汪瑗曾"注李、
杜、《南华》，又注《离骚》"④。《徽州府志》云："汪瑗，字玉卿，
歙丛睦人，邑诸生，博雅工诗，见重于弇州、历下，所著有《巽麓
草堂诗集》、《李杜合注》、《楚辞注解》诸书。"⑤ 从以上信息可知，
汪瑗曾注过李、杜、《庄子》（《南华》）、《楚辞》，并撰有《巽麓
草堂诗集》。无论是归有光的序还是《徽州府志》都可以看出，汪
瑗曾经为李白、杜甫诗歌作注，又万斯同《明史》云："汪瑗《李
太白五言律诗辨注》以李诗之合唐律者为正律，合古律者为变律，
故曰辨注，又有杜律诗注与并行。"⑥ 那么其中的李注当指《李太
白五言律诗辨注》，而又有杜律并行，此"杜律"当指《杜律五言

① （明）汪瑗撰《楚辞集解》，董洪利点校，北京古籍出版社，1994，第202页。
② （明）汪瑗撰《楚辞集解》，董洪利点校，北京古籍出版社，1994，第233页。
③ （明）汪瑗撰《楚辞集解》，董洪利点校，北京古籍出版社，1994，第1页。
④ （明）汪瑗撰《楚辞集解》，董洪利点校，北京古籍出版社，1994，第1页。
⑤ （清）丁廷楗编《徽州府志》（康熙）卷之十五，清康熙三十八年刊本。
⑥ （清）万斯同撰《明史》卷一百三十七志一百十一，清抄本。

补注》，此二者曾并行，而现存的著述有《楚辞集解》及《杜律五言补注》，日本内阁文库还藏有汪瑗《李诗五言弁律》一卷，当为汪瑗的《李太白五言律诗辨注》。

（一）《杜律五言补注》

《杜律五言补注》是针对元代休宁县的赵汸《赵子常选杜律五言注》三卷而补，汪瑗同乡徽州赵汸因母病回乡曾"筑精山东舍，读书著述其中"①，并于其中讲学，从游者甚众，而汪瑗的另外一部著述《楚辞集解》的自序亦言于"东山精舍"所写，不知是否为一处，姑志其疑，以俟高明。《杜律五言补注》曾经于癸丑刊刻前二册，后又于万历甲寅②（1614）再次刊刻一次。汪瑗之子汪文英说："《杜律补注》四册，失没多年，近于姻亲之处获前二册，癸丑春乃授梓，既而业成，其姻复出后二册，俱先君亲笔稿也，但获而有先后之异，故校而重刊之。"③潘之恒曾为《杜律五言补注》作序，云：

> 李空同先生专肆力于杜，莫不精覈严审，章句字法务诣于神化之域。而里中方少司徒尤津津谈说不置，载千一录宗多，故其诗摹仿皆臻妙境，为学杜独优。其同时称诗则汪公玉卿尤著，尝为序，其诗行之。而季君文英又搜公补注五言律诗，请质不慧，余受而卒业，知公之苦心于杜注，往往独观其微，千载隐衷，一朝得暴，可谓杜之忠臣，九泉有知，亦当心服。④

序中先肯定了李空同（李梦阳）、方少司徒（方弘静）与汪瑗都是

---

① （清）张廷玉等撰《明史》，中华书局，1974，第7226页。
② （明）汪瑗撰《杜律五言补注》，台北大通书局，1974，第36页。
③ （明）汪瑗撰《杜律五言补注》，台北大通书局，1974，第36页。
④ （明）汪瑗撰《杜律五言补注》，台北大通书局，1974，第1-3页。

研究杜诗的佼佼者，"尝为序，其诗行之"一句，强调了汪瑗的诗歌才华，且其自著遗稿"已贵洛阳之纸"①，并对后代的杜诗研究产生很大的影响，仇兆鳌、张溍都曾受到汪瑗的影响。

汪瑗解诗时分章疏解诗意，评《课小竖锄斫舍北果林枝蔓荒秽净讫移床三首》云："一章泛言僻野，二章言晓晴，三章言日暮，此叙景之章法也。一章言无心，二章言随意，三章言以徘徊结之，此叙情之章法也。一章言隐几而坐，三章言倚杖而立，中言岸巾而回首，则在坐立之间，此叙事之章法也。规矩森然，非苟作者，然未者则不足以语此。"② 清代张溍的《读书堂杜工部诗集注解》的解诗章法基本上采纳了汪瑗解此诗的方法，只是语言稍加改变而已。清代仇兆鳌的《杜诗详注》对《杜律五言补注》进行了援引③。《杜律五言补注》使得杜诗的感情及主旨得到更好的理解与剖析，正如潘之恒于该书序中所评价汪瑗"可谓杜之忠臣，九泉有知，亦当心服"。

（二）《楚辞集解》

汪瑗为《楚辞》作注更是呕心沥血，汪文英称《楚辞集解》耗费"先人半生精力"④，且是书更为汪瑗所珍重，如汪文英所言"更为先人所醉心"⑤。

《楚辞集解》有两个刻本：其一为汪瑗之子汪文英于万历乙卯年（1615）所刊刻的初刻本；其二为汪瑗的侄子汪仲弘于戊午年（1618）所刻的补刻本。这两个刻本的最大不同在于《天问》篇注

---

① （明）汪瑗撰《楚辞集解》，董洪利点校，北京古籍出版社，1994，第 8 页。
② （明）汪瑗撰《杜律五言补注》，台北大通书局，1974，第 383 页。
③ 仇兆鳌撰《杜诗详注》卷八，清文渊阁四库全书本，第 361 页。
④ （明）汪瑗撰《楚辞集解》，董洪利点校，北京古籍出版社，1994，第 8 页。
⑤ （明）汪瑗撰《楚辞集解》，董洪利点校，北京古籍出版社，1994，第 8 页。

解的处理上，初刻本《楚辞集解》只有汪瑷在朱熹《楚辞集注》上的二十条旁批，而补刻本则将二十条《天问》初解替换为完整的《天问注补》两卷，署名为"新安汪仲弘畸人甫补注"①，也就是由汪仲弘补注。

内容上，《楚辞集解》分为《楚辞大序》、《楚辞小序》、屈赋二十五篇注解，《楚辞蒙引》及《楚辞考异》五部分。《楚辞大序》中，汪瑷择取了汉班固的《离骚解序》和《离骚赞序》，王逸的《楚辞章句序》，洪兴祖的《楚辞总论》，朱熹的《楚辞后语》中《反离骚》之部分内容，刘勰的《辨骚》，洪兴祖的《楚辞补注》卷第一下之文字，朱熹的《六义》《楚辞集注序》。立足于明朝，汪瑷择取了何乔新的《重刻楚辞序》，王鏊的《重刊王逸注楚辞序》。《楚辞小序》中，汪瑷依朝代先后分别择取小序的内容，如《离骚经》的小序中，先选王逸的序，次之朱子之序，最后为吴讷之序。《蒙引》内容是《离骚》中的名物、字句的辨解。《蒙引》目录分为上下卷共244条，上卷有125条，下卷有119条，《蒙引》仅考定《离骚》的相关字句，非常细致。焦竑于《楚辞集解序》云："至于名物字句，不惮猥细，一一详究，目之曰《蒙引》。诚艺苑之功人，楚声之先导已。"②《楚辞考异》的重点在于字句的厘定，所以汪瑷考定众本，对王逸的《楚辞章句》、洪兴祖的《楚辞补注》及其同乡朱子的《楚辞集注》诸本予以考辨，而选择的标准为："颇择其文从字顺意义明畅者而从之，余皆删去，不复缀于各章之下，恐其繁芜，不便观览。"③考异条目共172条，仅列《离骚》篇文字考异。

在选篇上，《楚辞集解》仅选择了汪瑷自己所认定的屈原的二

---

① （明）汪瑷集解《楚辞集解》，汪仲弘补注，戊午年（1618）刻本《天问注补》卷。
② （明）汪瑷撰《楚辞集解》，董洪利点校，北京古籍出版社，1994，第3页。
③ （明）汪瑷撰《楚辞集解》，董洪利点校，北京古籍出版社，1994，第439页。

十五篇作品，即《楚辞章句》所认定的屈原作品，足可以看出汪瑷独厚屈子而舍他家的倾向。李梦阳曰："史称班马，班实不如马。赋称屈宋，宋实不如屈。屈与马二人，皆浑浑噩噩，如长江大海，探之不穷，揽之不竭者也。"① 汪瑷在《楚辞集解》的篇目选择上与李梦阳的观点相似，他认为"屈子文章为词赋之祖"②，而没有选择宋玉及其以下的其他篇目。

汪瑷搜罗前人及时人的各种学术成果，旁征博引，并将能见到的各种《楚辞》版本进行多重比较，洞其得失并最终形成自己的结论，作为《楚辞》阐释史上一种特殊体例，以其"发人之所未发，悟人之所未悟"③ 之优势对楚辞学研究产生重要影响，闵齐华的《文选瀹论》、李陈玉的《楚辞笺注》、王夫之的《楚辞通释》等明清的许多楚辞注本无不受其启发。

汪瑷生平资料目前所见甚少，当与《四库全书总目》对其评价有关："其尤舛者，以'何必怀故都'一语为《离骚》之纲领，谓实有去楚之志，而深辟洪兴祖等谓原恋恋宗国之非。又谓原为圣人之徒，必不肯自沉于水，而痛斥司马迁以下诸家言死于汨罗之诬。盖掇拾王安石《闻吕望之解舟》诗李壁注中语也。亦可为疑所不当疑，信所不当信矣。"④ 盖正为《楚辞集解》未被收入《四库全书》的主要原因，其相关资料留存下来的也寥寥无几，有待进一步查考。

第二节 《楚辞集解》的撰写动机

明嘉靖学者汪瑷所撰写的《楚辞集解》一书，是明代较重要的

---

① 杨金鼎等编《楚辞评论资料选》，湖北人民出版社，1985，第 97 页。

② （明）汪瑷撰《楚辞集解》，董洪利点校，北京古籍出版社，1994，第 290 页。

③ （明）汪瑷撰《楚辞集解》，董洪利点校，北京古籍出版社，1994，第 1 页。

④ （清）永瑢等撰《四库全书总目》，中华书局，1965，第 1269 页。

《楚辞》注本之一。董洪利先生曾评价其为"明代《楚辞》注本中质量较高、较有特色的一部著作"①。《楚辞集解》能不囿成见、冲决旧说，提出不少真知灼见，其独有的学术价值及学术影响，将楚辞研究推向了新的台阶。然逮至有清，《四库全书总目》却给予其"臆测之见""疑所不当疑，信所不当信"②之评价，攻其一端，不及其余，致使其流传及研究滞后，金开诚与葛兆光先生曾撰写专文予以澄清。然据笔者所知，迄今为止，相对于汪瑗《楚辞集解》的学术价值及其学术影响而言，专门考察和评价该书特色的专文甚少，故略陈刍荛之见，以期就正于方家。

一　不满前注

古人往往因不满于前注，而重新给《楚辞》作注，王逸的《楚辞章句》即因此而产生，其云："班固、贾逵复以所见改易前疑，各作《离骚经章句》。其余十五卷（一作篇），阙而不说。又以壮为状（一作扶），义多乖异，事不要括（一作撮）。今臣复以所识所知……作十六卷章句。"③王逸因不满班固、贾逵之注而重新作《楚辞章句》，朱熹亦是，他于《楚辞集注》云："顾王书之所取舍，与其题号离合之间，多可议者，而洪皆不能有所是正……予于是益有感焉。疾病呻吟之暇，聊据旧编，粗加隐括，定为《集注》八卷。"④朱熹认为《楚辞》存在许多可议之处而洪兴祖未能因地制宜地进行补正，导致大义不明，使得屈原之情不得为后世所心领神会，于是朱熹作《楚辞集注》。

而汪瑗作《楚辞集解》亦因对前注有不满之处，云："然其间

① （明）汪瑗撰《楚辞集解》，董洪利点校，北京古籍出版社，1994，第1页。
② （清）永瑢等撰《四库全书总目》，中华书局，1965，第1269页。
③ （宋）洪光祖撰《楚辞补注》，白化文等点校，中华书局，1983，第48页。
④ （宋）朱熹撰《楚辞集注》，李庆甲校点，上海古籍出版社，1979，第3页。

文字多有异同，虽三家于本章之下略载其说，彼此各有所遗漏，不能备详。故予于《集解》之内，颇择其文从字顺意义明畅者而从之，余皆删去。"① 汪瑗所谓的"三家"指的是王逸、洪兴祖及朱熹所作之注，足见汪瑗对三家之注皆有不满之处，如在《蒙引》中注释"人心"一词时，汪瑗云："王逸曰'不察万人善恶'，五臣曰'不察众人悲苦'，俱非文意。"② 通过诸如此类注解，汪瑗指出了王逸《楚辞章句》以及洪兴祖《楚辞补注》存在的问题。但汪瑗撰写《楚辞集解》的主要原因还是针对朱熹《楚辞集注》之不足，因为明朝所传承的《楚辞》注本主要是朱熹的《楚辞集注》，这自然是与统治者的大力提倡分不开的。在明太祖、明成祖等统治者的大力倡导下，朱熹的地位可谓如日中天，而朱熹的《楚辞集注》则被奉为圭臬，其地位不容动摇，于是《楚辞集注》不断被重新刊刻，据《中国古籍善本书目·集部》显示，中国大陆现存的明刻朱注版本就有 24 种之多。③ 在这种学术背景下，汪瑗虽然对王逸及洪兴祖之注的个别问题有所訾议，但他更多地表现了对朱熹《楚辞集注》的不满，对其指责也更为集中，云：

> 瑗尝取王洪朱子之书而并阅之矣，朱子之书不过聊遽王洪之书而粗加隐括之耳，其离合之间，文义之出，虽为分章辨证，而所谓题号之所拟，指意之所归，亦未尝有所发明，而二家之犹有可颇采者，又皆弃之不取，不知其何故也。尝考朱子《年谱》，此书之成，年已六十二矣。其著书之功，当益精密，

① （明）汪瑗撰《楚辞集解》，董洪利点校，北京古籍出版社，1994，第 439 页。
② （明）汪瑗撰《楚辞集解》，董洪利点校，北京古籍出版社，1994，第 337 页。
③ 中国古籍善本书目编辑委员会编《中国古籍善本书目·集部》，上海古籍出版社，1996，第 6 - 8 页。

而反疏略之甚，岂终以为辞赋之流而不加之意耶？①

上文中，汪瑗主要提出对《楚辞集注》的四处不满。其一，指责《楚辞集注》"不过聊遽王洪之书而粗加隐括"，汪瑗的这种说法正是针对《楚辞集注》序中朱熹自己所言"聊据旧编，粗加隐括"而提出。诚然，朱熹确实有粗加隐括之处，如注释《离骚》中"吾令帝阍开关兮，倚阊阖而望予"一句时，王逸曰："阊阖，天门也。言己求贤不得，疾谗恶佞，将上诉天帝，使阍人开关，又倚天门望而距我，使我不得入也。"② 而朱熹注释曰："令帝阍开门，将入见帝，而阍不肯开，反倚其门望而拒我，使不得入。"③ 此处，朱熹之注即为据王逸之注而略作修改之例。但朱熹于《序》中言及"聊据旧编，粗加隐括"当为表示谦虚之意而已，正如汪瑗在《序》中亦通过"又岂敢与王、朱等注衡哉"④ 一句来表明自己的谦逊的态度而已。所以，汪瑗对朱熹《楚辞集注》评价为"不过聊遽王洪之书而粗加隐括"的说法还是有些武断的，汪瑗自己在《楚辞集解》中就采纳了朱熹的一些字词训诂及观点，如："朱子曰：'云霓，盖以为旌旗也。'是矣。"⑤ 又如"朱子《辩证》曰：'此篇所言陈词于舜……王、洪二注类皆曲为之说，反害文义。至于悬圃、阆风、扶桑、若木之类，不足考信……'。瑗按：朱子之辨甚得本旨，足以破二家之曲说"⑥。由此二例即可看出《楚辞集注》并非只是对二家"粗加隐括"。其二，指责朱熹并未竭尽全力去撰写《楚辞集注》。朱熹撰写《楚辞集注》时年已六十二，汪瑗

---

① （明）汪瑗撰《楚辞集解》，董洪利点校，北京古籍出版社，1994，第 202 - 203 页。
② （宋）洪兴祖补注《楚辞补注》，卞岐整理，凤凰出版社，2007，第 25 - 26 页。
③ （明）汪瑗撰《楚辞集解》，董洪利点校，北京古籍出版社，1994，第 74 页。
④ （明）汪瑗撰《楚辞集解》，董洪利点校，北京古籍出版社，1994，第 4 页。
⑤ （明）汪瑗撰《楚辞集解》，董洪利点校，北京古籍出版社，1994，第 427 页。
⑥ （明）汪瑗撰《楚辞集解》，董洪利点校，北京古籍出版社，1994，第 370 页。

认为以朱熹的年龄与修为，"其著书之功，当益精密，而反疏略之甚"，所以他认为朱熹并未竭尽全力去注解《楚辞》。于此，汪瑗举例论述曰："朱子注曰：'沬，昏暗也。'直至后《招魂》曰沬与昧同，不注于前而注于后，亦非是。盖朱子注《楚辞》之时已六十二岁，岂亦因年老而又以《楚辞》非圣经之比，故忽略之与？"①《离骚》与《招魂》中均有"沬"一字，而《离骚》又在《招魂》之前，所以汪瑗认为"沬与昧通"这一注释当出现于《离骚》的注释之中，而朱熹却将其放在《招魂》一篇之中。汪瑗猜测《楚辞集注》之所以会出现这一失误主要源自两方面原因：从客观上讲当时朱熹年事已高；而从主观上讲他认为朱熹因《楚辞》并非圣人之经典而将其疏忽。其三，汪瑗指责《楚辞集注》"未尝有所发明"，关于这一点，汪瑗身体力行，《楚辞集解》中确有不少真知灼见，其师归有光曾高度评价汪瑗之《离骚》注，云："发人之所未发，悟人之所未悟。"② 其四，汪瑗认为朱熹的《楚辞集注》对王逸、洪兴祖注本中的一些可取之处并未加以采纳。汪瑗对朱熹的不满溢于言表，且在指出《楚辞集注》存在的问题之时语气比较尖锐。

汪瑗除了指出《楚辞集注》中所存在的问题，他还对出现这些问题的内在根源进行了推测："岂当时或命门人草创，而己稍是正邪？尝闻之师曰：'《纲目》之书，乃朱子命门人各成数册，而己特总裁之耳。'"③ 汪瑗曾听其师论及《纲目》一书是朱熹命门人各成数册，而质疑《楚辞集注》或也为朱子命门人草创，才致使《楚辞集注》多不尽如人意之处。

综上所述，汪瑗之前及当时，《楚辞集注》是明代流传的最主

---

① （明）汪瑗撰《楚辞集解》，董洪利点校，北京古籍出版社，1994，第424页。
② （明）汪瑗撰《楚辞集解》，董洪利点校，北京古籍出版社，1994，第1页。
③ （明）汪瑗撰《楚辞集解》，董洪利点校，北京古籍出版社，1994，第203页。

要注本，汪瑗因其存在诸多问题，所以在并阅王、洪、朱三家注本的基础上，旁征博引、多方论证，以期参校考异补正前注之不足。

二　扶正抑邪

汪瑗的"无失扶抑邪正之意"体现了其正者扶之、邪者抑之的人生信念，其内容主要涵盖两个方面，其一是他在注解屈赋之时能"无失扶抑邪正之意"，其二是他在评价屈原的人生遭遇时亦能"无失扶抑邪正之意"。

在《楚辞集解》序中，汪瑗阐明了自己注解屈赋"无失扶抑邪正之意"的原则和方法。汪瑗云："瑗今妄意抒辞，尊经而遗传，岂敢确为定论，又岂敢与王、朱等注衡哉？其有洞而无疑者，则从而尊之；有隐而未耀者，则从而阐之；有诸家之论互为异同者，俾余弟珂博为搜采，余以己意断之。宁为详，毋为简。宁芜而未剪，毋缺而未周。务令昭然无晦，卓然有征，以无失扶抑邪正之意。"①在原则上，汪瑗对那些前人已经洞察清楚、明白无疑的注解采取尊重的态度，而对那些经过前人注解之后依然隐晦不清的诗句则进一步阐释，使之明白易懂。而对诸家意见不一的注解汪瑗则采用多重比较法，广泛搜集材料，将王、洪、朱等各种注解进行对比，洞其得失后得出自己认为正确的结论而摒弃那些他所认为的错误观点，从而做到"无失扶抑邪正之意"。

汪瑗有感于屈原的遭遇，更勇敢地表达了他扶正抑邪的观点，云："余昔闻邪正消长之说，每慨正者之不能胜邪，今读《离骚》而益致感焉。屈原被谗，千古同恨。"②汪瑗每每因正之不能胜邪而感慨万千，逮及他读至《离骚》之时此种感慨更加难以抑制，甚而

---

① （明）汪瑗撰《楚辞集解》，董洪利点校，北京古籍出版社，1994，第 4 - 5 页。
② （明）汪瑗撰《楚辞集解》，董洪利点校，北京古籍出版社，1994，第 4 页。

至于"涕泗沾襟，掩卷太息而莫能自已者"①。《楚辞集解》除了向读者传达这种千古同恨之外，更挖掘出屈原受害的深层原因，阐释了汪瑗"正者扶之，邪者抑之"的观点。

> 屈子之心，炳若丹青，昭若日月，楚王非真不知也。自古正道难容，谗言易入。恶謇謇而喜诺诺，壅君之大都也。呜呼！前有谗而不见，后有贼而不知，犹之可也。见其谗而信之，知其贼而近之，安其危而利其菑，乐其所以亡者，如此又乌可与言哉？②

汪瑗首先对屈原的"炳若丹青，昭若日月"的忠心给予称颂，然后指出君王"前有谗而不见，后有贼而不知"的昏聩之举，他认为正是这样的"壅君"才是导致屈原"正道难容"的根本原因。不止于此处，汪瑗在给《怀沙》一篇作注时亦云："屈子之悲愁久矣，其为谗人壅君故也。"③ 在注《哀郢》一篇时，云："故虽明明知其为君子，而謇謇然不能用；明明知其为小人，而恋恋然不忍舍也……小人之进，君子之退也。君子小人之一进一退，系于君心一念，好恶之微，而国家之治乱存亡随之矣。"④ 如此，就将屈原的悲剧原因归咎于谗人及君主，而其中统治者的昏聩无知无疑是其根本原因，于此，汪瑗的那种抑邪扬正之意多次得以展现。而同样针对屈原之志不得伸于其时，朱熹则曰："屈原之忠，忠而过者也。屈原之过，过于忠者也。"⑤ 在朱熹的眼里，此一"过"字令屈原之"忠"不

① （明）汪瑗撰《楚辞集解》，董洪利点校，北京古籍出版社，1994，第 4 页。
② （明）汪瑗撰《楚辞集解》，董洪利点校，北京古籍出版社，1994，第 150 页。
③ （明）汪瑗撰《楚辞集解》，董洪利点校，北京古籍出版社，1994，第 204 页。
④ （明）汪瑗撰《楚辞集解》，董洪利点校，北京古籍出版社，1994，第 181 页。
⑤ （明）汪瑗撰《楚辞集解》，董洪利点校，北京古籍出版社，1994，第 13 页。

过成为一种不符合中庸之法度的行为而已，而汪瑗将屈原受谗之矛头直接指向君王，指责君王听信谗言，这无疑是大胆冒犯人君的一种难能可贵的勇气，这也正是汪瑗扶正抑邪的一种方式，更是对当朝统治者的一种旁敲侧击。

三　悼念不得志者

在《楚辞集解》序中，汪瑗用一句"亦惟自致扶抑之意，以为不得志于时者悼耳"①，表达了他对美好的人或事物"不得志于时"的悼念之情。《楚辞集解》不但表达了汪瑗对《离骚》不能得遇圣人的惋惜之情，更深深地表达他对屈原不得志的哀婉之意。

汪瑗认为，如果《离骚》出现在孔子删诗之时，一定不会被遗弃，云："瑗独不能忘情于《骚》者，非独以原可悲也，亦惟悲夫《骚》不及一遇尼山耳。使《骚》在删《诗》时，圣人能遗之乎？"② 当然，汪瑗此种观点不过是一种假设，然正是这种假设加深了汪瑗对《离骚》的惋惜之情。同时，汪瑗还通过分析"《诗》不列楚风，而《鲁论》载楚歌，《汝坟》、江、汉之章与《二南》并纪"③，指出《汉广》列于《周南》之中，而《江有汜》则列于《召南》之中，而汉、江当时为楚地，汪瑗以此说明孔子重视楚歌。"祝氏曰：'按屈原为《骚》时，江汉皆楚地。盖自王化行乎南国，《汉广》《江有汜》诸诗已列于《二南》、十五国风之先。'"④ 这句话也说明了楚诗的重要性，设若《离骚》得遇孔子，孔子定会将其列入经典之列，表达了汪瑗对《离骚》未能得遇孔子的哀婉之情。明代徐师曾也对楚歌的重要性进行了阐释，他说："按《楚辞》

---

① （明）汪瑗撰《楚辞集解》，董洪利点校，北京古籍出版社，1994，第5页。
② （明）汪瑗撰《楚辞集解》，董洪利点校，北京古籍出版社，1994，第4页。
③ （明）汪瑗撰《楚辞集解》，董洪利点校，北京古籍出版社，1994，第4页。
④ 吴讷、徐师曾著《文章辨体序说·文体明辨序说》，人民文学出版社，1962，第20页。

者,《诗》之变也。《诗》无楚风,然江、汉之间皆为楚地,自文王化行南国,《汉广》、《江有汜》诸诗列于《二南》,乃居十五《国风》之先,是《诗》虽无楚风,而实为《风》首也。"① 徐师曾认为《诗经》中虽然没有在《国风》篇中列《楚风》,但却将楚歌列于《二南》之列,从而肯定了楚歌的重要性,同时从侧面说明了《楚辞》的崇高地位。王世贞在《楚辞章句序》中亦云:"所谓《离骚》者,纵不敢方响《清庙》,亦何遽出齐、秦二风下哉!"② 又云:"是故孔子而不遇屈氏则已,孔子而遇屈氏,则必采而列之《楚风》。"③ 王世贞的序最早见于芙蓉馆《楚辞章句》(1571 年),而汪瑗《楚辞集解》当完成于 1548 年,但是汪瑗与王世贞的相似观点,都表达了当时人们对于屈赋不得于时的观点。此外,茅坤于《青霞先生文集序》曰:"屈原之《骚》疑于怨,伍胥之谏疑于胁,贾谊之疏疑于激,叔夜之诗疑于愤,刘蕡之对疑于亢。然推孔子删《诗》之旨而裒次之,当亦未必无录之者。"④《离骚》曾被"疑于怨",班固在评价屈原时,虽然肯定屈赋弘博丽雅、为辞赋之宗的特点,但对其赋中所体现的幽愤怨怼则颇有微词,曰:"然责数怀王,怨恶椒兰,愁神苦思,强非其人。"⑤ 但茅坤之评价体现了明代审美观念的变化,他认为如果按照孔子删定《诗经》的原则收集、编辑它们,则"未必无录之者",其中的惋惜之情溢于言表。汪瑗、王世贞及茅坤对屈赋尤其是《离骚》的评价反映了当时明代学者的一种普遍思潮:对屈赋的赞赏之情以及对屈赋没有能得遇孔子而纳

---

① (明)徐师曾著《文体明辨序说》,见王水照《历代文话》,复旦大学出版社,2007,第 2071 页。

② 杨金鼎等编《楚辞评论资料选》,湖北人民出版社,1985,第 106 页。

③ 杨金鼎等编《楚辞评论资料选》,湖北人民出版社,1985,第 106 页。

④ (清)吴楚材、吴调侯编选《古文观止译注》,上海古籍出版社,2006,第 675 页。

⑤ (汉)班固撰《离骚解序》,引自汪瑗撰《楚辞集解》,董洪利点校,北京古籍出版社,1994,第 9 页。

入经学研究范畴的遗憾。

《离骚》之外，汪瑗更表达了对屈原不得志于时的痛惜之情。汪瑗云："《哀郢》之作，而以谗人之嫉妒，用贤之倒置终之，岂无意乎？襄王迷而不悟，懦而无为，使屈子之志竟莫能伸，而千古之恨至今诵之，令人太息不已。故太史公读《哀郢》而悲其志焉。"① 屈原虽贤但终因君主的懦而无为而抱憾终生，且汪瑗将屈原的这种抱才不遇的痛楚与舜号泣于旻天之情相提并论，曰："自太史公以屈贾同传，而后世叹惜抱才不遇者多曰屈贾屈贾云，非也。灵均所遭，实与大舜号泣于旻天之情同其直切。"② 汪瑗认为贾谊的抱才不遇 "虽不为无病而呻吟，遄想当时气象，其与阮籍猖狂遇穷途而浪哭者，相去无几矣"③。故汪瑗认为不能将贾谊与屈原相提并论，通过将屈原与舜及贾生进行对比，传达了对 "屈子之志竟莫能伸" 的深深惋惜之情。古往今来，屈原一直被认为是不得志者的代表，太史公曰："余读《离骚》《天问》《招魂》《哀郢》，悲其志。"④ 司马迁读屈原作品后曾为屈原有志难伸而悲伤。郑振铎云："屈原成了后代封建社会里一切不得志、被压抑甚至在大变动时代里受到牺牲、遇到苦难的人的崇敬和追慕的目标。"⑤ 自汉以后，文人及注者对屈原及《楚辞》的臧否之情往往与自身的遭遇或国家的社会环境相关。

汪瑗本人亦有不得志、被压抑之感。虽然汪瑗本人 "幼厌青云事"⑥，汪瑗之师归有光也说他 "无意功名，以著述为心"⑦，可当

---

① （明）汪瑗撰《楚辞集解》，董洪利点校，北京古籍出版社，1994，第 182 页。
② （明）汪瑗撰《楚辞集解》，董洪利点校，北京古籍出版社，1994，第 69 页。
③ （明）汪瑗撰《楚辞集解》，董洪利点校，北京古籍出版社，1994，第 69 页。
④ （汉）司马迁撰《史记》，中华书局，1959，第 2503 页。
⑤ 郑振铎：《屈原作品在中国文学上的影响》，《文艺报》1953 年第 17 期。
⑥ （明）汪瑗撰《楚辞集解》，董洪利点校，北京古籍出版社，1994，第 1 页。
⑦ （明）汪瑗撰《楚辞集解》，董洪利点校，北京古籍出版社，1994，第 1 页。

汪瑗的父亲得知汪瑗及其弟并没有专心致力于科举功名之事时，对他们采取"言且谇"①的态度，不但直言规劝而且甚至于责骂，迫于父亲的威压，汪瑗开始"屈首经艺"②，可是最终未能"挂尺组沾斗禄"③，这对汪瑗及其父亲而言，不得不说是一个遗憾。归有光曾对此事发表过感慨："才如玉卿，何愧于庙廊，何羞于缙绅，竟不能脱其颖，天行使余两人主此极，玉卿不能为余解，余更不能为玉卿解也。"④仕途上的蹇顿对汪瑗不得不说是一种压抑与不得志的体现。所以汪瑗的这种念君忧国之心在注解《楚辞》时就格外突出。对于屈原的这种不得志于时的痛楚，蒋骥体会得更加深刻，其于《山带阁注楚辞·后序》云："余老于诸生，逾三十年。场屋之苦，下第之牢愁，殆与身相终结。年二十三，得头目之疾，毕生不痊。"⑤才如汪瑗与蒋骥，竟不能脱颖而出，这种痛楚增加了他们对屈原不得志于时的相通性，于注释屈赋时获得安慰与寄托，同时亦加深了对屈原那种惺惺相惜的感触，而注者只有与屈原有相似的怀才不遇情感体验，才能更好地去理解并注释屈赋。

四 发前人之所未发

汪瑗于《楚辞集解》序中云："沧浪《答吴景山书》又有云：'所论《离骚》，中有深得，实前辈之所未发。'余注固知无当，不知于当时景山注且奚若也。"⑥南宋时，沧浪在评价《楚辞》的论述时就强调要发人之所未发，而汪瑗提出要有真知独见，故将沧浪之

---

① （明）汪瑗撰《楚辞集解》，董洪利点校，北京古籍出版社，1994，第6页。
② （明）汪瑗撰《楚辞集解》，董洪利点校，北京古籍出版社，1994，第6页。
③ （明）汪瑗撰《楚辞集解》，董洪利点校，北京古籍出版社，1994，第8页。
④ （明）汪瑗撰《楚辞集解》，董洪利点校，北京古籍出版社，1994，第1页。
⑤ （清）蒋骥撰《山带阁注楚辞》，中华书局，1958，第5页。
⑥ （明）汪瑗撰《楚辞集解》，董洪利点校，北京古籍出版社，1994，第5页。

语写在《楚辞集解》序中。可见，"发前人之所未发"无疑是汪瑗撰写《楚辞集解》的缘起之一。而汪瑗强调"发前人之所未发"主要缘于当时社会思潮的影响以及其师归有光的影响。

明嘉靖时期，由于"心学"的倡导，"在《楚辞》学领域，由前期的独尊朱注转变为对朱注的怀疑与批评，使得《楚辞》研究打破了长期以来拘守旧说、因袭停滞的局面，而逐渐形成繁荣的气象"①。正是当时那种敢于质疑、勇于批评的时代思潮的感染，使得楚辞学的研究激荡出清新的空气，楚辞学研究成果逐渐多了起来，周用的《楚词注略》即完成于嘉靖年间。而作为"朱子阙里"的徽州，儒风昌盛，成为人文渊薮之地，彬彬乎多肩圣贤而躬实践之文士。嘉靖时期，更孕育出了"都人士罔不心倾"②名噪三吴的汪瑗，他因《楚辞集注》"未尝有所发明"③而撰写了独具创见的《楚辞集解》。汪瑗之所以才华横溢，是与徽州悠久的历史文化的陶冶及激励息息相关的。

此外，汪瑗曾师从于归有光，归有光要求学生要有真知灼见，云："愿诸君相与悉心研究，毋事口耳剽窃。以吾心之理而会书之意，以书之旨而证吾心之理，则本原洞然，意趣融液，举笔为文，辞达义精。"④归有光提倡有所创见并身体力行做到了这一点，清抄本《归震川先生未刻稿》中，沈钦甫评价归有光的《经论孟传标注》即做到了"发前人所未发"。汪瑗于《惜诵》注中亦提出要做到有真知独见，云："故学者观书，贵有真知独见，不可不求诸心，而徒傍人篱壁，拾人涕吐也。"⑤汪瑗不但强调要有真知独见，同时

---

①　李中华、朱炳祥著《楚辞学史》，武汉出版社，1996，第 141 页。

②　（明）汪瑗撰《楚辞集解》，董洪利点校，北京古籍出版社，1994，第 6 页。

③　（明）汪瑗撰《楚辞集解》，董洪利点校，北京古籍出版社，1994，第 202 页。

④　（明）归有光著《震川先生集》，周本淳校点，上海古籍出版社，1981，第 151 页。

⑤　（明）汪瑗撰《楚辞集解》，董洪利点校，北京古籍出版社，1994，第 161 页。

指出了吴讷"拾人之涕吐"的现象："海虞吴讷亦谓此篇（《悲回风》）临终之作，出于瞀乱迷惑之际，词混淆而情哀伤，无复如昔雍容整暇矣。是亦拾人之涕吐者也，曷尝深考其文，而为自得之言乎？"① 正因为汪瑗看到了其他《楚辞》注者"拾人之涕吐"之处，他在《楚辞集解》中尽可能做到"发前人之所未发"。

事实上，汪瑗也的确做到了"发前人之所未发"，归有光在评价汪瑗的《楚辞集解》时云："今观《离骚》之注，发人之所未发，悟人之所未悟，发以辩理，悟以证心，千载隐衷，籍玉卿一朝而昭著。"② 如针对"昔三后之纯粹兮"中的"三后"的训诂，崔富章先生云："瑗学有根柢，非扶墙摸壁之徒，毅然突破王、洪、朱三大家旧说，成一家之言。自是而后，楚辞研究家如王夫之、戴震、马其昶、刘永济并从其说，姜亮夫师《屈原赋校注》亦采录，新著《楚辞通故》一书中更详为考释之。首创之功，当推汪瑗。"③ 在其他方面汪瑗亦多所创见，且有些观点已为后世《楚辞》研究者所接受。明代中后期注重创新，王文禄于《文脉》说："文之高胜者，必命世才，自出新机，不蹈陈辙，用发吾胸中之蕴概。"④ 汪瑗《楚辞集解》中有很多独到的观点为后人所接受，后人的许多"名说"即直接采纳或间接变用汪瑗的观点，但因没有标明出处，使人不明真相。如明人闵齐华的《文选瀹注》中"湘君""湘夫人"为配偶神之说，王夫之《楚辞通释》关于《九章·哀郢》的创作背景是楚顷襄王二十一年秦将白起攻破郢都的说法，以及《九歌·礼魂》是前十篇的送神曲的观点，还有戴震《屈原赋注》中一些颇

---

① （明）汪瑗撰《楚辞集解》，董洪利点校，北京古籍出版社，1994，第233页。
② （明）汪瑗撰《楚辞集解》，董洪利点校，北京古籍出版社，1994，第1页。
③ 崔富章：《明汪瑗〈楚辞集解〉书录解题》，见《屈原研究论集》，长江文艺出版社，1984，第367页。
④ （明）王文禄撰《文脉》，中华书局，1985，第9-10页。

有影响的解释①，即直接采纳或间接变用汪瑗的观点。金开诚和葛兆光先生曾撰写《汪瑗和他的〈楚辞集解〉》予以澄清。然而，《楚辞集解》亦有"臆测之见"，"其尤舛者，以'何必怀故都'一语为《离骚》之纲领，谓实有去楚之志，而深辟洪兴祖等谓原惓惓宗国之非。又谓原为圣人之徒，必不肯自沉于水，而痛斥司马迁以下诸家言死于汨罗之诬。盖掇拾王安石《闻吕望之解舟》诗李壁注中语也。亦可为疑所不当疑，信所不当信矣"②。这也正是《楚辞集解》未被收入《四库全书》的主要原因。

综上所述，汪瑗是因为不满于前注，而本着发前人之所未发的态度，饱含着"无失扶抑邪正之意"以及悼念不得志者的情感撰著了《楚辞集解》。《楚辞集解》虽无"叔师一笺，朦发万古"③之功，但作为明代楚辞学的代表作，自其产生之日起，便以其"发人之所未发，悟人之所未悟"④之优势而对楚辞学研究产生重要影响，闵齐华的《文选瀹论》、李陈玉的《楚辞笺注》、王夫之的《楚辞通释》等明清的许多楚辞注本无不受其启发。

第三节 《楚辞集解》的版本、体例

徐师曾说："'解者，释也。因人有疑而解释之也。'扬雄始作《解嘲》，世遂仿之。其文以辩释疑惑、解剥纷难为主，与论、说、议、辩，盖相通焉。其题曰解某，曰某解，则惟其人命之而已。"⑤

① 金开诚、葛兆光：《汪瑗和他的〈楚辞集解〉》，见中华书局编辑部编《文史》第19辑，中华书局，1983，第174页。
② （清）永瑢等编《四库全书总目》，中华书局，1965，第1269页。
③ （明）汪瑗撰《楚辞集解》，董洪利点校，北京古籍出版社，1994，第5页。
④ （明）汪瑗撰《楚辞集解》，董洪利点校，北京古籍出版社，1994，第1页。
⑤ （明）徐师曾撰《文体明辨序说》，见王水照《历代文话》，复旦大学出版社，2007，第2104页。

汪瑗之"集解"广集众家之说而辨释疑惑、论说得失，他广搜楚辞学史上前贤及时人的各种研究成果，旁征博引，并将能见到的各种《楚辞》版本进行多重比较，洞其得失最终形成自己的结论，作为《楚辞》阐释史上特有的一种体例，其"集解""发人之所未发，悟人之所未悟"①，具有重要的学术价值和借鉴意义。

一 《楚辞集解》的版本

国内现存的《楚辞集解》主要有两个刻本：其一是汪瑗之子汪文英于"万历乙卯"②年（1615）所刻；其二是汪瑗之侄汪仲弘于万历戊午年（1618）所补刻。

汪文英刻本于"武汉大学、上海图书馆、浙江图书馆、南京图书馆等处藏"③，另外，该版本被收入《续修四库全书》《四库全书存目丛书》。汪仲弘"补刻本"则有"浙江图书馆、四川图书馆藏，又日本京都大学、上野图书馆藏"④。另外，国家图书馆也藏有此刻本。汪仲弘刻本之所以称为"补"主要是因为其中有汪仲弘所补的《天问注补》，国家图书馆善本阅览室藏有《天问注补》单行本，编号为17319。另外美国国会图书馆⑤也藏有《天问注补》。董洪利的点校本则"以日本上野图书馆藏本为底本，参校了北京图书馆万历四十六年刊本"⑥。

"长期以来，则视日本所藏珍贵无比，其实中国藏本就其完整和收藏都较日本藏本为优"⑦。然而无论从内容上还是各部分内容所

① （明）汪瑗撰《楚辞集解》，董洪利点校，北京古籍出版社，1994，第1页。
② （明）汪瑗撰《楚辞集解》，董洪利点校，北京古籍出版社，1994，第8页。
③ 洪湛侯撰《楚辞要籍解题》，湖北人民出版社，1984，第47页。
④ 洪湛侯撰《楚辞要籍解题》，湖北人民出版社，1984，第48页。
⑤ 洪湛侯撰《楚辞要籍解题》，湖北人民出版社，1984，第48页。
⑥ （明）汪瑗撰《楚辞集解》，董洪利点校，北京古籍出版社，1994，第6页。
⑦ 熊良智：《〈楚辞集解〉刻本的几个问题》，《四川师范大学学报》1994年第4期。

出现的顺序而言，汪文英刻本、汪仲弘补刻本都存在很大的不同，兹就国内所存版本进行分析，列于下表（小括号内数字为该内容于书中所出现的次序）。

内容	汪文英"初刻本"	汪仲弘"补刻本"
序言	焦竑序（1）	焦竑序、归有光序、汪瑗自序、汪仲弘识语及《楚辞集解补纪由》（1）
目录	《离骚》《九歌》《天问》《九章》《远游》《卜居》《渔父》（2）	无此目录
《楚辞集解》正文卷	《离骚》《九歌》《天问》《九章》《远游》《卜居》《渔父》各篇集解正文（3）	《离骚》《九歌》《天问注补》《九章》《远游》《卜居》《渔父》各篇集解正文（4）
楚辞大序	《离骚解序》班孟坚、《离骚赞序》班孟坚、《楚辞章句序》王逸、《楚辞总论》洪兴祖、《楚辞后语》中朱晦庵《反离骚》之部分内容、《辨骚》刘勰、洪兴祖《楚辞补注》第一卷下之序、《六义》朱晦庵、《楚辞集注序》朱晦庵、《重刻楚辞序》何乔新、《重刊王逸注楚辞序》王鏊（4）	《离骚解序》班孟坚、《离骚赞序》班孟坚、《楚辞章句序》王逸、《楚辞总论》洪兴祖、《楚辞后语》中朱晦庵《反离骚》之部分内容、《辨骚》刘勰、洪兴祖《楚辞补注》第一卷下之序、《六义》朱晦庵、《楚辞集注序》朱晦庵、《重刻楚辞序》何乔新、《重刊王逸注楚辞序》王鏊（2）
楚辞小序	各篇小序（5）	各篇小序（3）
蒙引	《蒙引》目录及正文（6）	《蒙引》目录及正文（5）
考异	《考异》一卷（7）	《考异》一卷（6）
附	《两淮盐政采进》之相关跋语（8）	

汪仲弘补刻本有《天问注补》，汪文英初刻本有汪瑗的《天问》初解。两个版本中汪仲弘的"补刻本"不易见到，故大致描述如下。

国家图书馆古籍善本阅览室编码为19343的《楚辞集解》为汪

仲弘补刻本，该刻本共 16 册。第一册包括焦竑序、归有光序、汪瑗自序、汪仲弘识语及《楚辞集解补纪由》，另外还有楚辞大序以及楚辞小序。第二、三册为"楚辞集解离骚卷"，第二册卷首标有"楚辞集解离骚卷"，其署名为"新安汪瑗玉卿集解，秣陵焦竑弱侯订正"。第三册卷首改为"新安汪瑗玉卿集解，侄仲弘补辑"，卷尾标注"楚辞集解离骚卷"。第四、五册为"楚辞集解九歌卷"。第六册为"天问注补"卷之上。第七册为"天问注补"卷之下。第八到第十一册为"楚辞集解九章卷"，但与"九歌卷"不同的是"九章卷"在每首诗歌注解的侧面都标明了诗歌的题目，如"九章·惜诵"，而"九歌卷"每首诗歌注解皆总标为"九歌"二字。第十二册为"楚辞集解远游卷""楚辞集解卜居卷""楚辞集解渔父卷"。第十三册为"离骚蒙引目录"以及《楚辞蒙引》"离骚卷之上"（到"羌"之注解结束）。第十四册仍为《楚辞蒙引》，从注解"成言"开始至"圣哲茂行"结束。第十五册为《楚辞蒙引》"离骚卷之下"，从"'瞻前顾后'一章"到"九疑并迎"结束。第十六册为《楚辞蒙引》所剩之部分及"楚辞考异"。

二 《楚辞集解》的体例

全书总体体例安排，分为楚辞大序、楚辞小序、《楚辞》各卷集解、《楚辞蒙引》、《楚辞考异》五部分，以下分而述之。

（一）楚辞大序

要想把握作者的编写意旨、核心思想乃至情感态度，必须以品读的方式通读全注，方能有所领悟。而注者往往会在序中将这些提纲挈领地展现给读者，在读完注者之序后往往能大致把握作者的基本情况，并对作者对有关问题的研究阐发有整体的把握。汪瑗的

《楚辞集解》以时间为线索，将历代《楚辞》注本之序兼收并蓄，通观诸家之序，便能洞悉楚辞学发展的盛衰轨迹，勾勒出一条清晰的楚辞学发展演变之脉络。

立足于明以前，汪瑗所选之序皆为前代具有代表性的序言，他择取了汉班固的《离骚解序》和《离骚赞序》，王逸的《楚辞章句序》；南朝齐梁年间刘勰的《辨骚》；宋洪兴祖的《楚辞总论》和《楚辞补注》之序，朱熹的《楚辞后语》中《反离骚》之部分内容、《六义》及《楚辞集注序》。历览诸序，可以洞悉历代《楚辞》研究的发展轨迹及其对屈子的价值观之微妙变化，可谓一目了然。不但可以看到班固讥屈原"露才扬己"之见，而且可看到洪兴祖为屈原辩护的"班孟坚、颜之推所云，无异妾妇儿童之见，余故具论之"① 之言，还可以看到朱熹对历代《楚辞》注疏的褒贬。

立足于明朝，汪瑗择取了何乔新的《重刻楚辞序》，王鏊的《重刊王逸注楚辞序》，而两序的内容体现了《楚辞》研究于明代的变化特征。何乔新于《重刻楚辞序》曰："然王、洪之注，随文生义，未有能白作者之心。而晁氏之书，辩说纷挐，亦无所发于义理。朱子以豪杰之才，圣贤之学，当宋中叶，阨于权奸，迄不得施，不啻屈子之在楚也。"② 在何乔新的序中，他将朱熹处境与屈子处境相比较，评王、洪之注，未能白作者之心，可以看出朱熹的《楚辞集注》在明朝楚辞研究中如日中天之崇高地位。至王鏊的《重刊王逸注楚辞序》，则曰："则逸也，岂可谓无一日之长哉？章决句断，俾事可晓，亦逸之所自许也。余因思之，朱子之注《楚辞》，岂尽朱子说哉？无亦因逸之注，参订而折衷之……盖自淮南王安、班固、贾逵之属，转相传授，其来远矣。"③ 明代正德年间户

---

① （明）汪瑗撰《楚辞集解》，董洪利点校，北京古籍出版社，1994，第13页。
② （明）汪瑗撰《楚辞集解》，董洪利点校，北京古籍出版社，1994，第18页。
③ （明）汪瑗撰《楚辞集解》，董洪利点校，北京古籍出版社，1994，第19页。

部尚书王鏊为重刊之王逸《楚辞章句》作序，反映了明代中期以后不再以朱熹的《楚辞集注》马首是瞻的时代背景。此外，王鏊明确指出了王逸注的优势："然余之懵也，若《天问》《招魂》，谲怪奇涩，读之多未晓析，及得是编，恍然若有开于余心。"[1] 王鏊在看到王逸所注的《天问》《招魂》后能够恍然领悟其中的道理，使王鏊认识到有重新刊刻王逸《楚辞章句》的必要性，这就是明朝楚辞学的一个突破，该时期已经由前期的以朱熹的《楚辞集注》为圭臬变为重新关注王逸的《楚辞章句》，出现了《楚辞》注本的多元化现象，这不得不说是一个进步。自是而后，《楚辞》研究的热潮再次兴起，汪瑗的《楚辞集解》即是其中的佼佼者。

作为集解，"楚辞大序"基本涵盖了前人研究《楚辞》所作序的主要成果，可以从侧面蠡测前贤时人对《楚辞》及对屈原看法的历史流变。姜亮夫的《楚辞书目五种》以及崔富章的《楚辞书目五种续编》即将历代《楚辞》的序纳入其中，如此，就能更好地为《楚辞》研究者提供更多的线索，也是对各注本所产生社会思潮及学术背景的一种补充。

（二）楚辞小序

楚辞小序，包括《离骚》《九歌》《天问》《九章》《远游》《卜居》《渔父》诸序，《九歌》《九章》之下又分列各篇小序，依照《楚辞章句》中屈赋篇次先后为序，并遵循朝代先后分别列出王逸、洪兴祖、朱熹、吴讷的序，如《离骚经》的小序中，先列王逸之序，次之朱子之序，最后为吴讷之序，这样就可以对时代传承转变中不同注本的观点一目了然。汪瑗在筛选各篇小序时非常谨慎，因吴讷的《九章》总序为引用朱熹的《九章》总序，为避免重复，

---

[1] （明）汪瑗撰《楚辞集解》，董洪利点校，北京古籍出版社，1994，第19页。

汪瑗没有再收录吴讷之《九章》总序，《九章》的《惜诵》及《怀沙》的小序亦是如此。吴讷指出祝尧的《古赋辨体》对朱熹《楚辞集注》的承袭，他说："元祝氏辑纂《古赋辨体》，其曰《后骚》者，虽文辞增损不同，然大意则亦本乎晦翁之旧也。是编之赋，既以屈、宋为首；其两汉以后，则遵祝氏，而以世代为之卷次。"① 从吴讷的叙述中可以看出祝尧的《古赋辨体》亦受到朱熹极大的影响。而于《九歌》及《九章》下的分篇注解中，汪瑗以"瑗按"两字为标志表明了自己的观点及见解。

（三）《楚辞》各卷集解

汪瑗认为"屈子文章为词赋之祖"②，因此在《楚辞集解》各卷中，汪瑗仅注解了他所认定的屈原的二十五篇作品，也即《楚辞章句》所认定的屈原作品，足可以看出汪瑗独厚屈子而舍他家的倾向，同时这也是明代社会思潮的一种反映，李梦阳曰："史称班马，班实不如马。赋称屈宋，宋实不如屈。屈与马二人，皆浑浑噩噩，如长江大海，探之不穷，揽之不竭者也。"③ 汪瑗在《楚辞集解》的篇目选择上认为"东方朔诸人《七谏》《九怀》，不足为《骚》拟"，虽则称为"楚辞集解"，然他只将他所认为的屈原的作品作为注解的对象，针对各部分分而述之，没有去选择宋玉及以下的其他的楚辞作品。

篇首有题解，如对《东君》篇之题解曰："《汉书·郊祀志》亦有东君，《汉志》之号实昉于此。盖日出于东方，故曰东君。东言其方，君称其神也。篇内凡曰吾，曰余者，皆设为东君自谓也。

---

① （明）吴讷著《文章辨体》，见《续修四库全书》总集类第 1602 册，上海古籍出版社，2002，第 151 页。
② （明）汪瑗撰《楚辞集解》，董洪利点校，北京古籍出版社，1994，第 290 页。
③ 杨金鼎等编《楚辞评论资料选》，湖北人民出版社，1985，第 97 页。

朱子以为主祭者自称，非是。"① 汪瑗对"东君"之篇题进行阐释，同时对朱熹之旧说加以驳正。

接着是对正文的注解，汪瑗非常注重文脉的梳理，他将屈赋各篇划分为若干段落，段下分章，然后在此基础上训诂文字、疏解文意。从划分段落而言，如《东皇太一》曰："首章言卜日以享神，中二章言享神之事，卒章言神之来享也。"② 汪瑗将全篇划分为三部分，分别阐述了每部分的大意。从划分章节而言，汪瑗在每章中分别进行梳理，如疏解《离骚》从"余既滋兰之九畹兮"至"愿依彭咸之遗则"一部分，汪瑗先将其分为三章，然后在每章中疏解字词。

> 此上三章，似觉是申前厎江篱以下诸章之意。一章言己道不行于时。二章言己之志不同于众。三章言己之所以修道立志者，不求合于今，而求合于古也。按：篇首至此，词气从容，有起有结，宛然为一篇也。此章之后，则太息流涕，郁邑怨恨之词作矣。其词愈切而意愈悲矣。读者不可不知也。③

此外，汪瑗在训诂集解时与王逸、洪兴祖、朱熹等相异之处还在于他在通解文义、训诂文字的基础上间以议论、抒发情感。如《哀郢》集解篇末曰："呜呼！《哀郢》之作，而以谗人之嫉妒，用贤之倒置终之，岂无意乎？襄王迷而不悟，懦而无为，使屈子之志竟莫能伸，而千古之恨至今诵之，令人太息不已。故太史公读《哀郢》而悲其志焉。"④ 这样沉痛惋惜的议论显然是有感而发。

---

① （明）汪瑗撰《楚辞集解》，董洪利点校，北京古籍出版社，1994，第 130 页。
② （明）汪瑗撰《楚辞集解》，董洪利点校，北京古籍出版社，1994，第 111 页。
③ （明）汪瑗撰《楚辞集解》，董洪利点校，北京古籍出版社，1994，第 47 页。
④ （明）汪瑗撰《楚辞集解》，董洪利点校，北京古籍出版社，1994，第 182 页。

（四）《楚辞蒙引》

《楚辞蒙引》其内容主要是对一些有分歧的字词进行辨析、考证，对一些有歧义的问题进行专题讨论。焦竑于《楚辞集解序》云："至于名物字句，不惮猥细，一一详究，目之曰《蒙引》。诚艺苑之功人，楚声之先导已。"①《离骚蒙引》目录分为上下卷，《离骚篇》（上）有 125 条，《离骚篇》（下）有 119 条，共 244 条，此《蒙引》所考证的篇目范围为《离骚》的相关字句，非常细致。

在解释"理"字时，汪瑗曰："《思美人》曰：'令薜荔以为理，因芙蓉以为媒。'《抽思》曰：'理弱而媒不通。'此曰：'理弱而媒拙。'屈子每每以理与媒对言，则理者，亦媒之别名也无疑矣。此处又依五臣注曰：'恐道理弱于少康。'以为道理之理，甚谬"②，汪瑗先列举《楚辞》各篇中出现的与"理"相关的诗句，并从中总结"理"字的使用规律，发现"理"常与"媒"对举，从而得出"理"字就是"媒"字的别称。在这个基础上，汪瑗指出了五臣解"理"字为"道理"的"理"的乖谬之处。

（五）《楚辞考异》

自屈原以其"与日月争光可也"之才创下《离骚》之杰作后，宋玉、刘向、王逸等人或哀而和之，或笺而注之。逮及汪瑗之时，训解者十数家。然而，在众人传承的过程中，因手抄等原因致使屈赋产生文字差异，如"皇览揆于余初度兮"一句中"览一作鉴。一无于字"③。在这种情况下，汪瑗"择其文从字顺意义明畅者而

---

① （明）汪瑗撰《楚辞集解》，董洪利点校，北京古籍出版社，1994，第 3 页。
② （明）汪瑗撰《楚辞集解》，董洪利点校，北京古籍出版社，1994，第 390 页。
③ （明）汪瑗撰《楚辞集解》，董洪利点校，北京古籍出版社，1994，第 439 页。

从之，余皆删去。不复缀之于各章之下，恐其繁芜，不便观览"①。汪瑗将自己认为文从字顺的字词保留在《楚辞集解》中，而其他存疑而不能备详的字词则将其单列成卷，以备读者观览，称为"楚辞考异"。

"考异"之体并非始于汪瑗，在洪兴祖的《楚辞补注》中已有《考异》，然而现存《楚辞补注》并未单列《考异》卷，据《直斋书录解题》，"案：《文献通考》作《补注楚辞》十七卷，《考异》一卷"②。从陈振孙的记载推测，洪兴祖的《楚辞考异》原本当为独立部分，而今其所补内容或已散入《楚辞补注》相关部分中。汪瑗《楚辞集解》中的《考异》卷为单行体，且汪瑗称他效仿朱熹《韩文考异》而作《楚辞考异》，云："故效朱子《韩文考异》，并附录于篇末。"③ 朱熹的《韩文考异》曾盛极一时，清代乾隆年间方世举云："《韩五百家注》自朱子《考异》出而遂废。"④ 朱熹阐明其作《韩文考异》之目的，云："悉考众本之同异，而一以文势、义理及它书之可证验者决之。"⑤ 无疑，朱熹是于多种版本之中考众本之不同，结合文势、义理及其他书籍之辅助进行校勘、辨伪，断以己意。汪瑗亦如是，考众本之不同，并依其意进行辨证。

1. 考众本之不同

在《楚辞考异》中，汪瑗"悉考众本之异同"，将《离骚》中的字句进行厘定，汪瑗云："予家所藏，仅有东京王逸《章句》、丹阳洪兴祖《补注》及吾乡先正朱子《集注》而已。"⑥ 从字面意

① （明）汪瑗撰《楚辞集解》，董洪利点校，北京古籍出版社，1994，第439页。
② （宋）陈振孙著《直斋书录解题》，上海古籍出版社，1987，第434页。
③ （明）汪瑗撰《楚辞集解》，董洪利点校，北京古籍出版社，1994，第439页。
④ （清）方世举编《韩昌黎编年笺注诗集》，见《续修四库全书》，上海古籍出版社，第1310册，2002，第263页。
⑤ （宋）朱熹撰《昌黎先生集考异》，曾抗美校点，上海古籍出版社，2001，第3页。
⑥ （明）汪瑗撰《楚辞集解》，董洪利点校，北京古籍出版社，1994，第439页。

思看起来，汪瑗所考之众本只包括王逸的《章句》、洪兴祖的《补注》及其朱熹的《集注》，而事实上，在这些注本之外还囊括其他注本，如《楚辞补注》中关于"乘骐骥以驰骋兮"一句，洪兴祖就引用了《文选》的考证，云："乘，一作椉，《文选》作策。驰，一作驼。"① 汪瑗在卷末的《楚辞考异》中将此条列为："乘，一作椉，一作策。驰，一作驼。"② 通过这一条可以看出来，汪瑗在《楚辞考异》中也兼及了五臣《文选》本的文字异同情况。

2. "以鄙意是非之"

汪瑗在考众本的基础上，"间以鄙意是非之"③。也就是说汪瑗在考订王逸、洪兴祖及朱熹各注异同之时，对《楚辞》文本进行文字校勘及考证，《楚辞考异》共172条，其中汪瑗通过文字校勘以是非断之的为30多条，所以汪瑗用"间以鄙意是非之"。如"纫秋兰以为佩"一句，"纫一作纽，非是。字相似而讹也"④。此条中，汪瑗的断定甚合屈子本意，如果用"纽"字，那么"纽秋兰以为佩"这句诗就失去了诗歌的韵味，所以汪瑗认为"纽"字"非是"。在句子的考异中，汪瑗于"曰黄昏以为期兮，羌中道而改路"一句之下道："一本无此二句。"⑤ 洪兴祖："一本有此二句，王逸无注；至下文'羌内恕己以量人'，始释羌义，疑此二句后人所增耳。《九章》曰：'昔君与我诚言兮，曰黄昏以为期。羌中道而回畔兮，反既有此他志'与此语同。"朱子曰："洪说虽有据，然安知非王逸以前此下已脱两句邪？"⑥

汪瑗解释说："《文选》本无此二句。"又曰："瑗按此二句韵虽

---

① （宋）洪兴祖补注《楚辞补注》，卞岐整理，凤凰出版社，2007，第6页。
② （明）汪瑗撰《楚辞集解》，董洪利点校，北京古籍出版社，1994，第440页。
③ （明）汪瑗撰《楚辞集解》，董洪利点校，北京古籍出版社，1994，第439页。
④ （明）汪瑗撰《楚辞集解》，董洪利点校，北京古籍出版社，1994，第440页。
⑤ （明）汪瑗撰《楚辞集解》，董洪利点校，北京古籍出版社，1994，第441页。
⑥ （明）汪瑗撰《楚辞集解》，董洪利点校，北京古籍出版社，1994，第43页。

与上章相协，而意则属下章。《楚辞》中固多此体，然无此二句，下章意亦完备。洪氏之疑甚为有理。其非脱于王逸之前，而增补于后人也明矣。今未敢遽自删去，姑存之，以备后之君子有所参考。"①汪瑗认同洪兴祖的观点，并从"《文选》本无此二句"与"然无此二句，下章意亦完备"来论证"其非脱于王逸之前，而增补于后人"的观点。

考异条目共 172 条，校勘《离骚》篇文字之异同，《楚辞考异》乃为"集解"服务的，所以此书将其置于正文之后在文字校勘上避免了各章的繁芜。

第四节 《天问注补》作者考辨

《楚辞》为我国文学殿堂中的一颗耀眼明珠，辉映百代，照耀千古。其中《天问》一篇更是奇伟瑰丽，哲思悠远，受到后世文人的推崇。自汉以来，刘安、扬雄、王逸等人或阐释其意，或演绎为文，或笺注传序，试图揭示其中的幽微深旨，以与屈子同情千古。宋明以来，屈子精神更为文人所重视，而研治楚辞者，如洪兴祖的《楚辞补注》、朱熹的《楚辞集注》均能不失古意，多有所获，而有"明代空谷足音"②之誉的汪瑗的《楚辞集解》，更从后注中脱颖而出，且尤以《天问注补》为学界瞩目，使楚辞研究迈上了新台阶。但与其相关的《天问注补》的作者问题却一直悬而未解。

《天问注补》二卷，国家图书馆有其珍藏版本，其一是作为独立善本而存在，编号为 17319；其二是作为"楚辞集解天问卷"的"注补"形式而存在，编号为 19343，其卷首均署名为"新安汪仲

---

① （明）汪瑗撰《楚辞集解》，董洪利点校，北京古籍出版社，1994，第 43 页。
② 易重廉著《中国楚辞学史》，湖南出版社，1991，第 367 页。

弘畸人甫"。学界对《天问注补》的作者问题存在诸多讨论，姜亮夫等先生认为其作者为汪瑗，而熊良智先生认为其作者为汪仲弘，本文赞同熊良智先生的观点，但熊先生是从分析文本的角度进行考证，并没有对"《天问注补》的作者为汪瑗"这一观点所存在的疑点进行辨析，其中仍有《天问注补》中诸图的作者等问题尚待解决，本文将就此进一步补充论证，以期能有所补益。

一 《天问注补》的产生

《天问注补》所补的乃是汪瑗的《天问》注，汪瑗曾遍注屈赋二十五篇，命名为《楚辞集解》，其他二十四篇注解均完好无损，独《天问》一篇因亡逸而"补"，汪瑗之子汪文英于《天问注跋》云："奈《天问》之注为近属辈藏匿，欲掩没先人之善，悬之国门……故从之祈求，不啻再三，卒匿其稿……不肖荒谬，不敢妄补，谨将初解之书，微有字句在于朱注之旁，今梓之，使读者因一斑而窥全豹耳。"① 从汪文英描述可知，汪瑗的《天问》注被"近属辈"藏匿不还，汪文英曾多次祈求而未果，但值得庆幸的是汪瑗曾经在《楚辞集注》上以旁批形式有二十条初解保存下来，于是汪文英将《天问》的二十条初解及汪瑗所注的屈辞的其他卷一起付梓，即为汪文英于万历乙卯年（1615）所刊刻的《楚辞集解》的初刻本。而汪瑗侄子汪仲弘也曾提到这件事情，于《天问注补》引言云："造物所呵，玉树早摧，鸿宝失守，《天问》注莫知所攘，建鼓而求，终莫能返。从兄英恐存者久复散轶，副墨以公于人。"② 在这种情况下汪仲弘云："《骚》亡于汉，古记之矣。《天问》亡其

① （明）汪瑗撰《楚辞集解》，董洪利点校，北京古籍出版社，1994，第 8 页。
② （明）汪瑗集解《楚辞集解》，汪仲弘补注，戊午年（1618）刻本《天问注补》卷。

注，又何足讶也……家学渊源，循补其阙。伯父之《天问》固在。"① 于是以署名为"新安汪仲弘畸人甫"的《天问注补》两卷产生了，它存在于汪瑗的侄子汪仲弘于万历戊午年（1618）所刻的《楚辞集解》的"补刻本"中，而补刻本与初刻本最大的不同是初刻本仅有汪瑗的二十条不成系统的《天问》初解，而补刻本的两卷《天问注补》则完整而精细。初刻本中，汪文英并没有明确指出藏匿《天问》注的"近属辈"究竟为何人，而汪仲弘恰恰又被涵盖于"近属辈"之中。于是学术界围绕着《天问注补》的作者究竟是汪瑗还是汪仲弘展开讨论。为了解决这个问题，首先需要对《天问注补》的作者归属观进行梳理和分析。

二 《天问注补》作者疑误辨

目前学界围绕《天问注补》的作者问题，主要有两种不同的观点，姜亮夫、崔富章先生认为《天问注补》作者为汪瑗，而熊良智、罗建新认为《天问注补》的作者为汪仲弘。然而面对这两种观点，卢川的看法是："有研究者认为非汪氏所作，证据不足。更有学者倾向于汪氏所作。"② 故而，《天问注补》作者问题仍需要进一步考察，以更好地推动楚辞学的研究及发展。本文认为，"《天问注补》作者为汪仲弘"这一结论能够在更大程度上得到相关史料的支持，而"《天问注补》的作者是汪瑗"这一观点则存在着可疑之处，需要进一步辨析。本人赞同熊良智先生的观点，认为《天问注补》的作者当为汪仲弘。

1. 《天问注补》中诸图的作者归属之疑点及辨析

《天问注补》中的诸图曾被学者作为否定作者为汪仲弘的依据

① （明）汪瑗撰《楚辞集解》，董洪利点校，北京古籍出版社，1994，第 7 页。
② 卢川：《论汪瑗的楚辞学研究》，《长江大学学报》（社会科学版）2014 年第 3 期。

之一。《天问注补》通过十幅图来注解《天问》，且十幅图皆非常精致，以图注解《天问》不得不说是一种别出心裁的方式。姜亮夫先生认为："诸图皆极精致，度非仲弘所补，当亦汪氏原作。则此本乃就四十三年本补刊者耶？而仲弘其人，乃盗窃世父书者矣！"①"不然则仲弘能为世父补舆图之精如此，亦必为一时通人，何以更不闻有他著作"②。主此说者，主要根据《天问注补》中所出现的诸图而推测《天问注补》当为汪瑷原作。罗建新在其硕士论文中云："那种以为汪仲弘纯粹是'窃世父之作以为己有'，'假补注之名以射利'的看法显然是不妥当的。"③本文依据诸图分析如下。

汪仲弘曾言及绘制诸图的缘起："事关天地阴阳，非图不显。"④《天问》内容涵盖天地阴阳，而通过图解的形式注解《天问》当更明白易懂，那么这十幅图源自何处呢？《天问注补》云："今即保章之所颁布与群书之所绘行，明以示人者，共分十图，仿以绘之。或原图有说亦采，以附其稗官野史之说、谶纬术数之学，非高良鸿硕之传者不敢载入，以示罔敢妄干。"⑤保章，乃掌天星之官。汪仲弘本人明言这十幅图并非自己所作，乃他仿照保章所颁布的图绘制而成，并将原图所附的内容进行了取舍。汪仲弘陈述这十幅图是"仿以绘之"，甚至照搬了所仿之图的图注。所仿之图为何图？以前的研究者并未深入探讨。而经笔者考校发现，《天问注补》中诸图，与《月令广义》《三才图会》《图书编》等书中所载大多相同或相似。其中，《天问注补》与《月令广义》相仿之图高达8幅，分别为《山海舆地全图》、《南北二极图》（《月令广义》命名

---

① 姜亮夫编《楚辞书目五种》，上海古籍出版社，1993，第73页。
② 姜亮夫编《楚辞书目五种》，上海古籍出版社，1993，第73页。
③ 罗建新：《汪瑷〈楚辞集解〉研究》，2004年安徽师范大学硕士学位论文，第8页。
④ （明）汪瑷集解《楚辞集解》，汪仲弘补注，戊午年（1618）刻本《天问注补》卷。
⑤ （明）汪瑷集解《楚辞集解》，汪仲弘补注，戊午年（1618）刻本《天问注补》卷。

为《天地仪》）、《圆则九重图》（《月令广义》命名为《九重天图》）、《列星图》（《月令广义》命名为《天文图》）、《日月五星周天图》、《太阳中道之图》、《明魄晦朔弦望图》与《十二支宫属分野宿度图》；与《三才图会》及《图书编》亦多幅相同或相似。且其图注或为三书图注的节选，或稍作变动。而《月令广义》（刊于1602 年）、《三才图会》（约刻于1609 年）、《图书编》（有1613 年版）三书的出版，均早于《天问注补》（问世于1618 年）。那么在《天问注补》出版以前，相关诸图及图注早已面世，而汪瑗于嘉靖四十五年（1566）左右逝世，且汪瑗所作的"楚辞集解天问卷"之前并没有出版过，所以不存在《月令广义》、《三才图会》以及《图书编》抄袭汪瑗作品的可能性。可以推定，汪仲弘最有可能是依据《月令广义》《三才图会》《图书编》中诸图仿以绘之。若仅依据诸图就断言汪仲弘即为盗窃世父（汪瑗）书者之论实为不妥，故将其图及图注对比举其大要，梳理如下。

《天问注补》中的《日月五星周天图》是将《三才图会》中的《日月周天图》与《五星周天图》[1] 结合在一起，而《天问注补》关于此图的文字介绍为"太阳之精顺天左旋，天行一日……而与天会积二十九日有奇而与日会"[2]。《三才图会》中的《日月周天图》中亦有此段文字介绍[3]。

《天问注补》中的《太阳九道之图》与《三才图会》中的《太阳九道之图》一样，而《天问注补》中关于此图的文字介绍为："中陆去南北极各九十一度半强……而春分由南陆而转中陆，为春分之日道。"[4] 而这些文字介绍与《三才图会》中《太阳九道之图》

---

① （明）王圻、王思义著《三才图会》，上海古籍出版社，1985，第66 页。
② （明）汪瑗集解《楚辞集解》，汪仲弘补注，戊午年（1618）刻本《天问注补》卷。
③ （明）王圻、王思义著《三才图会》，上海古籍出版社，1985，第65 页。
④ （明）汪瑗集解《楚辞集解》，汪仲弘补注，戊午年（1618）刻本《天问注补》卷。

之介绍也完全一样①。

《天问注补》中《太阴九道之图》与《三才图会》中的《日月冬夏九道之图》一样，而《天问注补》中关于该图的介绍为："四序离为八节，八节各为九限，每限五日……秋在阳历，月行黑道。"②而这些文字介绍与《三才图会》中的文字介绍基本一致，只是将个别的字进行了改变，如将"入"字改为"在"字。③

《天问注补》中的《明魄晦朔弦望图》与《三才图会》中的《明魄晦朔弦望总图》一样，《天问注补》中关于该图的文字介绍为："日月相会必在初一日，日月相望或在十五、十六、十七日……或后亦可知矣。"④而在《三才图会》亦有此段文字介绍。⑤

而《列星图》亦与章潢《图书编》中的《昊天垂象图》极为相似，且《列星图》文字介绍当为《昊天垂象图》文字介绍的节选。《天问注补》中的《步天歌》中"上垣"、"中垣"以及"下垣"中的文字介绍与章潢《图书编》中的"天文三垣二十八宿"介绍只有个别文字相异⑥，《天问注补》中关于"二十八星宿"的介绍，如对角两星、亢四星、房四星、心三星及尾九星等的介绍亦与《图书编》中的介绍相一致⑦。王圻及其儿子王思义所撰写的《三才图会》于万历丁未年（1607）成书，约刻于1609年前后。

综上所述，在《天问注补》刊刻之前，《天问注补》中的诸图已多数见于《三才图会》、《月令广义》及《图书编》中，汪仲弘完全有仿照这些图绘制的客观条件，所以仅仅依照这些图来判断

---

① （明）王圻、王思义著《三才图会》，上海古籍出版社，1985，第75页。
② （明）汪瑗集解《楚辞集解》，汪仲弘补注，戊午年（1618）刻本《天问注补》卷。
③ （明）王圻、王思义著《三才图会》，上海古籍出版社，1985，第78页。
④ （明）汪瑗集解《楚辞集解》，汪仲弘补注，戊午年（1618）刻本《天问注补》卷。
⑤ （明）王圻、王思义著《三才图会》，上海古籍出版社，1985，第81页。
⑥ （明）章潢撰《图书编》，上海古籍出版社，1992，第12页。
⑦ （明）章潢撰《图书编》，上海古籍出版社，1992，第13－16页。

《天问注补》当为汪瑗原作实为不妥。

2. 汪仲弘所作两序中的内容所存之疑点及辨析

在姜亮夫先生之后，崔富章先生认为汪仲弘所作的两序中的个别语句自相矛盾，云："汪仲弘，诚好名者也。《离骚》诸卷，无一字增删，竟自题'侄仲弘补辑'；《天问》卷更没瑗名，径题'汪仲弘补注'。"① 又云："考其自述云：'余伯父学富天人，才工诗、史，凌霄有志，强仕无闻，以生平侘傺之衷，窥屈氏抑郁之志，拮其全简，显微阐幽，《天问》尤发其奥，直驾扬、刘，以为汨罗知己。'又云：'余向者目睹《天问》之阙，欲补其全'……夙夜黾勉，幸而成编。虽不能仰媲班史续成之义，亦庶自为一家之言。"② 然后针对此段中所出现的矛盾进行分析："他强调未见汪瑗'天问全注'（'未获亲承'），以明'自为一家之言'。可是，'《天问》尤发其奥，直驾扬、刘'、'精蕴尽阐'、'多所创发'云云，何得而闻耶？"③ 此句中，汪仲弘陈述对伯父"楚辞集解天问卷""未获亲承"，即没有看到完整的"楚辞集解天问卷"，却评价其"多所创发"，这是崔富章先生推测《天问注补》非汪仲弘所著的一个依据。另外，也以上句所引用的"未获亲承"为前提，汪仲弘于《天问注补引》中用"《天问》尤发其奥，直驾扬、刘"来盛赞其伯父汪瑗的"楚辞集解天问卷"超过了刘向、扬雄的《天问解》，这是崔富章先生否定汪仲弘为《天问注补》作者的另一个依据。依此，本文分析归纳如下。

分析其一：汪仲弘没有见到过全本的汪瑗"楚辞集解天问卷"，

---

① 崔富章：《明汪瑗〈楚辞集解〉书录解题》，刊于《屈原研究论集》，长江文艺出版社，1984，第365页。

② 崔富章：《明汪瑗〈楚辞集解〉书录解题》，刊于《屈原研究论集》，长江文艺出版社，1984，第365页。

③ 崔富章：《明汪瑗〈楚辞集解〉书录解题》，刊于《屈原研究论集》，长江文艺出版社，1984，第365页。

能否评价其伯父"楚辞集解天问卷""多所创发"。汪瑗所著之《天问》初解虽仅见二十条，但这二十条中亦不乏创见。如汪瑗即为《天问》"错简说"的首倡者，并指出他所认为错简的句子。他还针对《天问》"女岐无合，夫焉取九子？伯强何处，惠气安在"几句指出他所认为错简的句子，云："此上十段皆问天道，女岐一段疑错简在此。此篇虽无次叙，亦颇有条理，非漫然而乱道也。"①而汪仲弘在《天问注补》中承袭了汪瑗的"错简说"。自"错简说"提出后，《楚辞》学者对此产生了浓厚的兴趣。蒋骥的《山带阁注楚辞·余论》云："屈子之文，本皆平易正大，《天问》亦然。间有艰深佶屈之言，乃当时故实，经秦火后，荒略无稽，或间有错简讹字，故使人难晓。"②屈复、夏大霖亦有"错简说"，如此可见汪氏"错简说"之影响。另外汪瑗针对《天问》"阴阳三合，何本何化"一句中"三"的训诂也可以说独有创见。汪瑗云："三参古通用，谓阴阳二气参错会合，发生万物。"③汪瑗认为"三"通"参"，"三合"即为参错会合之意，"阴阳参合"即指阴阳二气参错会合。而屈复亦持有与汪瑗相类似观点，云："三与参同，谓阴阳参错。"④这无疑体现了汪瑗的创见对后世的影响。所以，笔者不揣冒昧，认为汪仲弘通过分析其伯父的《天问》初解中的创新之处也可以评价其"楚辞集解天问卷""多所创见"。

分析其二：汪仲弘没有见到过全本的汪瑗"楚辞集解天问卷"，能否评价其伯父汪瑗的"楚辞集解天问卷"超过了刘向、扬雄的《天问解》。汪仲弘在对比汪瑗的"楚辞集解天问卷"与刘向、扬雄《天问解》之前，先对刘向、扬雄所作《天问解》进行了评价：

---

① （明）汪瑗撰《楚辞集解》，董洪利点校，北京古籍出版社，1994，第454页。
② （清）蒋骥撰《山带阁注楚辞》，上海古籍出版社，1984，第205页。
③ （明）汪瑗撰《楚辞集解》，董洪利点校，北京古籍出版社，1994，第453页。
④ 游国恩编《天问纂义》，中华书局，1982，第25页。

"刘向、扬雄援引传记以解说之，亦未能悉。"① 刘向和扬雄均撰有《天问解》，但其书不传，故汪仲弘认为刘向、扬雄所作《天问解》没有达到详悉的程度当源自他评。《楚辞章句》云："《天问》，以其文义不次，又多奇怪之事。自太史公论道之，多所不逮。至于刘向、扬雄，援引传记以解说之，亦不能详悉。"② 汪仲弘所言与《楚辞章句》的共同指向即刘向及扬雄注解《天问》之时并未做到"详悉"的程度。以此，汪仲弘乃依据《楚辞章句》或者其他记载而得出"刘向、扬雄援引传记以解说之，亦未能悉"的结论。而汪瑗的老师归有光认为汪瑗的"楚辞集解天问卷"恰恰做到了详悉的程度，他曾对汪瑗的"楚辞集解天问卷"给予极高评价："今观《离骚》之注……至于《天问》，聚丝赞锦，纶绪分之，一目而领其概，再目而得其详，读之令人一唱三叹。"③ 归有光读汪瑗的"楚辞集解天问卷"不但能领其概、得其详，更重要的是能达到"一唱三叹"之心灵契合的程度。而汪仲弘恰恰读过归有光的序，云："序中且云伯父之注《天问》纶绪分之，今余所补亦分章以释……"④ "《天问》纶绪分之"即源自归有光为《楚辞集解》所撰之序。以此，汪仲弘或亦在参阅他人对汪瑗"楚辞集解天问卷"的评价后而得出"《天问》尤发其奥，直驾扬、刘"的结论。除归有光对"楚辞集解天问卷"评价之外，汪瑗之子汪文英言及汪瑗的"楚辞集解天问卷"被"近属辈"藏匿不还，这也从侧面再次说明了汪瑗"楚辞集解天问卷"的珍贵之处。另外，《天问注补引》言及伯父汪瑗"拮其全简"，即指汪瑗纵观二十五篇屈赋，之后汪瑗进行注解，其中只有"楚辞集解天问卷"亡逸，那么汪仲弘通过其他二十四篇注解及汪瑗的二十条《天

---

① （明）汪瑗集解《楚辞集解》，汪仲弘补注，戊午年（1618）刻本《天问注补》卷。
② （宋）洪兴祖补注《楚辞补注》，卞岐整理，凤凰出版社，2007，第104页。
③ （明）汪瑗撰《楚辞集解》，董洪利点校，北京古籍出版社，1994，第1页。
④ （明）汪瑗集解《楚辞集解》，汪仲弘补注，戊午年（1618）刻本《天问注补》卷。

问》初解也可以从侧面评价汪瑗的"楚辞集解天问卷""尤发其奥，直驾扬、刘"。基于以上分析，汪仲弘的两序并不存在必然矛盾，所以不能因此得出汪仲弘即为盗窃汪瑗《天问》之注的"近属辈"。

崔富章先生推测汪仲弘即藏匿汪瑗"楚辞集解天问卷"的"近属辈"之观点有其合理之处，比如汪仲弘于《九歌》《九章》诸卷未作增删，径题为"汪仲弘补"，但笔者认为，"《天问注补》作者为汪仲弘"这一结论能够在更大程度上得到相关史料的支持，而"《天问注补》的作者是汪瑗"这一观点则尚有《天问注补》中的诸图等问题需要进一步辨析。

三 《天问》初解与《天问注补》比较

熊良智认为《天问注补》是汪仲弘自己的著作，他条分缕析地对比《天问注补》的内容与《天问》初解的内容得出结论："《天问注补》并非汪瑗'楚辞集解天问卷'，而是汪仲弘自己的著作。虽然，《天问注补》确曾采纳，甚至照搬了汪瑗的观点和材料，但是，毕竟还是有他自己的体例、观点和材料。"① 熊先生认为汪仲弘与其伯父在屈原是否水死的核心观点上截然相反，且汪仲弘针对汪瑗的个别观点进行直接否定。另外，该学者还总结出《天问注补》与汪瑗《楚辞集解》体例不同等，从而得出《天问注补》为汪仲弘之著作。对《天问》初解与《天问注补》的文本进行比较或分析，有助于从另一个角度弄清《天问注补》的作者问题。

下面我们通过具体文本看一下《天问注补》与《天问》初解之间有哪些不同之处，并分析在《天问注补》中汪仲弘的"一家之言"都体现在哪些方面，从而进一步考察他作为《天问注补》

---

① 熊良智著《楚辞文化研究》，巴蜀出版社，2002，第287页。

作者的可能性。此外，这一考察也有助于后文弄清汪仲弘是否就是藏匿汪瑗所作《天问》注的"近属辈"。

1. 诸图中最特殊的是《山海舆地全图》及《圆则九重图》，二图产生之时，汪瑗早已逝世多年

《天问注补》用《山海舆地全图》等图来注解《天问》，《山海舆地全图》为中文世界地图，而"初版中文世界地图是意大利传教士利玛窦（Matteo Ricci，1552－1610）于明朝万历十二年（1584）在广东肇庆绘制完成的，名曰《山海舆地全图》。《山海舆地全图》由当时驻肇庆的岭西按察司副使王泮刊印，现已失传"①。此中论及《山海舆地全图》产生于1584年。关于《山海舆地全图》的产生时间还有另外一种论述："1598年，利玛窦离开南昌入北京，未获准居留后来到南京。1600年，南京吏部主事吴中明请利玛窦修改重绘他以前的世界地图。完成后，题《山海舆地全图》。"②与上面论述不同的是，此论述认为《山海舆地全图》绘制于1600年，而《山海舆地全图》的前身——《山海舆地图》则绘制于明万历十二年（1584）③。不管《山海舆地全图》产生于1584年还是1600年，此图都不会出自汪瑗之手，因为汪瑗逝于嘉靖四十五年（1566）左右，则此图当为汪仲弘用《山海舆地全图》注解《天问》"一家之言"的依据。此外，笔者还查阅了《月令广义》《三才图会》关于此图的介绍，《月令广义》云："利山人自欧逻巴入中国，著《山海舆地全图》，盖其国人及佛郎机国人皆好远游，然如南极一带亦

---

① 郝晓光、吕健、薛怀平、覃文忠：《〈山海舆地全图〉的复原研究》，《同济大学学报》2001年第10期。

② 盛兴军：《利玛窦编绘汉文"世界地图"之刊刻、流布及馆藏》，《上海高校图书情报工作研究》2006年第4期。

③ 盛兴军：《利玛窦编绘汉文"世界地图"之刊刻、流布及馆藏》，《上海高校图书情报工作研究》2006年第4期。

未有至者，要以三隅推之理当如是。"① 《三才图会》云："利山人
《山海地舆图》外三圈……"② 此"利山人"即利玛窦，可见，与
汪瑗、汪仲弘生活年代相仿的《月令广义》《三才图会》的撰写者
都认为《山海舆地图》为利玛窦所绘。《天问注补》中关于《山海
舆地全图》的图注为"地舆海本是圆形而同为一球，居天球之中如
鸡子……曰南亚墨利加、曰墨瓦蜡泥加"③，《坤舆万国全图》亦有
此图注，跋语落款为"利玛窦撰"。周拱辰的《离骚草木史》云：
"利山人《舆地全图》云：'天有南北二极，地亦有之。天分三百
六十度，地亦同之……地厚二万八千六百三十六里。'"④ 周拱辰所
引利玛窦之语为汪仲弘所引《山海舆地全图之说》内容的一部分，
故汪仲弘的《山海舆地全图》及其图注无疑当为利玛窦所撰。利玛
窦于1582年到达澳门，次年抵达广东肇庆，当时汪瑗已经逝世多
年，此图及图注当与汪瑗无关。所以不能依据此图来推测汪仲弘即
为盗窃世父（汪瑗）"楚辞集解天问卷"的人。

《天问注补》中《圆则九重图》下方图注为："自昔言……从无
九层隔别之说，亦无各重称谓之名，自利山人以西庠天文传于中国，
喜异者为之绘图以行……因依式缮图，附其说于后。"⑤ 故《圆则九
重图》当为利玛窦将西方天文传于中国后之产物，而当时汪瑗已逝
去多年，故不会出自汪瑗之手。但此图在《坤舆万国全图》中称
"九重天图"，在《月令广义》中也称"九重天图"，而在《天问注
补》中则称作"圆则九重图"，当为汪仲弘依据需要而改。《天问
注补》之《圆则九重图》的图注为："利山人图说云：'余尝留心

---

① （明）冯应京纂辑《月令广义》，黛任增释，聚文堂刻本，1602，第61页。

② （明）王圻、王思义编《三才图会》，上海古籍出版社，1985，第74页。

③ （明）汪瑗集解《楚辞集解》，汪仲弘补注，戊午年（1618）刻本《天问注补》卷。

④ （清）周拱辰撰《离骚草木史》，引自《续修四库全书》楚辞类1302册，上海古籍出版社，2002，第114－115页。

⑤ （明）汪瑗集解《楚辞集解》，汪仲弘补注，戊午年（1618）刻本《天问注补》卷。

量天地法，从大西庠天文诸士讨论已久……'古无此说，其言创闻今附之。"① 显然，引言中"利山人图说"几个字即言明此段文字乃汪仲弘引用利玛窦所撰写的图说。周拱辰的《离骚草木史》亦记载："按利山人图云，第一重天无星转动……第九重月轮天，二十七日三十一刻作一周。"② 而周拱辰关于"九重天"的描述与汪仲弘"圆则九重图"中间的图注是一致的，故汪仲弘所用的"圆则九重图"当依利玛窦的图仿制而来。在《月令广义》中也有此图及其图注，其图注云"故并诸说略载大概，以备参考，而此图即大西国之文也，见后图说"，而在《九重天图》后面的图说为："利西江云：'余尝留心量天地法，从大西洋天文诸士讨论已久，兹述名数以便览。'"③ 此处，"利西江"指利玛窦，利玛窦1582年到达澳门，次年抵达广东肇庆，而当时汪瑗已逝之多年，上文已论及此事。所以《圆则九重图》及其图注当不会出自汪瑗之手。

综上，《天问注补》中诸图的出现，并不能作为否定汪仲弘为《天问注补》作者的依据。其中的《山海舆地全图》《圆则九重图》及其图注乃源自利玛窦图文，彼时汪瑗逝之多年，则此图当为汪仲弘"一家之言"的依据之一，从而成为他是《天问注补》作者的重要佐证。

2. 二人在"屈原是否水死说"核心观点持上截然相反的态度

汪瑗与汪仲弘在屈原是否水死的观点上持截然相反的态度。熊良智云："汪瑗最主要的观点，也是贯穿《楚辞集解》的思想，即否认屈原投汨罗而死。可是，汪仲弘的《天问注补》不同，他是承认屈原自沉汨罗的：'三闾篇什，今固烨然，而汨罗一沉，绝笔无

---

① （明）汪瑗集解《楚辞集解》，汪仲弘补注，戊午年（1618）刻本《天问注补》卷。
② （清）周拱辰撰《离骚草木史》，见《续修四库全书》楚辞类第1302册，上海古籍出版社，2002，第106页。
③ （明）冯应京纂辑《月令广义》，黛任增释，聚文堂刻本，1602，第24页。

续。'"庶几少继伯父之志，以阐汨罗之志云尔。'上述观点跟汪瑗最主要的思想恰好相反，足证《天问注补》决非出于汪瑗之手。"①汪瑗所反复为之论证的恰恰是"屈原非水死"及"归隐"之观点，诸如"屈子实未尝投江而死"②之类的观点在《楚辞集解》中频现，《四库全书总目》云："其尤舛者，以'何必怀故都'一语为《离骚》之纲领，谓实有去楚之志，而深辟洪兴祖等谓原惓惓宗国之非。又谓原为圣人之徒，必不肯自沉于水，而痛斥司马迁以下诸家言死于汨罗之诬。盖掇拾王安石《闻吕望之解舟》诗李壁注中语也。亦可为疑所不当疑，信所不当信矣。"③显然，《楚辞集解》中汪瑗主张屈原"必不肯自沉于水"，而汪仲弘则认为屈原沉于汨罗，他所言之"汨罗一沉"就是明证。

此外，笔者发现，《天问注补》于注释"吾告堵敖以不长，何试上自予？忠名弥彰"一句时再次强调了"吾将以身报之"的观点，云："堵敖，楚贤人也。屈原放时语堵敖曰：'楚国将衰，吾将以身报之，不复能久长也。'"④此句所用注语虽未标明出处，经核当源自王逸的《楚辞章句》，但《楚辞章句》云："屈原放时，语堵敖曰：'楚国将衰，不复能久长也。'"⑤可见，王逸原注并无"吾将以身报之"之句，而汪仲弘加上"吾将以身报之"一句，再次强调了他对屈原"汨罗一沉"的观点所持的态度。作为汪瑗的侄子，汪仲弘理当对汪瑗的核心观点烂熟于心，然而他在序及行文中皆表明了自己相反的观点，说明汪仲弘在补刻《楚辞集解》的时候是致力于达成其"亦庶自为一家之言，是弃之者又有以成之也"⑥的初衷。

---

① 熊良智著《楚辞文化研究》，巴蜀出版社，2002，第283－284页。
② （明）汪瑗撰《楚辞集解》，董洪利点校，北京古籍出版社，1994，第70页。
③ （清）永瑢等撰《四库全书总目》，中华书局，1965，第1269页。
④ （明）汪瑗集解《楚辞集解》，汪仲弘补，戊午年（1618）刻本《天问注补》卷。
⑤ （宋）洪兴祖补注《楚辞补注》，卞岐整理，凤凰出版社，2007，第103页。
⑥ （明）汪瑗撰《楚辞集解》，董洪利点校，北京古籍出版社，1994，第7页。

3. 在某些观点上与汪瑗相左

关于"昆仑"山，汪瑗直接否定有是山，"由此言之，亦可见西北本无是山，而人因以昆仑之号号西北之山，初无定指也。《淮南子》叙海外诸国曰，昆仑华丘，在无继民诸国之东南方。呜呼！昆仑山自古固未有人得到者，又安能过昆仑，走西北，而见彼无继民、无肠民、一目民等国乎？"① 汪瑗这段话涉及两个问题，其一是本无昆仑山；其二是没有人到过昆仑山，因此，得出诸家言昆仑者不足信的结论。而《天问注补》中则曰："元常遣使穷河源亲历昆仑之墟，见众泉飞瀑自巅而下沫光如星，名星宿海。世传此山非妄也。"② 很明显，《天问注补》承认有此山存在，而且元代曾经派遣使者亲自到过此山，从汪瑗与《天问注补》关于"昆仑"意见相左一事，可以说为《天问注补》作者为汪仲弘的观点提供了有利证据。

4. 汪仲弘还曾直接否定汪瑗的其他观点

二人除了对屈原是否投水持相反观点外，汪仲弘还曾直接否定汪瑗的其他观点。

例如，针对"吾告堵敖以不长，何试上自予，忠名弥彰"一句，汪瑗云："二句言弟恽即成王也。恽既杀兄自立，当时有以忠名之者，故屈子怪而问之。"③ 而汪仲弘则云："索隐曰：'号若敖'，其说或近旧说。又谓试弑同。予，与也；自予，自取也。谓'恽弑其君而自立，而当时有以忠名之者，故屈子问之'，此说更非。"④

针对此条，熊良智先生云："不仅内容理解与'初解'不同，

---

① （明）汪瑗撰《楚辞集解》，董洪利点校，北京古籍出版社，1994，第427页。
② （明）汪瑗集解《楚辞集解》，汪仲弘补，戊午年（1618）刻本《天问注补》卷。
③ （明）汪瑗撰《楚辞集解》，董洪利点校，北京古籍出版社，1994，第456页。
④ （明）汪瑗集解《楚辞集解》，汪仲弘补，戊午年（1618）刻本《天问注补》卷。

而且直斥'初解'之说为非。"① 的确，汪仲弘用"此说更非"一词直接摒弃了其伯父的观点，笔者于此依据文本分析一下汪仲弘提出"此说更非"的缘由，"说者谓指悍弑威王之事，夫'弑'逆大故也。使屈子兴念至此，篇内首当正言斥之"②。汪仲弘认为"悍弑威王"乃大逆不道的事情，当"正言斥之"，而不会"怪而问之"，所以汪仲弘认为其伯父所说为非。这也正可以从侧面看出汪瑗与汪仲弘对待"悍弑威王"一事的不同态度。

5. 别出心裁的"赞语"使得《天问注补》的作者指向汪仲弘

汪瑗于《天问》篇外的注解是没有赞语的，而汪仲弘的《天问注补》分为十二章，每章结尾都有赞语。熊良智云："又一个与《集解》全书体例不谐的例证是《天问注补》每章后用赞语。"③《天问注补》采用分章论述的形式，每章都有一个论述中心，不仅可以概括全篇大概内容，而且赞语处于每章结尾的特殊位置，可以升华主旨。汪仲弘在"天问注补引"中阐明了自己写"赞语"的缘起，云："爰效司马索隐，篇末各缀韵言，专对不烦，谘诹微寓，亦以人心险侧，世路崎岖，于穆微皇，诘问无术，假兹外问世、内问心云尔。"④ 足见《天问注补》赞语的源头，司马贞为《史记》各篇所作的"索隐述赞"都为四言，如第一卷为："帝出少典，居于轩丘……能让天下，贤哉二君！"⑤ 汪仲弘所补注之内容大多源自引用他注、他书，但赞语当为汪仲弘所自作耳。在注释"洪泉极深，何以窴之？地方九则，何以坟之"后有以下的一段赞语。

---

① 熊良智著《楚辞文化研究》，巴蜀出版社，2002，第 285 页。
② （明）汪瑗集解《楚辞集解》，汪仲弘补，戊午年（1618）刻本《天问注补》卷。
③ 熊良智著《楚辞文化研究》，巴蜀出版社，2002，第 282 ~ 283 页。
④ （明）汪瑗集解《楚辞集解》，汪仲弘补，戊午年（1618）刻本《天问注补》卷。
⑤ （汉）司马迁撰《史记》，中华书局，1959，第 48 页。

本章六条十四问，拟赞以对。

祖自颛顼，伯封于崇，洚水示儆，鲧任汨鸿。四岳佥荐，三载罔功，羽山永遏，父瑕子攻。天生神禹，出类亢宗，续初继业，克缵司空。三江既遵，九州以同，八年胈胝，百谷丰隆。力尽沟洫，讵资应龙，鲧营在塞，禹成在道。行所无事，利播无穷。①

《天问注补》中赞语仅采用四言形式，句多者达 34 句。在刘勰的《文心雕龙》中每篇都有赞语，《天问注补》的赞语亦具有同样作用，而此赞语形式于汪瑗原注中从未出现过，此亦为汪仲弘为《天问注补》之作者的一个重要佐证。

6. 《凡例》的提出也使得《天问注补》作者指向汪仲弘

汪瑗于《楚辞集解》中并无"凡例"，而汪仲弘在《天问注补》引言后面先列出了自己的"凡例六条"，包括"分章"、"绘图"、"采辑"、"考异"、"叶韵"及"音释"。熊良智云："又观古书之有《凡例》者，皆就全书而言，表明整部著作的体例。而《天问》专列《凡例》，则与全书不谐。如果《天问注补》为《楚辞集解》的部分，同属一人所作，自应服从整体结构。"② 这恰恰说明，正是汪仲弘于注补之初融入了自己的思考，并有自成一家之言的构思，这也是他作为《天问注补》作者的一个重要线索。

7. 分章的差异

《天问》初解与《天问注补》都采取分章论述的形式，但二人分章亦有不同之处。在解释"明明暗暗，惟时何为？阴阳三合，何本何化"一句之时，汪仲弘云："明暗承上文而言，旧本此条另自为一

---

① （明）汪瑗集解《楚辞集解》，汪仲弘补注，戊午年（1618）刻本《天问注补》卷。
② 熊良智著《楚辞文化研究》，巴蜀出版社，2002，第 282－283 页。

章，今并入之。"① 查阅汪瑗《天问》原注，汪瑗在注释此句之时，是先注释"明明暗暗，惟时何为"一句，次注释"阴阳三合，何本何化"一句，而汪仲弘在注释此句时是将此二句一起注释的。可见，二人虽都采用分章之形式，但所分章节的具体内容却存在差异。

综上所述，《天问注补》与汪瑗的《天问》初解还是有许多不同之处的，且汪瑗初解所注的部分毕竟只占《天问》注的一小部分，从这一小部分就能发现如此多的不同之处，且于核心观点上二人迥异，汪仲弘还曾否定汪瑗之观点，所用《山海舆地全图》更为汪瑗死后才产生之作品，体例方面亦有不同等，所有这些都构成了《天问注补》"自成一家"的客观条件。董洪利云："又万历四十六年刊本有汪仲弘《天问注补》二卷，体例和风格与汪瑗《集解》均不同，内容也与汪瑗《天问》眉批不合。"② 那么通过将《天问》注与《天问注补》的内容进行比较后，笔者亦认为《天问注补》乃为汪仲弘"少继伯父之志"基础上的"一家之言"。这些显明的不同之处的存在，也是汪仲弘作为《天问注补》作者的重要佐证。

四　藏匿《天问》初解的"近属辈"或另有其人

"近属辈"问题，是《天问注补》作者认定的又一疑点所在。既然补刻本为汪仲弘所辑，那么，汪文英所言之藏匿汪瑗《天问》注的"近属辈"之事是不是就显得有些无中生有？事实上，"近属辈"或当另有其人。理由如下：

1. 汪瑗的孙子汪麟为汪仲弘再版之《楚辞集解》送序言一事之前后

《天问注补引》云："《天问注补》将竣，从兄英（汪文英）子

---

① （明）汪瑗集解《楚辞集解》，汪仲弘补注，戊午年（1618）刻本《天问注补》卷。
② （明）汪瑗撰《楚辞集解》，董洪利点校，北京古籍出版社，1994，第6页。

麟（汪麟）自新都携归太仆《楚词序》、伯父《自序》暨送伯父游豫章二序至广陵。云自败篋中捡获，余始疑之。"① 汪麟乃是汪文英之子——汪瑗的孙子，如果汪仲弘确为藏匿《天问》注的"近属辈"，则汪麟怎么会不远千里，亲自把序送至盗窃爷爷（汪瑗）著述之人——汪仲弘手中呢？此处，汪文英之子汪麟将二序送至广陵，此广陵当指扬州，彼时汪仲弘当在扬州经商，汪文英子麟只能将其序送往扬州。当时汪仲弘远离家乡，这正与汪仲弘的父亲也就是汪瑗的弟弟汪珂"挟篋而贾游"② 一事相吻合。而且汪仲弘身在扬州可谓远离家乡新都，那么就不能阻止"家人挈藏书权以售之"③ 这件事情的发生，而为了保护父辈的著述，只能"藉他手倍值以购"④。

汪麟送序一事，有助于说明汪仲弘并不在汪文英所言之"近属辈"之列。

2. 汪仲弘敢于直面《天问》注被藏匿一事之意蕴

《天问》注被藏匿一事在"初刻本"及汪仲弘所刻的《楚辞集解》"补刻本"中被提及两次。其一，汪瑗之子汪文英于《楚辞集解》初刻本的《天问注跋》云："奈《天问》之注为近属辈藏匿，欲掩没先人之善，悬之国门……故从之祈求，不啻再三，卒匿其稿。"⑤ 其二，汪仲弘于《天问注补引》亦云："造物所呵，玉树早摧，鸿宝失守，《天问》注莫知所攘，建鼓而求，终莫能返。从兄英恐存者久复散轶，副墨以公于人。"⑥ 汪仲弘之言再次印证了汪文英为了取回《天问》注所做的努力，然而结果终莫能返，汪文英只能将汪瑗留下来的二十条旁批付梓了。如果汪仲弘果真为藏匿《天

① （明）汪瑗集解《楚辞集解》，汪仲弘补注，戊午年（1618）刻本《天问注补》卷。
② （明）汪瑗撰《楚辞集解》，董洪利点校，北京古籍出版社，1994，第6页。
③ （明）汪瑗撰《楚辞集解》，董洪利点校，北京古籍出版社，1994，第7页。
④ （明）汪瑗撰《楚辞集解》，董洪利点校，北京古籍出版社，1994，第7页。
⑤ （明）汪瑗撰《楚辞集解》，董洪利点校，北京古籍出版社，1994，第8页。
⑥ （明）汪瑗集解《楚辞集解》，汪仲弘补注，戊午年（1618）刻本《天问注补》卷。

问》注的"近属辈",他可以将"《天问注》莫知所攘"这几句话删掉,然后自己在《天问注补引》中对此事也当只字不提,因为此补刻本是汪仲弘自己所刻,他完全可以这样做。相反,汪仲弘敢于在即将付梓的《天问注补》中畅言此事,而且还在序中署名为"犹子仲弘顿首拜述"①,另外还云:"矧余犹子,雅慕前修,可当吾世坐失家珍乎?"②汪仲弘在序中两次直言他自己像汪瑗的儿子,汪仲弘还云:"亡之亡者,不为之补,何以称人后也。"③汪仲弘把给《天问》注作补一事当成自己义不容辞的责任,"今兹补缀成编,固余事也,余衷也,而责有不容诿者矣"④。本着"先灵将藉是慰"⑤的态度,经过夙夜龟勉,汪仲弘将《天问注补》付梓。

由上可见,汪仲弘感情十分真切,而汪瑗的《杜律五言补注》曾经索自姻亲,因此,笔者认为,汪文英所说之"近属辈"当另有其人。

五 《天问注补》对后世的影响

崔富章通过一段"初解"与"注补"的对比得出结论:"'初解'全录于'注补'之中,又从而扩充之,先训诂,次章句大义,次引诸家说,疏解益趋缜密,间或议论生发,比例深厚,贯通屈赋,跟'集解'各卷浑然一体。"⑥从崔富章的评论,我们能看出他对《天问注补》内容还是持肯定的态度的。徐焕龙在注解《天问》时,有一些观点与汪仲弘相似,如汪仲弘在解释"鲧何所营,

---

① (明)汪瑗撰《楚辞集解》,董洪利点校,北京古籍出版社,1994,第7页。
② (明)汪瑗撰《楚辞集解》,董洪利点校,北京古籍出版社,1994,第6页。
③ (明)汪瑗撰《楚辞集解》,董洪利点校,北京古籍出版社,1994,第7页。
④ (明)汪瑗集解《楚辞集解》,汪仲弘补注,戊午年(1618)刻本《天问注补》卷。
⑤ (明)汪瑗撰《楚辞集解》,董洪利点校,北京古籍出版社,1994,第7页。
⑥ 崔富章:《明汪瑗〈楚辞集解〉书录解题》,刊于《屈原论文集》,长江文艺出版社,1984,第365页。

禹何所成"一句时，云："鲧何所营而三载罔绩，禹何所为而功能有成？"而徐焕龙云："鲧何所经营终罔绩？禹何所荒度即成功？"① 徐焕龙的其他观点有些也与汪仲弘有相似之处。针对"九州安错？川谷何洿"一句，汪仲弘的最后一句释文云："此问九州土宇何所错置？川谷亦地何独洿深？"② 徐焕龙云："九州安所错置，川谷如何深洿？"③ 至于徐焕龙是承袭还是暗合了汪仲弘的观点就不得而知了。游国恩在《天问纂义》中就列举了汪仲弘《天问注补》中的观点，并对一些条目进行了分析。

但也有些研究者针对汪仲弘的天算之学提出了批评，美国国会图书馆《中国善本书录》云："仲弘于天算之学，本无造诣，牵强作解，故所释颇多扞格。卷内有眉批两则，又颇能摘其故实之误者。"④ 一方面我们可以看出此言是对汪仲弘的批评，但从另一方面我们也能看出汪仲弘的《天问注补》在当时还是有一定影响的，该研究者就针对《天问注补》认真地进行了研究。人们对一部作品的看法往往是见仁见智的，汪仲弘自己也曾云："至云事事可晓、博览有裨，则又非补辑之初意也。"⑤

综上所述，学者认为汪仲弘"乃盗窃世父书者"的理由并不充分，故不能否定《天问注补》乃汪仲弘所著。因此，笔者认为《天问注补》是汪仲弘在"少继伯父之志"的基础上"自成一家之言"的成果。

---

① 游国恩编《天问纂义》，中华书局，1982，第109页。
② （明）汪瑗集解《楚辞集解》，汪仲弘补注，戊午年（1618）刻本《天问注补》卷。
③ 游国恩编《天问纂义》，中华书局，1982，第116页。
④ 崔富章：《明汪瑗〈楚辞集解〉书录解题》，见《屈原论文集》，长江文艺出版社，1984，第361页。
⑤ （明）汪瑗集解《楚辞集解》，汪仲弘补注，戊午年（1618）刻本《天问注补》卷。

第二章

汪瑗《离骚》研究重要论题辨析

《离骚》是楚辞学史上绽放的一朵绚丽的奇葩，成为历代楚辞研究及爱好者所探讨的重点话题，汪瑗在《离骚》这一章进行了诸多考辨，与旧注相比，汪瑗《楚辞集解》更关注"离骚"题义的考辨、段落结构的划分及行文脉络的梳理等相关问题，在训诂方面更是有不少真知灼见。

第一节 "离骚"题义考辨

自司马迁以来，学界对《离骚》进行多角度探索，涉及"离骚"的意旨、"离骚"的创作时间等诸多论题，形成了一种见仁见智的局面。这种情况的产生，一方面是由于年代久远，学界已无从根据现有史料记载准确得出"离骚"二字之意旨；另一方面，汉字的多义性，使得人们具备探索"离骚"意旨的可能性。汪瑗在《楚辞蒙引》以及《离骚》注解中对前贤时人的观点进行诸多考辨，对"离骚"进行多方面诠释，主要涉及以下三个方面：第一，《离骚》命名探源；第二，"楚辞"及"离骚"指称考辨；第三，《离骚》是否称"经"。

一 "离骚"命名探源

对"离骚"二字意旨的探讨，其说由来已久，司马迁、班固以及王逸以下的《楚辞》注家均进行了积极的探求，汪瑗对前注分别进行了评价，并将《离骚》命题与篇中诗句相结合，提出《离骚》命题之意本自篇中的观点，是对"离骚"命名方式的一种积极的突破。

汪瑗在甄别及分析各家的基础上，对前贤时人的观点进行评价。首先，他对司马迁"离骚者，犹离忧也"（《史记·屈原贾生列传》）的观点进行评价，曰："详史迁之意，亦但以忧字训骚字，而离字未尝训诂。瑗考其所以，盖'离忧'二字乃出于《山鬼》篇，曰：'思公子兮徒离忧。'史迁是借彼以释此，然《山鬼》篇之意，亦是言思公子离别之忧耳。"① 汪瑗指出《山鬼》篇中有"离忧"二字，同时认为《山鬼》篇表达了思公子离别之忧，足见汪瑗对屈赋各篇都达到了烂熟于胸的程度，其说较妥。但汪瑗还指出司马迁是借《山鬼》篇中之"离忧"二字解释"离骚"，司马迁用"离忧"二字来解释"离骚"为事实，但史迁在用"离忧"二字解释"离骚"之时，未必能想到将其与《山鬼》中的"离忧"二字相联系而论，汪瑗之"史迁是借彼以释此"的评价不免有牵强臆测之嫌。汪瑗还对王逸、班固、颜师古诸家所探究的"离骚"二字的意旨进行甄别与评价，他说："至若'离骚'二字，则王逸之说得屈子命题之意，而颜、应二家皆承班固之说。班固之说非也。朱子取之未之深思耳。"② 首先，汪瑗针对王逸解释"离骚"二字乃言屈原放逐离别、中心愁思之感表示认同，同时他还否定了班固

---

① （明）汪瑗撰《楚辞集解》，董洪利点校，北京古籍出版社，1994，第291页。
② （明）汪瑗撰《楚辞集解》，董洪利点校，北京古籍出版社，1994，第291页。

所言的"谓明己遭忧而作此辞"之观点，并指出颜师古及应劭二家关于"离骚"的注解只是继承了班固的观点，并着重指出朱熹《楚辞集注》罗列班固之意却缺乏深刻的思考。

史迁之后，朱熹等人在论及《离骚》的名称或命名问题时，仍未摆脱前人对"离骚"二字旨意探讨的窠臼，只是从前人诸多的"离骚"的意旨中进行了批判性地继承，并未形成自己的一家之言。汪瑗却另辟蹊径，他在《离骚》解题中开宗明义地指出："篇内曰：'余既不难夫离别兮，伤灵修之数化。'此《离骚》之所以名也。"① 此外，汪瑗还在《楚辞蒙引》中提出自己的独到见解。

> 自《离骚》至《渔父》二十五篇，皆为屈原所作，其命题之意曷有不本于篇中之说者乎？此篇中曰："余既不难夫离别兮，伤灵修之数化"。此"离骚"二字之所以由名者也，不亦明白之甚乎？又何必旁取而深求之也哉？若谓明己遭忧而作此辞，则二十五篇为遭忧之所作者多矣，而总称之曰《离骚》可也，又奚必篇各有题名乎？②

汪瑗将《离骚》之命名与篇中诗句相联系，提出"离骚"命名源自篇中的观点，无疑是探讨《离骚》问题的一大进步。汪瑗还将"离骚"之命名直接指向《离骚》篇中"余既不难夫离别兮，伤灵修之数化"之诗句。此外，汪瑗还剖析了他这么做的原因，他指出屈赋二十五篇大多为屈子被谗或放逐后遭忧之所作，其作品本身亦多悲慨，《离骚》篇之外，屈子其他篇诗歌中亦不乏遭忧之作。验之屈辞，《哀郢》中有"心不怡之长久兮，忧与愁其相接。惟郢路

---

① （明）汪瑗撰《楚辞集解》，董洪利点校，北京古籍出版社，1994，第 35 页。
② （明）汪瑗撰《楚辞集解》，董洪利点校，北京古籍出版社，1994，第 292 页。

之辽远兮，江与夏之不可涉。忽若不信兮，至今九年而不复。惨郁郁而不通兮，蹇侘傺而含戚"①。仅此四句，屈原的悲戚之感即通过"忧""愁""惨""戚"几个字涵咏而出。那么班固用"明己遭忧而作辞"来阐释"离骚"则针对性不强，而当因地制宜地根据每篇具体内容进行探讨。司马迁解释曰："离骚者，犹离忧也。"但司马迁又曰："余读《离骚》、《天问》、《招魂》、《哀郢》，悲其志。"② 可见，司马迁并不仅仅被《离骚》一篇中的忧伤之情所感染，故屈辞中多悲慨之作。与班固、司马迁、王逸等观点相比，汪瑗在给屈赋作注解的时候更能体现其整体意识，从屈赋整体角度来阐释《离骚》，汪瑗肯定了王逸所言"离骚"二字字面意思的解释，"'离，别也；骚，愁也。言己放逐离别，中心愁思。'其说是矣"③。同时，汪瑗还将"离骚"二字意旨与《离骚》篇中的诗句相联系，具有针对性。

　　汪瑗所提出的这个观点对后世的楚辞学者产生了很大的影响，闵齐华《文选瀹注》"篇内曰：'余既不难夫离别兮，伤灵修之数化'，此'离骚'所以名也。"④ 闵齐华承袭了汪瑗的观点，屈复亦从之，他于《楚辞新集注》中说："余观《楚辞》中作遭离用者固有，而此篇有'余既不难夫离别兮'之句，则离骚者离别之忧也，三闾之意若谓明己遭忧而作此辞，则全部宜总名之曰'离骚'，今二十五篇各有题目，其义可知。"⑤ 从屈复对"离骚"命名的探究中，我们可以看出其观点与汪瑗的观点如出一辙。蒋骥于其《山带

---

① （宋）洪兴祖撰《楚辞补注》，中华书局，1983，第135页。

② （汉）司马迁撰《史记》，中华书局，1963，第2503页。

③ （明）汪瑗撰《楚辞集解》，董洪利点校，北京古籍出版社，1994，第35页。

④ （梁）萧统编，（明）孙鑛评、闵齐华注《孙月峰先生评文选三十卷》，引自《四库全书存目丛书》集部第287册，齐鲁社，1997，第343页。

⑤ （清）屈复撰《楚辞新集注》，见《续修四库全书》楚辞类第1302册，上海古籍出版社，2002，第309页。

阁注楚辞》中亦云："离，别；骚，愁也。篇中有'余既不难夫离别'语。盖怀王时，初见斥疏，忧愁忧思而作也。"① 显然，闵齐华、屈复、蒋骥都承袭或暗合了汪瑗的观点，后之注《楚辞》者对汪瑗观点的接受情况足以昭示汪瑗《离骚》命名源自篇中观点的价值和意义。

而李陈玉则将汪瑗的观点进行了革新，他于《楚辞笺注》中云："乃若离之为解，有隔离、别离、与时乖离三义。盖君臣之交，原自同心，而谗人间之，遂使疏远。相望而不相见，是谓隔离，此《离骚》中有'何离心之可同'之语。一去永不相见，孤臣无赐环之日，主上无宣室之望，是谓别离，此《离骚》中有'余既不难夫离别'之语。若夫君子小人枘凿不相入，薰莸不共器，是谓乖离，此《离骚》中有'判独离而不服'之语，就《骚》解《骚》，方知作者当日命篇本意。"② 李陈玉根据汉字内涵的多义性，从隔离、别离、与时乖离三个方面来注解"离骚"二字，他还在汪瑗用"余既不难夫离别兮，伤灵修之数化"一句来命名"离骚"的基础上，增加了"何离心之可同""判独离而不服"两句来注解"离骚"，这无疑是对汪瑗观点的继承性革新。李陈玉的这种做法，表面上看起来更完备了，殊不知，《九歌·大司命》中亦有"折疏麻兮瑶华，将以遗兮离居"及"固人命兮有当，孰离合兮可为"句；《九歌·少司命》则曰："悲莫悲兮生别离，乐莫乐兮新相知。"《九歌·山鬼》曰："风飒飒兮木萧萧，思公子兮徒离忧。"《九歌·国殇》曰："带长剑兮挟秦弓，首身离兮心不惩。"《九章·惜诵》曰"反离群而赘肬""纷逢尤以离谤兮""众骇遽以离心兮""恐重患而离尤"，这些诗句中都带有"离"字，所以李陈玉仅凭搜罗《离骚》诗歌中所出现的

---

① （清）蒋骥撰《山带阁注楚辞》，上海古籍出版社，1958，第33页。
② （清）李陈玉撰《楚辞笺注》，见《续修四库全书》楚辞类1302册，上海古籍出版社，2002，第8页。

"离"字来探讨"离骚"的命名不免牵强附会。在注解《楚辞》的方法上，李陈玉还将这种注解《离骚》的方法命名为"以《骚》解《骚》"，事实上，汪瑗在《楚辞集解》中早已言及这种方法，不过汪瑗称其为"以《楚辞》注《楚辞》"。

汪瑗能够冲破以往诸家关于"离骚"的意旨探究的藩篱而独辟《离骚》命名之蹊径，无疑拓宽了《楚辞》研究的空间，屈赋中的确存在一些诗歌的命名即源自篇内的实例，如《惜诵》一篇，首句即云："惜诵以致愍兮，发愤以抒情。"①《惜诵》当取篇首二字以命名。而《惜往日》之篇题亦当源自篇首，篇首有"惜往日之曾信兮，受命诏以昭诗"一句，《惜往日》的篇题当源自篇首三字，故汪瑗所提出的《离骚》命名源自篇内的观点无疑有其存在的价值和意义。

司马迁、班固以来，便以"遭忧""别愁"来理解"离骚"，本无可厚非，但正如游国恩所言："自来'遭忧'、'别愁'等话，都是似是而非的臆说。"②而至王逸、颜师古等均未能摆脱这种藩篱，至汪瑗，他将"离骚"的命名与其文本相联系进行探索，且以《楚辞》注《楚辞》的方式系统研究屈辞各篇之命名，虽然研究命名的过程中有臆测之处，但瑕不掩瑜，汪瑗的这种研究方法无疑开辟了《楚辞》研究的新思路。

二 "楚辞"及"离骚"指称考辨

1. "楚辞"指称问题

汪瑗的《楚辞集解》所选的篇目仅有屈赋二十五篇，而没有宋玉、东方朔等人的作品，那么汪瑗就是用"楚辞"之称指代屈赋。

---

① （宋）洪兴祖撰《楚辞补注》，中华书局，1983，第 121 页。
② 游国恩著《游国恩楚辞论著集》第三卷，中华书局，2008，第 88 页。

在汪瑗之前，明代周用的《楚词注略》所选篇目也仅有屈赋二十五篇，也就是说周用和汪瑗都是用"楚辞"指代屈赋，那么汪瑗所表达的"至今世总名《楚辞》为《离骚》者"当指用"离骚"指代全部屈赋。

在汪瑗看来，东方朔等人的"拟骚"之作远远逊色于屈原的作品，他于《楚辞集解》自序云："司马、班、扬，汉士词赋之雄也，逊美若不及……东方朔诸人《七谏》《九怀》，不足为《骚》拟。"① 故他在《楚辞集解》中只选择了屈原的作品进行注解，并将其书冠名为"楚辞集解"。

汪瑗以屈赋二十五篇为《楚辞集解》之注解范围，也不能说无据，《隋书·经籍志》中即将屈赋称为"楚辞"，云："'楚辞'者，屈原之所作也。自周室衰乱，诗人寝息，谄佞之道兴，讽刺之辞废。楚有贤臣屈原，被谗放逐，乃著《离骚》八篇……盖以原楚人也，谓之'楚辞'。"② 可见，在《隋书》中"楚辞"的涵盖范围则仅指屈原的作品。陈师道的《后山诗话》也提出了相同的观点，他说："子厚谓屈氏《楚辞》，知《离骚》乃效《颂》，其次效《雅》，最后效《风》。"③ 可见，《隋书·经籍志》及《后山诗话》所指"楚辞"为屈赋。

汪瑗之后，学界注《楚辞》仅选屈赋的注本不一而足，来钦之的《楚辞述注》、黄文焕的《楚辞听直》皆以注解"楚辞"的旗号而仅注解屈赋，黄文焕《楚辞听直》比《楚辞注略》及《楚辞集解》的选篇多出《大招》及《招魂》两篇。虽则所选篇目有所不同，但其选篇宗旨却并无二致，皆以笺注屈原赋为其准则。黄文焕选《大招》《招魂》两篇也是因为前人有记载这两篇为屈原所作，

---

① （明）汪瑗撰《楚辞集解》，董洪利点校，北京古籍出版社，1994，第 4 页。
② （唐）魏征等撰《隋书》，中华书局，1973，第 1055－1056 页。
③ 杨金鼎等编《楚辞评论资料选》，湖北人民出版社，1985，第 77 页。

黄文焕于《楚辞听直》中云："王逸之论《大招》，归之或曰屈原，未尝以专属景差……而太史公曰'读《离骚》《天问》《招魂》《哀郢》悲其志'，又似亦原之自作。"① 故黄文焕的选篇原则是与汪瑗《楚辞集解》的选篇原则相一致的。可见，汪瑗的《楚辞集解》、黄文焕的《楚辞听直》皆只注其所认定为屈原之作品而不及其他，此处之"楚辞"则专指屈原作品。

2. "离骚"的指称问题

除"楚辞"外，汪瑗还阐述了"离骚"的指称问题，他说："至今世总名《楚辞》为《离骚》者，亦自后人始也，非原本意也。或举首篇亦可以该之耳，犹孔子亦曰，师挚之始，《关雎》之乱，是亦以《关雎》称全诗也。称《楚辞》为《离骚》者，不可不知此意。"② 汪瑗认为用"离骚"来指代屈赋二十五篇是从后人开始的，并且猜测这种做法是"举首篇亦可以该之耳"，也就是说用首篇来总指屈赋二十五篇。

《离骚》的流传年代久远，后世确实出现过将《楚辞》中其他诗篇称为"离骚"的情况，其肇端于刘向，《列女传·江妃二女传》云："江女二妃者，《离骚》所谓湘夫人称帝子者是也。"③ 此处，"湘夫人"为屈原《湘夫人》篇，由是观之，在刘向的甄别观念中，"离骚"所指具有宽泛含义，它不仅指屈子之《离骚》篇，还将《湘夫人》一诗涵盖其中。东汉郑玄在给《礼记·檀弓》作注时所言之"离骚"也包括《湘夫人》篇，关于"舜葬于苍梧之野，盖三（或作二）妃未之从也"句，郑玄注曰："《离骚》所歌

---

① （明）黄文焕撰《楚辞听直》，《四库全书存目丛书》集部第 1 册，齐鲁书社，1997，第 414 页。
② （明）汪瑗撰《楚辞集解》，董洪利点校，北京古籍出版社，1994，第 292 页。
③ 汤炳正著《楚辞类稿》，巴蜀书社，1988，第 63 页。

'湘夫人'，舜妃也。"① 王逸在《楚辞章句》中用"离骚"代指全部屈赋，他称"离骚"为"离骚经章句第一"，而称《九歌》《天问》《九章》《远游》《卜居》《渔父》诸卷分别为"九歌章句第二离骚""天问章句第三离骚""九章章句第四离骚""远游章句第五离骚"，《卜居》《渔父》以此类推。每卷标题后面都标有"离骚"二字。两晋时，郭璞所注《山海经》中也出现了用"离骚"指代屈原赋的情况。如《山海经·中山经》关于"洞庭之山"，郭璞注云："《离骚》曰'遭吾道兮洞庭'，'洞庭波兮木叶下'。"② 此处"遭吾道兮洞庭"源自《湘君》，而"洞庭波兮木叶下"则源自《湘夫人》，则郭璞所言之"离骚"将《湘君》《湘夫人》两篇涵盖于内。另外，郭璞在注《山海经·海外西经》时亦将《湘君》涵盖于《离骚》之中。《隋书·经籍志》云："楚有贤臣屈原，被谗放逐，乃著《离骚》八篇。"③ 此八篇即指屈赋八篇，所以此处"离骚"当为屈原全部作品。洪兴祖亦于《楚辞总论》云："《离骚》二十五篇，多忧世之语。"④ 刘向之后所出现的总名屈辞为"离骚"的例子不一而足。朱熹《楚辞集注》中将《离骚》称为《离骚经》，其余篇目如《九歌》《天问》《九章》《远游》《卜居》《渔父》分别命名为《离骚》二、三、四、五、六、七。而《九辩》《招魂》等则贯以"续离骚"之名。晁补之于《离骚新序》云："八卷皆屈原遭忧所作，故首篇曰《离骚经》，后篇皆曰'离骚'。"⑤ 晁补之认为用"离骚"指代全部屈赋，其区别在于首篇称

① （东汉）郑玄《礼记正义》，见阮元校刻《十三经注疏》，中华书局，1980，第1281页。

② 汤炳正著《楚辞类稿》，巴蜀书社，1988，第63页。

③ （唐）魏征等撰《隋书》，中华书局，1973，第1055–1056页。

④ （明）汪瑗撰《楚辞集解》，董洪利点校，北京古籍出版社，1994，第12页。

⑤ 杨金鼎等编《楚辞评论资料选》，湖北人民出版社，1985，第67页。

《离骚经》，其余篇只称为"离骚"。通过以上论述，可以看出在汉朝、魏晋南北朝、宋代，都存在用"离骚"一词来指代屈赋的现象，游国恩也认为古人所称之《离骚》指的是全部屈赋，他说："尝疑西汉人所云《离骚》，皆非指《离骚》一篇而言。如《汉书·司马迁传》，迁于《任安书》曰：'屈原放逐，乃赋《离骚》'，此指屈赋全部言也。"① 从以上诸例及分析中，我们看到汉以后确实存在汪瑗所指出的以"离骚"首篇指称屈赋的情况。

至《四库全书》编辑之日，《九歌》以下都用"离骚"之名已经不被接受了。《四库全书总目》云："裒屈、宋诸赋，定名'楚辞'，自刘向始也。后人或谓之'骚'，故刘勰品论'楚辞'，以《辨骚》标目。考史迁称'屈原放逐，乃赋《离骚》'，盖举其最著一篇。《九歌》以下，均袭骚名，则非事实矣。"②

汪瑗虽然不赞成总名屈辞为"离骚"，但归有光为《楚辞集解》所作之序中仍然存在用"离骚"指代屈赋的情况。汪瑗于归有光处求学生活结束后，仍然希望归有光对其所作之书给予指导，归有光曰："一日涉桐江，渡钱塘，来谓曰：'瑗今妄意抒辞，注释《离骚》。校雠之责，则余弟珂任之。删定当否，愿先生政之。'"③汪瑗要将其注付之校雠，故此处的"离骚"当为汪瑗所作的《楚辞集解》，这从归有光为《楚辞集解》所作序之尾言也可以看出，归有光言曰："览《离骚》亦知扬者非私心，而作者有蓄学也。余安得不发一辞而休扬之。是为序。"④此"离骚"之概念即指屈赋二十五篇，也就是汪瑗意义上之"楚辞"概念。

① 游国恩著《游国恩楚辞论著集》第一卷，中华书局，2008，第 3 页。
② （清）永瑢等撰《四库全书总目》，中华书局，1965，第 1267 页。
③ （明）汪瑗撰《楚辞集解》，董洪利点校，北京古籍出版社，1994，第 1 页。
④ （明）汪瑗撰《楚辞集解》，董洪利点校，北京古籍出版社，1994，第 1 页。

三　《离骚》是否称经

关于《离骚》是否称"经"的问题，洪兴祖曰："古人引《离骚》未有言'经'者，盖后世之士祖述其词，尊之为经耳。非屈原意也。逸说非是。"① 汪瑗认可洪兴祖的观点，他于《楚辞蒙引》"《离骚》题名"云："（瑗按）《释文》旧本无'经'字，'经'字为后人所增无疑。洪氏之说是也。"② 汪瑗认为《离骚经》中的"经"字乃为后人所加，故《楚辞集解》目录与正文已不再称《离骚》为"经"。

回顾一下《离骚》称"经"的历史情况。《楚辞章句》中《离骚经序》云："《离骚经》者，屈原之所作也……屈原执履忠贞而被谗邪，忧心烦乱，不知所愬，乃作《离骚经》。"③ 从中可以看出，东汉王逸是将《离骚》作为"经"来解读的。王逸亦于《楚辞章句》目录云"离骚经章句第一"。颜师古在给《汉书》卷七十九作注时亦称"离骚经"，曰："《离骚经》，屈原所作也。离，遭也。骚，忧也。"④《楚辞补注》所呈现的目录曰："《释文》第一，无经字"⑤。洪兴祖在《补注》仍言"骚经"，曰："《艺文志》云：《屈原赋》二十五篇。然则自《骚经》至《渔父》，皆赋也。后之作者苟得其一体，可以名家矣。"⑥ 而朱熹在《楚辞集注》目录中亦称《离骚》为"离骚经第一"，在此下用小字体标有"《释文》无经字"，朱熹在正文阐述中也称《离骚》为"经"，

---

① （宋）洪兴祖补注《楚辞补注》，卞岐整理，凤凰出版社，2007，第 2 页。
② （明）汪瑗撰《楚辞集解》，董洪利点校，北京古籍出版社，1994，第 291 页。
③ （汉）王逸撰《楚辞章句》，引自（宋）洪兴祖补注《楚辞补注》，卞岐整理，凤凰出版社，2007，第 1 页。
④ （汉）班固撰《汉书》，中华书局，1962，第 3308 页。
⑤ （宋）洪兴祖撰《楚辞补注》，中华书局，1983，第 1 页。
⑥ （宋）洪兴祖补注《楚辞补注》，卞岐整理，凤凰出版社，2007，第 160 页。

云："'女媭媛'，旧注以为女婆，似无关涉，但与《骚经》用字偶同耳。"① 洪兴祖与朱熹虽然都标注"《释文》无经字"，但洪兴祖及朱熹在注本中仍然使用"离骚经"一词，说明洪兴祖、朱熹对"离骚"是否称"经"的问题已经有了一定的思考，但并没有形成明确的概念。

从以上分析可知，从汉代开始，历经唐宋等朝代，存在《离骚》被称"经"的现象，现略作分析。

1.《离骚》于西汉称"经"问题考察

考刘向《新序》："屈原遂放于外，乃作《离骚》。"② 刘向并未将《离骚》称为"经"。司马迁《史记》中亦未将《离骚》称"经"，其《屈原贾生列传》曰屈原"忧愁幽思而作《离骚》"③。从以上刘向、司马迁所言可知《离骚》最初并未称"经"。然而，在王逸的《楚辞章句·离骚叙》中却存在着孝武帝将《离骚》称"经"的现象，曰："至于孝武帝，恢廓道训，使淮南王安作《离骚经章句》，则大义粲然。"④ 但孝武帝是否称淮南王所作的《离骚》注解为"离骚经章句"目前并无他证，也不能断定"离骚经章句"中的"经"字是否为王逸后来所加。

2.《离骚》于东汉称"经"问题考察

东汉班固在《汉书》中没有将《离骚》称"经"，他在卷二十八云："始楚贤臣屈原被谗放流，作《离骚》诸赋以自伤悼。"⑤ 班固在《汉书》卷四十八又云："屈原，楚贤臣也，被谗放逐作《离骚赋》，其终篇曰：'已矣！国亡人，莫我知也。'"⑥《汉书》中的

---

① （宋）朱熹集注《楚辞集注》，李庆甲校点，上海古籍出版社，1979，第186页。
② 杨金鼎等编《楚辞评论资料选》，湖北人民出版社，1985，第4页。
③ （汉）司马迁撰《史记》，中华书局，1959，第2482页。
④ （宋）洪兴祖补注《楚辞补注》，卞岐整理，凤凰出版社，2007，第42页。
⑤ （汉）班固撰《汉书》，中华书局，1962，第1668页。
⑥ （汉）班固撰《汉书》，中华书局，1962，第2222页。

两处记载表明王逸之前的班固并没有称"离骚"为经。但班固在《离骚解序》及《汉书·淮南王传》中称淮南王为《离骚》所作注解曰"传",《离骚解序》记载云:"昔在孝武,博览古文,淮南王安叙《离骚传》。"①《汉书·淮南王传》曰:"初,安入朝,献所作《内篇》,新出,上爱秘之。使为《离骚传》,旦受诏,日食时上。"②传的功能是替经书作注,班固将淮南王所作注称为"离骚传",故而可以看出《离骚》曾经有被称"经"的趋势。

诸多记载皆未将"离骚"称"经",是否说明王逸无中生有而将"离骚"尊为"经"呢?并非如此,因为与班固生年相仿的王充曾将《离骚》称"经",他于《论衡·案书》曰:"扬子云反《离骚》之经,非能尽反。一篇文往往见非,反而夺之。"③王充于《论衡》中称"离骚"为"经",说明《离骚》曾经一度被称作"经"。从王逸及王充称《离骚》为"经"的现象,我们可以看出《离骚》在东汉曾被称为"经"当为事实。林云铭对称《离骚》为"经"以及《九歌》等篇目称"传"的现象表示质疑,他于《楚辞灯》凡例云:"屈子本传,太史公止云作《离骚》,后人添出'经'字,且将《九歌》以下诸作皆添一'传'字,不知何意?盖'传'所以释经,从无自作自释之例,而王逸《章句》,以'经'字解作'径'字之义,又与诸篇加'传'之意不合矣。"④林云铭所言颇中肯綮,如果《离骚》被称为"经",那么再称《九歌》以下诸作为"传"就显得不合时宜,因为"从无自作自释之例"。另外存在的

---

① （汉）班固撰《离骚解序》,引自（明）汪瑗撰《楚辞集解》,北京古籍出版社,1994,第9页。
② （汉）班固撰《汉书》,中华书局,1962,第2145页。
③ （汉）王充撰,黄晖校释《论衡校释》,中华书局,1990,第1175页。
④ （清）林云铭撰《楚辞灯》,彭丹华点校,华东师范大学出版社,2012,第3页。

一个问题是王逸将"经"字解为"径"又与"传是替经书作注的著作"之"经"不同，林云铭分析了其中的矛盾所在。

汪瑗之后，称《离骚》为"经"者与不称"经"者并存，如蒋骥、屈复依然持称《离骚》为"经"的观点，蒋骥于《山带阁注楚辞》曰："《骚经》之自言曰：'余焉能忍而与此终古'。"① 屈复于《楚辞新集注》曰："《诗》可以兴，可以怨，迩之事父，远之事君，多识于鸟兽草木之名，《离骚》有焉，尊之曰'经'，宜矣。"② 而林云铭则不再称《离骚》为"经"，他说："余惟以太史公之言为主，将'经''传'二字，及晦庵每篇加'离骚'二字，一概删去，以还其初而已。"③ 蒋骥仍称《离骚》为"经"，而林云铭则为"还其初"之宗旨，不再称其为"经"。

从以上分析，我们可以看出，《离骚》在西汉有没有被称"经"尚不能得以证实，而到了东汉，则有称"经"的趋势，但并没有形成称"经"的大格局，故而有称"经"之说如王逸、王充，同时亦有不称"经"之说，如班固，造成了后世称"经"与"不称经"两种局面共存的现象，但《离骚》是否称"经"并不影响其诗歌本身的魅力，也不会影响其在中国古代文学史中的地位。

第二节　《离骚》结构及脉络考察

汪瑗非常重视章法结构，他对屈辞无一遗漏地分析了其篇章结构，德国学者恩斯特·卡西尔说："在每一种言语行为和每一种艺

---

①　（清）蒋骥撰《山带阁注楚辞》，上海古籍出版社，1984，第 217 – 218 页。

②　（清）屈复撰《楚辞新集注》，见《续修四库全书》楚辞类第 1302 册，上海古籍出版社，2002，第 310 页。

③　（清）林云铭撰《楚辞灯》，彭丹华点校，华东师范大学出版社，2012，第 3 页。

术创造中，我们都能发现一个明确的目的论结构。"① 汪瑗所划分段落虽未必一定符合作者的本旨，但可以使诗歌层次分明。同时，汪瑗在注解屈赋之时，非常注重把握诗歌的脉络，分析诗歌的起承转合，并探索屈辞的纲领之所在。

一 探索《离骚》结构之划分

《离骚》作为一首长篇抒情诗，长达二千四百多字，理解和把握起来就相对困难，姜亮夫先生曾经说过："正如屈赋其它作品那样，每篇都有一个难点，《离骚》的难点在篇章层次，《九歌》的难点在解题。"② 王逸的《楚辞章句》及洪兴祖的《楚辞补注》都是采用随句注的方法，宋人朱熹则从篇章层次的角度探究《离骚》，在《楚辞集注》中，他以四句为一小节，将《离骚》划分为九十三节。陈振孙的《直斋书录解题》卷十五记载林应辰将《离骚》划分为二十段，曰："《龙冈楚辞说》五卷，永嘉林应辰渭起撰。以《离骚》章分段释为二十段，《九歌》《九章》诸篇亦随长短分之。"③ 林应辰推动了《离骚》结构划分的发展，钱杲之的《离骚集传》则将《离骚》分为十四节，但宋代对《离骚》的结构划分不够成熟，周建忠提出"章节之学、层次分析，始于宋代，但还不够成熟。'到明代，尤其是明代末期的人才认真考虑，细腻推敲。'"④ 相对于宋代的钱杲之，汪瑗从篇章角度进行详细梳理、细腻推敲，取得了一定的成就，今从结构划分角度进行探讨。

汪瑗以前，钱杲之在《离骚集传》中将《离骚》分为十四部分，但只是进行简单梳理，其文意分析并不够清晰，其言"《离

① 卡西尔：《人论》，甘阳译，上海译文出版社，1985，第181页。
② 姜亮夫、姜昆武著《屈原与楚辞》，安徽教育出版社，1989，第50页。
③ （宋）陈振孙著《直斋书录解题》，上海古籍出版社，1987，第436页。
④ 周建忠：《楚辞层次结构研究——以〈离骚〉为例》，《云梦学刊》2005年第2期。

骚》赋九十四节，三百七十三句。盖古诗有节有章，赋有节无章，今约《离骚》一篇大节十有四，其一高阳二十四句，其二三后二十四句，其三滋兰八句，其四竞进二十八句，其五灵修十二句，其六鸷鸟三十二句，其七女媭十二句，其八前圣四十句，其九上征七十六句，其十灵氛二十句，其十一巫咸三十六句，其十二以兰二十句，其十三将行三十六句，其十四乱五句，而大节之中或有小节，学者当自得之"①。钱杲之寥寥数言，其章节之意并未分明，至汪瑗，他在划分段落、理清文章脉络方面可以说用力甚勤，他通过章节段落的划分为《离骚》梳理出一条清晰的线索，为读者勾勒出清晰的思路。

　　汪瑗将《离骚》以"截"为单位分为两大部分，且其字数相当，汪瑗指出："又按此篇凡二千四百余言，《楚辞》中文之最长者也。其间脉络曲折，略见逐章之下。而大概篇首至'耿吾既得此中正'为一截意，'驷玉虬以乘鹥'至'蜷局顾而不行'为一截意，文之多寡亦略相当。"② 汪瑗以篇意为旨归且兼顾其字数之多寡，将《离骚》分为两部分。清代吴世尚《楚辞疏》也将《离骚》分为两部分：以"霑余襟之浪浪"为界，即"帝高阳之苗裔兮"至"霑余襟之浪浪"；"跪敷衽以陈辞兮"至篇末。③ 表面看起来，汪瑗和吴世尚除了都将《离骚》分为两个层次外，并没有可比之处，而事实上，我们通过分析汪瑗的《楚辞集解》发现，他们二人的观点基本是一致的，因为汪瑗认为"跪敷衽以陈辞兮，耿吾既得此中正"二句"与上'依前圣以节中'章相照应，结上起下之词"④，很

---

① （宋）钱杲之撰《离骚集传》，见《续修四库全书》楚辞类第 1301 册，上海古籍出版社，2002，第 12 页。

② （明）汪瑗撰《楚辞集解》，董洪利点校，北京古籍出版社，1994，第 107 页。

③ 周建忠：《〈楚辞〉层次结构研究——以〈离骚〉为例》，《云梦学刊》2005 年第 2 期。

④ （明）汪瑗撰《楚辞集解》，董洪利点校，北京古籍出版社，1994，第 69 页。

明显，汪瑗认为"跪敷衽以陈辞兮，耿吾既得此中正"为过渡句，所以在划分结构上，吴世尚与汪瑗的观点基本是一致的。

汪瑗将《离骚》全篇分为两"截"，再将"截"以"大段""小段""章"为单位依次进行划分，整理如下：

第一小段：篇首至"夫唯灵修之故也"。①

第二小段："曰黄昏以为期"至"愿依彭咸之遗则"。②

（第一、二小段总为一大段）

第三小段："长太息以掩涕"至"固前圣之所厚"。③

第四小段："悔相道之不察"至"岂余心之可惩"。④

（第三、四小段总为一大段）

第五小段："女须之婵媛兮"至"夫何茕独而不予听"。

第六小段："依前圣以节中兮"至"耿吾既得此中正"。⑤

第七部分（汪瑗称为一大段）："驷玉虬以乘鹥"至"余焉能忍而与此终古"。⑥

第八部分（汪瑗称为一大段）："索藑茅以筳篿兮"至"周流观乎上下"。⑦

第九部分（汪瑗称为一大段）："灵氛既告余以吉占"至"蜷局顾而不行"。⑧

如此，汪瑗便将全篇结构按从小到大的顺序依次划分为"小段""大段""截"，并且总结每部分的主要内容，以便更好地理解《离骚》，但汪瑗在划分大、小段时表述并非十分清晰，笔者亦根据

① （明）汪瑗撰《楚辞集解》，董洪利点校，北京古籍出版社，1994，第 57 页。
② （明）汪瑗撰《楚辞集解》，董洪利点校，北京古籍出版社，1994，第 57 页。
③ （明）汪瑗撰《楚辞集解》，董洪利点校，北京古籍出版社，1994，第 57 页。
④ （明）汪瑗撰《楚辞集解》，董洪利点校，北京古籍出版社，1994，第 57 页。
⑤ （明）汪瑗撰《楚辞集解》，董洪利点校，北京古籍出版社，1994，第 69 页。
⑥ （明）汪瑗撰《楚辞集解》，董洪利点校，北京古籍出版社，1994，第 84 页。
⑦ （明）汪瑗撰《楚辞集解》，董洪利点校，北京古籍出版社，1994，第 99 页。
⑧ （明）汪瑗撰《楚辞集解》，董洪利点校，北京古籍出版社，1994，第 106 页。

其意总结如上，但汪瑗划分大、小段的意识已经非常明确。

王逸、洪兴祖、朱熹没有特别关注诗篇的层次结构，汪瑗说："惜乎王逸等旧注虽详，而脉络欠分明也。"本着更好地把握《离骚》的层次结构的宗旨，汪瑗将屈赋各篇以划分段落的形式而阐其幽，使读者可以一览而洞其然。林云铭在注解《思美人》时说："旧注虽无大讹，但惜其不能分出段落，令读者费尽探索，使我恨恨！"① 林云铭的这个分析无疑是有失偏颇的，因为在他之前汪瑗在《楚辞集解》中已将各篇划分了段落层次。自此，《离骚》的层次考察蔚为大观，绵延不绝，呈现"百花齐放，百家争鸣"的生动局面，闵齐华、李陈玉、屈复、戴震等都采用划分段落之法注解屈辞，且一直延续至今。

二　注重《离骚》脉络之梳理

汪瑗除了注重《离骚》结构之划分外，还注重《离骚》的脉络之梳理，主要体现在对屈辞"纲领"的考察及对上下起结照应的分析。

1. 对屈辞"纲领"的考察

晋葛洪《抱朴子·君道》曰："操纲领以整毛目，握道数以御众才。"② 汪瑗在分析屈辞时首先找到诗篇的纲领之所在。在一篇注解将近尾声之时，总结篇章意旨，探索全篇纲领之所在。在《离骚》中，汪瑗意识到"乱辞"在《离骚》篇中的重要性，他说："既以为乱者，乃一篇归宿指要之所在，则此四言者，实《离骚》之枢纽也。孰谓屈子未尝不去乎？已矣哉者，绝望慨叹之词，犹

---

① （清）林云铭撰《楚辞灯》，彭丹华点校，华东师范大学出版社，2012，第99页。
② （晋）葛洪著《抱朴子外篇全译》，庞月光译，贵州人民出版社，1997，第184页。

《诗》'亦已焉哉'，《论语》'已矣乎'之类是也。"① 汪瑗认为《离骚》篇之乱词乃全篇撮其要之所在，举国少好修之人而多嫉妒之党，故不必悲怀故都而应决意隐居以避祸。洪湛侯在其《楚辞要籍解题》中对汪瑗此说进行了批评指正："由于汪氏往往以臆测之见，务为新说，排诋诸家，所以此书也有不少错误的说法。其中最突出的是，以'何必怀故都'一语为《离骚》一篇纲领，说屈原实有离开楚国之意，因而对洪兴祖等人强调屈原的惓惓宗国之情，视为错解，加以指斥。"② 屈子之"何怀乎故都"只是对自己愤激之情的流露，并非决绝之言，也并非要隐居以避祸，《哀郢》中"曼余目以流观兮，冀一反之何时"等语即是屈子放逐之后怀念故都的佐证。

虽则汪瑗对《离骚》之纲领有所曲解，但他以探索纲领、总结旨意的方法去寻求屈子之意无疑推动了《楚辞》研究的进一步深入发展，并对其后之《楚辞》研究者产生了深远的影响。林云铭《楚辞灯》在分析《卜居》时曰："'蔽障于谗'四字是一篇之纲，盖惟蔽障，所以三年不得复见也。灵均为国之忠……但以竭智尽忠，上不见察于君，下不见谅于俗，无处告语，故劈空撰出问卜公案。"③ 林云铭注解《楚辞》之时探求一篇之纲，或受汪瑗影响。

2. 对《离骚》"过脉"之考察

朱冀在《离骚辩》中说："读《离骚》需分段看，又需通长看。不分段看，则章法不清。不通长看，则血脉不贯。旧注之失，在逐字逐句求其解，而于前后呼应阖辟处，全欠理会。"④ 朱冀注重诗篇之章法及血脉，其言甚得。然他指出旧注于前后呼应之处欠理

① （明）汪瑗撰《楚辞集解》，董洪利点校，北京古籍出版社，1994，第106页。
② 洪湛侯：《楚辞要籍解题》，湖北人民出版社，1984年，第46页。
③ （清）林云铭撰《楚辞灯》，彭丹华点校，华东大学出版社，2012，第158页。
④ 姜亮夫编《楚辞书目五种》，上海古籍出版社，1993，第142页。

会，这就不免有失偏颇，其实明人汪瑗的《楚辞集解》对诗篇的前后呼应、承上启下之阖辟处早就进行过梳理分析。

屈原的《离骚》在创作时是否有意按文法来创作不得而知，但其中确实体现了文法特征，朱熹的《楚辞集注》中分析"悔相道之不察兮，延伫乎吾将反"至"虽体解吾犹未变兮，岂余心之可惩"时就注意到承上启下这个问题："自悔相道至此五章，又承上文清白以死直之意，而下为女媭詈予起也。"① 朱熹在《楚辞集注》中已经关注到《离骚》的过脉，但他的相关分析仅寥寥数语，真正注重分析屈辞过脉的当为汪瑗。

注"跪敷衽以陈辞兮，耿吾既得此中正"一句时，汪瑗曰："己既陈毕，而舜无答词，其意若将深有以许之矣，故以既得此中正自信也。此二句与上'依前圣以节中'章相照应，结上起下之词，然自'依前圣'至此当为一段也。"② "跪敷衽以陈辞兮，耿吾既得此中正"言屈子就重华长跪布衽以陈词，既陈禹汤文王修德以兴之事，又言羿浇桀纣行恶以亡之词，言己已得中正之道，总结上文，引起下文"驷玉虬"将行之事，正如汪瑗所说当为诗篇之过脉。朱冀曰："此章乃上下过脉处，第一句束上，第二句起下，诸家于此处全欠理会。"③ 朱冀当未看到汪瑗之分析，故抹杀了汪瑗的功劳，其实汪瑗早就将此过脉处进行了分析。游国恩曰："汪瑗谓舜无答词，其意若深许之，又谓此与上文'依前圣以节中'相应，均确。"④ 汪瑗不但关注屈辞篇中前后照应之处，而且对其中的过脉处加以分析，为更好地理解屈辞起到了很大的作用。

在分析"保厥美以骄傲兮，日康娱以淫游。虽信美而无礼兮，

---

① （宋）朱熹集注《楚辞集注》，李庆甲校点，上海古籍出版社，1979，第 11 页。
② （明）汪瑗撰《楚辞集解》，董洪利点校，北京古籍出版社，1994，第 69 页。
③ 游国恩著《游国恩楚辞论著集》第一卷，中华书局，2008，第 248 页。
④ 游国恩著《游国恩楚辞论著集》第一卷，中华书局，2008，第 249 页。

来违弃而改求"一章时，汪瑗曰："此章承上启下之词。"① 仔细分析这章，"违弃"指出了上章求宓妃之事，而"改求"则写出了下章求有娀之佚女之事，故汪瑗之说为是。闵齐华承袭了汪瑗的这个观点，他说："违弃改求，别求他邦贤女也，此承上启下之辞。"② 又屈复曰："'不吾知'字，结上起下，乃一篇之脉络也。"③ 屈复之言，或承袭于汪瑗。汪瑗之后，《楚辞》研究逐步注重屈辞的脉络分析，蒋骥的《山带阁注楚辞》也注重对过脉处的分析，针对"民生各有所乐兮，余独好修以为常。虽体解吾犹未变兮，岂余心之可惩"四句，蒋骥说："民生四句，总承篇首至此之意而结之。以起下文，实一篇之枢纽也。"④ 汪瑗将屈辞的叠上转下之处都予以详细分析，对于更好地理解屈辞、把握屈子的感情脉络发挥了很大的作用。

汪瑗的老师归有光对"文脉"有这样的论述："上文有一句说话，下即顶上申说一句，如过文相似，是谓叠上转下也。陈止斋作论喜用此法。如苏明允《心术论》、苏子瞻《荀卿论》可以为法。"⑤ 其师归有光还说过："结上生下，意脉相联，是谓贯珠势也。如柳子厚《晋文公守原议》似之。韩退之《原道》、苏明允《春秋论》亦可参看。"⑥ 在分析《离骚》的章法时，汪瑗或受其师影响注意到了《离骚》诗句的上下过渡的重要性，同时也说明在明

① （明）汪瑗撰《楚辞集解》，董洪利点校，北京古籍出版社，1994，第78页。
② （梁）萧统编，（明）孙鑛评、闵齐华注《孙月峰先生评文选三十卷》，引自《四库全书存目丛书》集部287册，齐鲁书社，1997，第348页。
③ （清）屈复撰《楚辞新集注》，见《续修四库全书》楚辞类1302册，上海古籍出版社，2002，第313页。
④ （清）蒋骥撰《山带阁注楚辞》，上海古籍出版社，1984，第39页。
⑤ （明）归有光：《归震川先生论文章体则》，见王水照《历代文话》，复旦大学出版社，2007，第1729页。
⑥ （明）归有光：《归震川先生论文章体则》，见王水照《历代文话》，复旦大学出版社，2007，第1726页。

朝时已注重文学作品的篇章意脉的揣摩及分析。

王邦采曰："求其能学，必先能读。所贵乎能读者，非徒诵习其词章声调已也，必审其结构焉，寻其脉络焉，必考其性情焉。结构定而后段落清。脉络通而后词义贯，性情得而后心气平。"①汪瑗在王邦采之理论提出之前，这些都已经做到了，他将《离骚》从结构上分为"截""大段""小段"；在寻脉络上，汪瑗揣摩屈子之意，分析《离骚》之过脉，将《离骚》前后呼应、承上启下之阖辟处予以详析，从而领会屈子的性情，这无疑是汪瑗相较前之注家的提升。

第三节　《离骚》训诂研究

明人的著述也有不少独具创见者，《楚辞集解》即为其一，汪瑗于注疏时能不囿旧说，又多方考据推敲，因此在字词训诂、名物考释方面都提出了令人信服的新观点。

一　《离骚》训诂成就

《楚辞集解》在训诂、考据方面颇见功力，所取得的成就为后之学者所称道，汪瑗有很多创见，洪湛侯在《楚辞要籍解题》中曾进行概括，金开诚也在其论文中进行阐述，现针对《离骚》的训诂成就分析如下。

一是，汪瑗训《离骚》"恐皇舆之败绩"中之"败绩"为"车之覆败，以喻君国之倾危也"②，汪瑗注解此词抓住了根本，多为后人所采纳。王夫之曰："车覆也。"戴震曰："车覆曰败绩。"无疑

① 姜亮夫编《楚辞书目五种》，上海古籍出版社，1993，第 155 页。
② （明）汪瑗撰《楚辞集解》，董洪利点校，北京古籍出版社，1994，第 42 页。

都是采纳了汪瑗的观点。二是，汪瑗训《离骚》"昔三后之纯粹兮"中之"三后"为"楚之先君"，王夫之、戴震、马其昶、姜亮夫、汤炳正等诸家皆从之，游国恩亦指出汪瑗之说言之成理，汪瑗在初步分析的基础上依据诗句本身、楚国的国情深入探讨，并且将"三后之纯粹兮"与《诗·大雅·下武》之"三后在天"相联系指出"三后"当指"祝融、鬻熊、熊绎"① 三人，虽然诸家在"三后"具体所指上与汪瑗略有差异，但无疑都接受了汪瑗关于"三后"为"楚之先君"的观点。三是，关于《离骚》"夏康娱以自纵"中的"康娱"二字，朱熹《楚辞集注》认为这句话中的"夏康"当解释为"启子太康也"。② 汪瑗曰："旧注皆谓上句启字为禹子，此夏康为启子太康也。俱非是。观下文曰'日康娱而自忘，'又曰'日康娱以淫游'，则康娱二字，当相连讲无疑。况既曰夏，又曰康娱以自纵，则不待言而可以知其为太康矣……亦可以破夏康二字，不必相连以为解矣。"③ 戴震亦指出："而夏之失德也，康娱自纵，以致丧乱。'康娱'二字连文，篇内凡三见。"④ 后之许多楚辞研究者承袭汪瑗之观点，认为"康娱"二字当连读。汪瑗以"《楚辞》注《楚辞》"，同时辅以统计法，将《离骚》中出现的带有"康娱"的句子统计出来，然后总结出"康娱"二字当连用，汪瑗的这种解释字词的方法对楚辞研究具有启迪的作用。四是，《离骚》中的"理弱而媒拙"句中的"理"字，汪瑗认为"理"为"媒"的别称，他说："屈子每每以理与媒对言，则理者，亦媒之别名也无疑矣。"⑤ 钱澄之、徐焕龙、蒋骥、戴震等皆从之，汪瑗的这一观点得到了

---

① （明）汪瑗撰《楚辞集解》，董洪利点校，北京古籍出版社，1994，第314页。
② （宋）朱熹集注《楚辞集注》，李庆甲校点，上海古籍出版社，1979，第13页。
③ （明）汪瑗撰《楚辞集解》，董洪利点校，北京古籍出版社，1994，第357页。
④ （清）戴震著《屈原赋注》，褚斌杰、吴贤哲校点，中华书局，1999，第13页。
⑤ （明）汪瑗撰《楚辞集解》，董洪利点校，北京古籍出版社，1994，第390页。

《楚辞》学界的公认。五是，"申椒"一词，汪瑗认为"椒生多重叠而丛簇，故曰申椒"，游国恩认为汪瑗所说近是。除此之外，汪瑗所解释的"羲和""女嬃"等词也多为后人所采纳。金开诚先生曾说："以上各例大都是《楚辞》注中的'名说'，人们即使不相信清人注沿用了汪瑗说，但把这些说法的发明权归于汪瑗，想来总是应该的。而光从这几例来看，《楚辞集解》之富有参考价值也就可见一斑；然则《四库提要》把它说得一无是处，岂非太不公平？"①

除以上诸例外，《楚辞集解》中仍然有很多训诂成果未被前人所论述，今分析如下。

（一）濯去旧见，创立新说

汪瑗在给屈辞作注时，有很多创见，一种是"濯去旧见，以来新意"，这种做法是在前注的基础上破旧立新，摒弃那些与屈子之意不符的旧意以除旧布新；另外一种则是创立新说，针对前注没有作注的词语，汪瑗本着"未备者补之"的原则进行注解，发明新意，在屈辞训诂、考据方面取得了突出的成就，推动了《离骚》研究的发展。举例如下。

终古。"怀朕情而不发兮，余焉能忍而与此终古"句中的"终古"一词，王逸注作"永古"，而朱子在《辩证》中指出"终古"的意思为"开辟之初，今之始也"。汪瑗则拂去旧说，创立新见，他说："所谓终古，是举己之终而言，犹曰终身云耳。"② 汪瑗对"终古"一词注释非常详细，他说："余惧学者执朱子开辟之说，

---

① 金开诚、葛兆光：《汪瑗和他的〈楚辞集解〉》，见中华书局编辑部编《文史》第19辑，中华书局，1983，第175页。
② （明）汪瑗撰《楚辞集解》，董洪利点校，北京古籍出版社，1994，第392页。

则于此章之言终古有滞而不通者矣，故详其说焉。"① 马茂元、赵逵夫从之。游国恩评其曰："终古之义，汪瑗说是，即《涉江》所谓重昏而终身也。"② "终古"这个词分别出现在《离骚》"余焉能忍而与此终古"句、《九歌》中"长无绝兮终古"及《九章》"去终古之所居"句中，而理解这个词要根据三句话的具体情境，在《九歌》"长无绝兮终古"句中当为举天地之终而言，故而可以理解为王逸所说的"永古"，而《离骚》"余焉能忍而与此终古"及《九章》"去终古之所居"中的"终古"是举屈子本人而言，所以汪瑗所说的"犹终身云耳"更贴近屈子之意。

阰。"朝搴阰之木兰兮，夕揽洲之宿莽"句中的"阰"字，王逸注释为"山名"，汪瑗说："阰与批同，亦作坒，音陛，地之相次而比者也。对下句洲字而言。可见楚南之阰山，未考其果有否，设有之，安知其非偶同乎？安知其非阰为山之通称乎？"③ 汪瑗除了注解"阰"的字音外，还阐释它的意义。之后，朱珔承袭了汪瑗的观点，通过下句"夕揽洲之宿莽"句中的"洲"字指出，"则阰亦未必有专属之山"。俞樾亦承袭了汪瑗的观点。针对这个词，游国恩谓："汪瑗、俞樾之说尤长。"④

初。"阽余身而危死兮，览余初其犹未悔"中的"初"字，王逸、朱熹无注，汪瑗注作："初，初志也。言虽阽余身而置于险难之中，死亡之地，然反观内察其己之初志，适得吾心之所善，而终未尝有一毫怨恨之悔意也。"⑤ 闵齐华则直接删繁就简解为："初，初志也。"刘永济亦解为"初志"。游国恩说："初，谓初志，汪说

---

① （明）汪瑗撰《楚辞集解》，董洪利点校，北京古籍出版社，1994，第392页。
② 游国恩著《游国恩楚辞论著集》第一卷，中华书局，2008，第348页。
③ （明）汪瑗撰《楚辞集解》，董洪利点校，北京古籍出版社，1994，第308页。
④ 游国恩著《游国恩楚辞论著集》第一卷，中华书局，2008，第41页。
⑤ （明）汪瑗撰《楚辞集解》，董洪利点校，北京古籍出版社，1994，第67页。

是。然汪谓危、死‘二字平看’，则非。闵齐华袭汪说而略变其词，甚简明。”①

直。“何昔日之芳草兮，今直为此萧艾也”中的“直”字，王逸、洪兴祖、朱熹皆无注，汪瑗根据自己的理解创立新说，他说：“直者，变易太甚之意。一曰，犹但也。萧艾，茅之丑也，所喻亦同。二句怪而叹之之词。”②游国恩认同汪瑗的注解，并说：“汪瑗释直为变易太甚之意，又以二句为怪而叹之之词，极得文义。”③

攘。《离骚》中“忍尤而攘诟”中的“攘”字，王逸注作“除也”，朱子解作“若攘却之而不受于怀”④，汪瑗否定了二人的观点，并独有创见，曰：“攘，物自外来而取之也。诟，耻也。耻自外来而受之，犹物自外而取之，故曰攘诟。”⑤汪瑗还将“忍尤而攘诟”中的“攘”与《孟子》中的“今有人日攘邻之鸡”中的“攘”字联系起来，训出“取”之意。“忍尤而攘诟”体现了屈原宁肯受罪取辱而不会改变初衷的坚强意志。“屈心而抑志兮，忍尤而攘诟”中上下句为并列关系，故此中的“攘”当不可解作攘除之意，汪瑗之分析得之。蒋骥《楚辞余论》承袭了汪瑗的观点，曰：“凡非其所有之物，因其自来而取之之谓攘……旧注训攘为除，失其旨矣。”⑥之后，林云铭、游国恩训“攘”为“取”，当亦承袭或暗合汪瑗。

惟。“惟党人之偷乐兮”中之“惟”字，朱熹注为思念，汪瑗否定了朱熹的注释，并指出“惟”字为“语词”。汪瑗之前的《楚辞》注本出现一些谬误在所难免，面对谬误，汪瑗没有一味地承

① 游国恩著《游国恩楚辞论著集》第一卷，中华书局，2008，第239页。
② （明）汪瑗集解，董洪利点校：《楚辞集解》，北京古籍出版社，1994年，第95页。
③ 游国恩著《游国恩楚辞论著集》第一卷，中华书局，2008，第419页。
④ （宋）朱熹集注《楚辞集注》，李庆甲校点，上海古籍出版社，1979，第10页。
⑤ （明）汪瑗撰《楚辞集解》，董洪利点校，北京古籍出版社，1994，第51页。
⑥ （清）蒋骥撰《山带阁注楚辞》，上海古籍出版社，1984，第187页。

袭，而是改正谬者，使其更加臻于屈原的本旨。

当然其具体例证远不止上述几则，此处不再一一列举。就训诂而言，这无疑是对前说的一种超越，并为后之研究者所采纳，单从这些例子来看就足以昭示汪瑗关于《离骚》的训诂成果，也足以体现《楚辞集解》的参考价值，爱因斯坦说过："若无某种大胆放肆的猜想，一般是不可能有知识的进展的。"然则《四库全书总目》却将其全盘否定，显然有失偏颇。

（二）校勘版本，订正异文

《楚辞》乃刘向衺集屈、宋诸赋而成，历代文人及学者在传抄、刻写及刊行的过程中不可避免会出现字体的不同甚至讹误，校勘也就势在必行，汪瑗单列《楚辞考异》一卷，在训诂考证上下了很大的功夫，汪瑗采用对校法，他参校《楚辞章句》《楚辞补注》《楚辞集注》三注本对屈辞进行训解，在"楚辞考异"上勤勉用心，他荟萃众本，择善而从。清代训诂学大家段玉裁指出了校勘的两大功能："照本改字，不讹不漏，谓之校异同；信其是处则从之，信其非处则改之，谓之校是非。"汪瑗在《楚辞集解》中一方面对《楚辞》不同注本进行相互核对，以校其异同，另一方面汪瑗还采用多种校勘方法，对多个《楚辞》注本进行综合分析，以甄别传写和刻本的讹误。主要包括以下几种情况。

一是核者存之。如《离骚》"乘骐骥以驰骋兮"，"乘一作桀""驰一作驼"[1]；"鲧悻直以亡身"，"鲧一作鲅，一作鯀。悻一作婞"[2]。汪瑗将不同版本进行核对，将一些异体、同音字存下来。

二是校勘讹误。如"纫秋兰以为佩"，"纫一作纽，非是"；如

---

[1] （明）汪瑗撰《楚辞集解》，董洪利点校，北京古籍出版社，1994，第440页。

[2] （明）汪瑗撰《楚辞集解》，董洪利点校，北京古籍出版社，1994，第444页。

"固乱流其鲜终兮","固一作国,非是"①。

汪瑗对个别讹误分析详细,如《离骚》"非世俗之所服","世一作时,非是。避唐而改者,后多仿此"②。汪瑗将《楚辞》的不同注本进行相互对校,不仅订正了讹误之处,而且找到了致误根源之所在。

三是辨证古今字。如"凭不厌乎求索","凭一作冯";"孰求美而释汝","汝一作女"③。

汪瑗汲汲于《楚辞》的校勘,参照通行本及旧本将《楚辞》不同版本进行相互核对,用力甚巨,并专门列出《楚辞考异》一卷,集其成而不守旧,推动了《楚辞》研究的进展。

(三)揆情度理,阙疑处不强作解

汪瑗注《楚辞》,遵循《论语》所言"君子于其所不知,盖阙如也"的原则,对于疑而不确者,均以"姑备其说,以俟君子择而采之"之语标明,而不会为了沽名钓誉而强为之解。汪瑗往往贯以"未知其审,容更详之""未知其审,姑志其说,以备后订""未知其审,姑志其疑,以俟博雅"等句,以标明其不强为之解之意。

1. 关于诗句

《离骚》中有"曰黄昏以为期兮,羌中道而改路"句,洪兴祖怀疑此句为后人所增,汪瑗曰:"瑗按此二句韵虽与上章相协,而意则属下章。《楚辞》中固多此体,然无此二句,下章意亦完备。洪氏之疑甚为有理。其非脱于王逸之前,而增补于后人也明矣。今未敢遽自削去,姑存之,以备后之君子有所参考。"④ 汪瑗从协韵及

---

① (明)汪瑗撰《楚辞集解》,董洪利点校,北京古籍出版社,1994,第445页。
② (明)汪瑗撰《楚辞集解》,董洪利点校,北京古籍出版社,1994,第442页。
③ (明)汪瑗撰《楚辞集解》,董洪利点校,北京古籍出版社,1994,第449页。
④ (明)汪瑗撰《楚辞集解》,董洪利点校,北京古籍出版社,1994,第43页。

句意的完备角度推测"曰黄昏以为期兮，羌中道而改路"二句当为后人增补，但因没有明确的证据，故而他没有擅自将二句删去，而是将其保存下来，以备后之学习者参考。

2. 关于字词

在解释"九天"一词时，汪瑗将《淮南子》《广雅》所载，王逸之说、五臣之说、朱熹之说齐集注下。王逸认为"九天"谓中央八方，朱熹又指出王逸是错误的，认为"九天"指"天有九重"。五臣指出"九，阳数，谓天也"。汪瑗首先表明了自己的态度："屈子方且疑之，又安得遽用之邪？以理揆之，五臣之说近是。姑备其说，以俟君子择而采之也。"① 汪瑗认为"九天"之说，屈原尚且存有疑问，所以不能仓促下结论，为防读者无以悉"九天"注释之源流前后，故于注下齐备众说，以俟后之《楚辞》研究者择而采之。但与此同时，他通过分析推测，以理揆之，从众说中择取了五臣之说，表明了自己的观点。在解释"折"时，"然折（音哲）者未折（音舌）之称，折（音舌）者既折（音舌）之称，其义虽略相同，而亦当有别也。姑志其疑，以俟知者"② 汪瑗关于"折"的词义没有充分把握故谨持存疑的态度，广集众说，以理揆之，以备后人择而采之，而并没有强为之解。

二 《离骚》训诂局限

汪瑗在训诂上取得很多成就，但由于明朝敢于质疑的时代风气，汪瑗在字词训诂上出现了妄改原文的弊病，这是非常不可取的。《四库全书总目》在评价《楚辞补注》时说："又皆以'补曰'二字别之，使与原文不乱，亦异乎明代诸人妄改古书、恣情损益，

---

① （明）汪瑗撰《楚辞集解》，董洪利点校，北京古籍出版社，1994，第321页。
② （明）汪瑗撰《楚辞集解》，董洪利点校，北京古籍出版社，1994，第415页。

于《楚辞》诸注之中，特为善本。"① 整理、引用古籍时需要采取谨慎的态度，仔细地甄别与取舍，关于这一点，四库馆臣对明人的批判还是很合理的，下面简析汪瑗妄改《离骚》诗句之例以析之。

《离骚》中有"路不周以左转兮，指西海以为期"一句，洪兴祖先根据《山海经》解释了"不周山"的由来，紧接着解释了为什么为左转："《远游》曰：'历太皓以右转。'太皓在东方，自左而之右，故下云'遇蓐收乎西皇'也。此云：'路不周以左转'，不周在西北海之外，自右而之左，故曰指西海以为期也。"② 汪瑗直接将"路不周以左转兮"改为"路不周以右转兮"，并阐释说："不周，北方之总名也。右转，承赤水而言也；谓既行此流沙无所遇矣，遂循乎赤水之南；又无所遇矣，于是又从右转于东北二方以求之，而将复归于西方焉。旧作左转，非是。既云指西海以为期而左转之，则无由经乎不周之北方矣。字相似而传写之讹，释者又不按方而深察也。旧说据《山海经》《淮南子》谓不周为西北之山名，非也。"③ 汪瑗大胆否定了王逸及洪兴祖的注，将"左转"改为"右转"。妄改古书这种现象是明代存在的一种弊病，"杨慎、焦竑、胡应麟、方以智等考据学家在这一点表现尤为突出"④。方以智在引用《周礼》时，就随意删改文字，原文为"男巫掌望祀望衍，授号，旁招以茅。冬堂赠，无方无算。春招弭，以除疾病"⑤。而方以智在引用时则将其变为"男巫望衍，授号，冬堂赠，春招弭，以除疾病"⑥。两相比较，其删改处清晰可见。正如《四库全

---

① （清）永瑢等撰《四库全书总目》，集部楚辞类，中华书局，1965，第 1268 页。
② （宋）洪兴祖补注《楚辞补注》，卞岐整理，凤凰出版社，2007，第 40 页。
③ （明）汪瑗撰《楚辞集解》，董洪利点校，北京古籍出版社，1994，第 103 页。
④ 赵良宇：《论明代中后期考据学的成就及其局限》，《求索》2007 年第 4 期。
⑤ （汉）郑玄注，（唐）贾公彦疏《周礼注疏》，赵伯雄整理、王文锦审定，引自李学勤主编《十三经注疏》标点本，北京大学出版社，1999，第 690 页。
⑥ （明）方以智撰《通雅》，见永瑢等编《四库全书》第 857 册，台湾商务印书馆，1986，第 163 页。

书总目》所说，"妄改古文、恣情损益"是明人的一种弊病，故长期以来，屡遭冷落。

汪瑗在没有文献依据的情况下，仅仅根据自己的主观理解，就妄自篡改《离骚》原文，纯属臆测。面对明朝末年的不良学风，我们应该冷静思考，对明代相关书籍中出现的相关问题应该予以高度重视并从中吸取教训。

第三章

汪瑗的《九歌》研究重要论题辨析

《九歌》情志缥缈，并以其独特的艺术魅力感染了一代又一代读者，代表了屈原艺术创作的最高成就，宋人严羽于《沧浪诗话》即言："《九章》不如《九歌》。"《九歌》聚焦了诸多研究者的目光。自东汉王逸《楚辞章句》以来，诸家注本针对《九歌》的创作时间、主题及诗歌内容作过细致的考辨，汪瑗在其《楚辞集解》中对《九歌》的创作时间及主题等方面敢于突破传统的藩篱，提出自己的一家之言。自此，《九歌》研究不再囿于王、朱之旧说，出现了聚讼纷纭的局面，推动《楚辞》研究取得了重大进展，《九歌》研究取得了丰硕的成果。

第一节 《九歌》创作时间论

汪瑗在注解《楚辞》时，注重对屈辞文本的考察，通过理解文意来把握诸篇的内涵，关于对《九歌》创作时间的认识即源自对《九歌》文本的分析，他提出：

> 然其文意与君臣讽谏之说全不相关，旧注解者，多以致意楚王言之，支离甚矣。《九歌》之作，安知非平昔所为者乎？

奚必放逐之后之所作也？①

　　吾尝谓《九歌》《橘颂》《天问》《远游》，皆屈子平日之作，无关于君也。②

汪瑗根据《九歌》之内容与君臣讽谏之说全不相关这一认知，提出《九歌》或为屈原平时所作而并非"放逐之后"所作的观点，汪瑗的观点使得后世之《楚辞》研究者对《九歌》的创作时间产生了深刻的思考。那么汪瑗之前，注解《九歌》的诸家关于《九歌》的作时提出了什么样的观点呢？王逸曰：

　　《九歌》者，屈原之所作也。昔楚国南郢之邑，沅、湘之间，其俗信鬼而好祠。其祠，必作歌乐鼓舞以乐诸神。屈原放逐，窜伏其域，怀忧苦毒，愁思沸郁。出见俗人祭祀之礼，歌舞之乐，其词鄙陋。因为作《九歌》之曲。③

王逸认为《九歌》为屈原被放逐于沅、湘之后所作，屈原因俗人祭祀礼乐中所用之词鄙陋而创作《九歌》。朱熹的观点基本源自王逸，他提出：

　　《九歌》者，屈原之所作也。昔楚南郢之邑，沅、湘之间，其俗信鬼而好祀，其祀必使巫觋作乐，歌舞以娱神。蛮荆陋俗，词既鄙俚，而其阴阳人鬼之间，又或不能无亵慢淫荒之

---

① （明）汪瑗撰《楚辞集解》，董洪利点校，北京古籍出版社，1994，第108页。
② （明）汪瑗撰《楚辞集解》，董洪利点校，北京古籍出版社，1994，第311页。
③ （汉）王逸撰《楚辞章句》，引自（宋）洪兴祖补注《楚辞补注》，卞岐整理，凤凰出版社，2007，第48页。

杂。原既放逐，见而感之，故颇为更定其词，去其太甚。①

朱熹承袭王逸的观点，亦认为《九歌》为屈原被放逐时所作，但他在《离骚序》中比王逸更明确地提出《九歌》是屈原被顷襄王放逐时所作。自王逸、朱熹提出《九歌》作于屈原放逐之后的观点后，后之楚辞研究者或承其旧说，或极尽发挥。（唐）沈亚之于《屈原外传》中曰："一日三濯缨，事怀襄间，蒙谗负讥，遂放而耕……尝游沅、湘，俗好祀，必作乐歌以乐神，辞甚俚，原因栖玉笥山作《九歌》，托以讽谏。"② 沈亚之关于《九歌》作于放逐之后的描述更为生动，甚至提出了《九歌》的创作地点在玉笥山。

　　而至汪瑗，他果断地提出异于前此诸家的观点（《九歌》作于平日），毋庸置疑这是汪瑗对《九歌》创作时间论的创见，展现了他勇于冲破旧说的勇气。汪瑗所提出的《九歌》作于平时的观点得到很多学者的支持和认可，明末清初周拱辰于《离骚草木史》中曰："《九歌》之作也，夫曷为乎尔？以享神也。享神奈何？民俗仍焉尔，或亦未放时三闾大夫者职也。"③ 周拱辰亦指出《九歌》是屈原未放时秉职而作，无疑是对汪瑗观点的一种承袭。马其昶在其《屈赋微》中提出："其昶案：怀王既隆祭祀、事鬼神，则《九歌》之作必原承怀王命而作也，推其时当在《离骚》前，史称原'博闻强志，明治乱，娴辞令，怀王使原造宪令……十六年绝齐和秦，旋以怒张仪故复攻秦，大败于丹阳，又败于蓝田'，吾意怀王

① （宋）朱熹集注《楚辞集注》，李庆甲校点，上海古籍出版社，1979，第29页。
② （唐）沈亚之撰《屈原外传》，见《续修四库全书》楚辞类第1302册，上海古籍出版社，2002，第464页。
③ （清）周拱辰撰《离骚草木史》，见《续修四库全书》楚辞类第1302册，上海古籍出版社，2002，第92页。

事神欲以助却秦军，在此时矣。"① 另外，马其昶还在《抱润轩文集》中提出："及读《汉书·郊祀志》载谷永之言……乃知《九歌》之作，原承怀王命而作也。推其时在《离骚》前。"② 马其昶则提出《九歌》之作在《离骚》之前，为屈原承怀王之命而作，马其昶同样认同汪瑗所提出的《九歌》作于未放逐之前的观点。

　　近世之楚辞研究者更是从内容、文字及《九歌》所蕴含的感情基调等方面力证《九歌》非屈原放逐之时所作。游国恩即言："王逸说，《九歌》是屈原放逐沅、湘之间所作的。这是不符合事实的。因为《九歌》不但在内容上毫无放逐的情调，在文字上也找不出放逐的迹象，而且《九歌》的背景显然不限于沅、湘之间，它北至于黄河，西至于巫山。"③ 游国恩否定王逸关于屈原"放逐"后作《九歌》的说法，并提出《九歌》的写作时间："我想楚怀王既然'隆祭祀，事鬼神'自然需要有一套祭歌。如果这件事在怀王十七八年（纪元前 312～前 311）屈原还被信任的时候，那么《九歌》的写定和修改就非屈原莫属了。最后一篇《国殇》的选定与编排也就特别有意义了。"④ 游国恩也认可汪瑗《九歌》"乃平昔所为"的观点，并推测《九歌》作于怀王十七八年时的价值和意义。金开诚说："旧说多认为是屈原遭到放逐之后所作，但从《九歌》本身所表达的思想感情来看，并无已放的痕迹，且以被放逐者的身份修改歌词，也难以为巫师所接受。因此《九歌》当是屈原在楚怀王朝任职三闾大夫，掌管宗族事务时加工修改。"⑤ 游国恩和金开诚提出《九歌》乃屈原在楚怀王时期所作，郭沫若更指出《九歌》乃屈原

① 马其昶撰《屈赋微》，见《续修四库全书》楚辞类第 1302 册，上海古籍出版社，2002，第 666－667 页。
② 马其昶撰《抱润轩文集·读九歌》。
③ 游国恩著《游国恩楚辞论著集》第四卷，中华书局，2008，第 111 页。
④ 游国恩著《游国恩楚辞论著集》第四卷，中华书局，2008，第 112 页。
⑤ 金开诚等编《屈原集校注》，中华书局，1996，第 185 页。

早年得志时所作，而非作于放逐之后。汤炳正《楚辞今注》指出："这是屈原根据楚国国家祭典的需要而创作的一组祭歌，与汉司马相如等作《郊祀歌》之事相似。屈原乃以诗人身份受命赋诗，与官职无关，其事或即在任左徒时。"① 而孙作云则考证了《九歌》的具体写作时间，"《九歌》是屈原受楚怀王之命而作的国家祭神歌。《九歌》中的《国殇》，便是在这次大祭中祭祀在春天丹浙大战时的阵亡将士，特别是祭祀大将军屈匄的……因此，我又断定：《九歌》的写作又在公元前 312 年的秋天"②。从诸家充分论证而言，我们认为《九歌》确如汪瑗所说作于屈原未被放逐时。

　　验之《九歌》本文，其中并没有《离骚》《九章》等篇目的愁思沸郁，分析以上游国恩、金开诚、汤炳正、孙作云等人的观点，他们都认为《九歌》作于楚怀王之时，游国恩及孙作云提出《九歌》创作时间在公元前 312 年左右。但屈原缘何而作《九歌》呢？《尔雅·释天》："起大事，动大众，必先有事乎社而后出，谓之宜。"先秦之时，各国都非常重视祭祀，而"戎"乃关乎国家生死存亡之大事，故国家在发动战争之前要先举行祭祀活动，以祈求战争获胜、国家兴盛。而楚国本身被誉为"淫祀"之国，其在战争前举行大规模祭祀当属情理之中的事情。故《九歌》当为楚国战争之前的一种祭祀乐歌，楚国有事与他国，故祭祀，而且此祭祀当发生在楚国战争失利的情况下，《国殇》一诗讴歌死难之士的深悲极痛即说明了这一点。

　　随着时代的变迁，我们已经无法指实《九歌》的具体创作时间，但汪瑗从关照文本的角度来探究《九歌》的创作时间，其论证的方法无疑是探究《九歌》的一种合理的途径，而且其观点也有一

---

① 汤炳正等撰《楚辞今注》，上海古籍出版社，1996，第 42 页。
② 孙作云著《孙作云文集·楚辞研究》（上），河南大学出版社，2003，第 353 页。

定的道理，激发了《九歌》研究的新思路，拓宽了《楚辞》的研究视野，对后世研究者产生了很大影响。

第二节 《九歌》的主旨及性质辨析

《九歌》以其深厚的历史渊源，婆娑动人的歌舞场面以及巨大的艺术魅力，吸引着历代楚辞爱好者，而正确把握《九歌》的性质和主旨无疑是《楚辞》研究者所孜孜以求的目标，汪瑗能不囿旧说，对王逸所持的君臣讽谏说及洪兴祖、朱熹的君臣义理之说予以否定，并提出乐歌旧题说、楚国祭典乐歌等观点，创见频出，对后世之研究者产生了深远的影响。

一 《九歌》写作主旨

对于《九歌》的写作主旨，古今学者孜孜以求，王逸提倡讽谏说，云："上陈事神之敬，下见己之冤结，托之以讽谏。"[①]王逸强调《九歌》的讽谏之意，他将《楚辞》纳入经学的研究范畴，大讲比兴喻义，并以"托之以讽谏"来牵合附会《九歌》的微言大义，后之研究者多遵其旧说甚至极尽发挥。洪兴祖虽然没有专门总结《九歌》的创作意旨，但在给《东皇太一》及《云中君》作注之时，仍然融入了君臣之义，甚至一一坐实。而至朱熹，他进一步发挥君臣之义，说："襄王立，复用谗言，迁屈原于江南。屈原复作《九歌》《天问》《九章》《远游》《卜居》《渔父》等篇冀伸己志，以悟君心，而终不见省。"[②]洪、朱二人将《楚辞》纳入理学

---

① （汉）王逸撰《楚辞章句》，引自（宋）洪兴祖补注《楚辞补注》，卞岐整理，凤凰出版社，2007，第49页。
② （宋）朱熹集注《楚辞集注》，李庆甲校点，上海古籍出版社，1979，第2页。

的研究范畴，大讲君臣义理，注解多涉宋儒的理学思想，凸显了二人对君臣纲常的推崇和强化。

至汪瑗，他提出了《九歌》与君臣讽谏之说全不相关的观点，刘勰在《辨骚》中说："将核其论，必征言焉。"汪瑗通过分析《九歌》文本，结合其文意，提出自己的创见。

> 其文意与君臣讽谏之说全不相关，旧注解者，多以致意楚王言之，支离甚矣……昔人谓解杜诗者，句句字字为念君忧国之心，则杜诗扫地矣。瑗亦谓解《楚辞》者，句句字字为念君忧国之心，则《楚辞》扫地矣。①

汪瑗指出《九歌》与君臣的讽谏之说无关，他还以杜诗为例，指出杜诗并非每一句都表达了念君忧国之心，更提出了《楚辞》并非句句表达了屈原忧君念国之心的观点，汪瑗抛弃旧说，从文本出发，以杜诗为例解《骚》，他的理解异于前人，彰显了其存在的意义。汪氏此观点后为闵齐华所承袭，游国恩认为此说极有见识，他说："从来注《九歌》的只有闵齐华一说可取，他说：'《九歌》与君臣讽谏之说全不相关。旧注多以致意楚王言之，不免支离矣。'（见《文选瀹注》）可谓极有见识。"② 从游国恩对闵齐华实为汪瑗观点的评价中，可以看出汪瑗之观点与旧注相比还是有很大进步的。

（一）汪瑗对王逸"讽谏说"的否定

王逸的君臣"讽谏说"主要是以比兴寄托的手法来解读《楚

---

① （明）汪瑗撰《楚辞集解》，董洪利点校，北京古籍出版社，1994，第108页。
② 游国恩著《游国恩楚辞论著集》第三卷，中华书局，第60页。

辞》，对后世的楚辞研究产生了深刻的影响。汪瑗并非否定以比兴寄托的手法来解读《九歌》，他在解读《楚辞》时也多处采用比兴寄托的方法，他在阐释"鸟次兮屋上，水周兮堂下"之句时曰："鸟次二句，盖即北渚所见之景而赋之，而比兴之意亦在其中，犹言徘徊北渚之上，只见鸟飞止乎屋上而已矣，水旋绕乎堂下而已矣。而湘夫人则不见其来也，其思望之意不言可知矣。"① 汪瑗所提出的比兴寄托手法不再囿于王逸所说的对君王"托之讽谏"之意，而是表达了湘君的思望之情，但他不再刻意去比附经学，是对宗经思想的一种突破。周勋初在其《九歌新考》中说："《九歌》不然，十一篇作品都是用第三人称写成的，里面没有主观抒情的成分。'上陈事神之敬'，或许还有可说；'下见己之冤结，托之以风谏'，如果落实到字句上，那就难以避免牵强附会的弊病。"② 周勋初的观点无疑是对王逸观点的否定，同时，周勋初明确指出《九歌》"里面没有主观抒情的成分"，这无疑是对汪瑗观点的一种支持。马其昶则从事神的角度进行了分析："假令原欲自言志，奚托于事神，事神乃陈己冤结，神其渎矣！其身既疏远，更欲致其敝冈不可骤晓之辞以为风谏，何其迂计者与？"③ 马其昶以事神之敬否定了王逸的讽谏说。如果将《九歌》的字字句句都以"托之以讽谏"之说去附会，不免胶柱鼓瑟，窒碍难通。

（二）汪瑗对宋儒君臣义理说的否定

宋儒将《楚辞》纳入理学的范畴，洪兴祖《楚辞补注》阐释《东皇太一》言曰："此章以东皇喻君。言人臣陈德义礼乐以事上，

---

① （明）汪瑗撰《楚辞集解》，董洪利点校，北京古籍出版社，1994，第119页。
② 周勋初著《九歌新考》，上海古籍出版社，1986，第4页。
③ （清）马其昶撰《抱润轩文集》刻本卷二。

则其君乐康无忧患也。"① 洪兴祖在总结《云中君》篇时曰:"此章以云神喻君,言君德与日月同明,故能周览天下,横被六合。而怀王不能如此,故心忧也。"② 洪兴祖在注解时大谈君臣之义,朱熹亦没有摆脱君臣义理之局限,他提出《九歌》写作主旨是为了"以悟君心",他还提出《九歌》全篇都是以事神比君臣之义,他于《辩证》中说:"盖以君臣之义而言,则其全篇皆以事神为比,不杂它意。"③ 如针对《东皇太一》及《云中君》,朱熹曰:

> 此篇言其竭诚尽礼以事神,而愿神之欣悦安宁,以寄人臣尽忠竭力,爱君无已之意,所谓全篇之比也。④(《东皇太一》)
> 此篇言神既降而久留,与人亲接,故既去而思之不能忘也,足以见臣子慕君之深意矣。⑤(《云中君》)

朱熹将《九歌》各篇贯之以义理之学,甚至通过"以悟君心,而终不见省"大讲君臣之义。

汪瑗则抛弃旧说,详细研读文本,否定了洪兴祖、朱熹以义理之学为基础来分析《九歌》主旨的观点。针对《东皇太一》,汪瑗曰:"屈于此篇,亦但言其享神以诚敬之道,而无暇于他及也。"⑥ 蒋骥在《山带阁注楚辞》中说:"亦可知《九歌》之作,非特为君臣而托以鸣冤者矣,朱子以为全篇之比,其说亦拘。"⑦ 蒋骥指出《九歌》其旨并非全篇"托意君臣",是对朱熹的义理说的一种否

① (宋)洪兴祖补注《楚辞补注》,卞岐整理,凤凰出版社,2007,第 51 页。
② (宋)洪兴祖补注《楚辞补注》,卞岐整理,凤凰出版社,2007,第 52 页。
③ (宋)朱熹集注《楚辞集注》,李庆甲校点,上海古籍出版社,1979,第 185 页。
④ (宋)朱熹集注《楚辞集注》,李庆甲校点,上海古籍出版社,1979,第 31 页。
⑤ (宋)朱熹集注《楚辞集注》,李庆甲校点,上海古籍出版社,1979,第 32 页。
⑥ (明)汪瑗集解《楚辞集解》,董洪利点校,北京古籍出版社,1994,第 112 页。
⑦ (清)蒋骥撰《山带阁注楚辞》,上海古籍出版社,1984,第 52 页。

定，同时也是对汪瑗"与君臣讽谏之说全不相关"的一种发扬。屈复于《楚辞新集注》云："三闾《九歌》即楚俗祀神之乐歌，发我性情，篇篇祀神，而眷恋君国之意存焉，若云某神比君，某神比臣，作者固未尝一字明及之。"① 蒋骥、屈复对君臣讽谏说的否定是对汪瑗观点的一种承袭或暗合。

汪瑗提出《九歌》与君臣讽谏之说全不相关，但他并不否定《九歌》有所寄寓，曰："夫屈子忠君爱国之心，固无所不在，然此诸篇，亦但如汉之《乐歌》及后世之《乐府》类耳，何必屑屑以慕君解之乎？或曰，然则岂漫然之作而绝无所寓乎？曰：非也。屈原之作，固为后世《乐府》之类，盖亦写己之意而所寄兴焉者也。"② 并指出《云中君》中"烂昭昭兮未央，与日月兮齐光，览冀州兮有余，横四海兮焉穷"几句表达了屈子"比己志节之高远，亦可也，奚必慕君云乎哉"③ 之精神。汪瑗关于《九歌》的主旨的议题主要涉及《九歌》与君臣讽谏之说不相关及《九歌》为屈原"漫写己之意兴"的观点，闵齐华从之。他于《文选瀹注》中承袭了汪瑗的观点，曰："旧注谓楚俗信鬼，其祝词鄙陋，故更作《九歌》，王逸谓屈子特修祭以宴天神。二说皆非也。或云'此是楚祀典，而屈子更定之，如后世乐府之类，或称享神礼乐之盛，或道神自相赠答之情，或直道自己意兴，其意与君臣讽谏之说，全不相关'。旧注多以致意楚王言之不免支离矣。"④ 显然，闵齐华承袭了汪瑗的观点。汪瑗提出《九歌》的内容并非句句都与君臣讽谏有关，使《九歌》研究境界开阔，意趣盎然，明代的张京元、黄文

---

① （清）屈复撰《楚辞新集注》，《续修四库全书》楚辞类第 1302 册，上海古籍出版社，2002，第 323 页。

② （明）汪瑗撰《楚辞集解》，董洪利点校，北京古籍出版社，1994，第 114 页。

③ （明）汪瑗撰《楚辞集解》，董洪利点校，北京古籍出版社，1994，第 114 页。

④ （梁）萧统编，（明）孙鑛评、闵齐华注《孙月峰先生评文选三十卷》，《四库全书存目丛书》集部第 287 册，齐鲁书社，1997，第 351 页。

焕、清代的钱澄之等皆持其说。

（三）汪瑗"漫写己之意兴"说的局限性

随着研究的不断深入，汪瑗的观点逐步被接受，但其弊端也凸显出来，潘啸龙等在《〈九歌〉性质研究辨析》中对汪瑗的观点提出了质疑："《九歌》既然是祭歌，就不可能如汪瑗所说是屈原'漫写己之意兴'之作。因为《九歌》本为沅湘民间百姓的祭祀乐歌，屈原对其歌辞的改写，当然要受到沅湘民间的祭祀程式，交接神灵时的祈福去灾愿望和情感所制约。这种要求，对于祭祀来说是严格而必须遵守的。"① 诚然，《九歌》中确实存在抒发意兴之诗句，如"交不忠兮怨长，期不信兮告余以不闲""时不可兮骤得，聊逍遥兮容与"这些诗句中也不可避免会有作者的影子，但类似这样的诗句所占的分量较少，用"漫写己之意兴"来形容《九歌》之意旨则不够慎重。《左传》有言"国之大事在祀与戎"，虽言简意赅，但道明了祭祀的重要地位，祭祀乃国家的一件至高无上的大事，怎么可以随便"漫写己之意兴"？正如林云铭所言："总因竭忠被斥，无所控诉，不得已求之于神，冀有以自白其心，且多不遇，尤觉悲惨……万斛血泪，九曲热肠，抢地难通，呼天不应，又岂随意致情、感怀漫兴之什所能拟乎？"② 验之《九歌》文本，汪瑗对《九歌》性质的分析并不够精确。《楚辞补注》卷首即标明："一本自《东皇太一》至《国殇》上皆有祠字。"③ "祠"有祭祀的意思，《书·伊训》："惟元祀，十有二月，乙丑，伊尹祠于先王。"陆德明释文："祠，祭也。"《汉书·高帝纪下》："过鲁，以太牢祠

---

① 潘啸龙、陈玉洁：《〈九歌〉性质研究辨析》，《长江学术》2006 年第 4 期。
② （清）林云铭撰《楚辞灯》，彭丹华点校，华东师范大学出版社，2012，第 32 页。
③ （宋）洪兴祖补注《楚辞补注》，卞岐整理，凤凰出版社，2007，第 48 页。

孔子。"① 此两处之"祠"都有祭祀之意，洪兴祖虽未采用此标有
"祠"的版本，但却客观地说明了有此版本的存在，这无疑是《九
歌》祭祀性质的又一体现。所以，我们认为还是将《九歌》的性
质说成屈子借古题写楚国的祭祀歌曲更为稳妥些。

总之，汪瑗否定了王逸将《九歌》"托之以讽谏"的经学附庸
思想，否定了宋儒如洪兴祖、朱熹以义理之学来牵合《九歌》微旨
的注诗方法，他从文本出发，提出了《九歌》与君臣讽谏之说全不
相关的观点，比较符合《九歌》文本所描写的内容，影响了后之
《楚辞》研究者。但汪瑗认为《九歌》为屈子漫写己之意兴则显得
太无着落，不符合《九歌》祭歌的性质。

二　乐歌旧题说

汪瑗指出屈辞亦借"九歌"之古题以写己意，他在《九歌》
解题中说：

> 屈子《九歌》之词，亦惟借此题目，漫写己之意兴，如汉
> 魏《乐章》《乐府》之类，固无暇论其谱与不谱也。后世诗人
> 作《乐府》者，莫盛于李白，说者讥其漫写己意，多不合本题
> 之旨。今观屈子《九歌》之作，盖亦有然者。②
>
> 吾固谓《九歌》之作，如今之《乐府》然也。屈子不过
> 借此题目，寓人事于天道，以写己之意耳。③

汪瑗提出《九歌》为屈子借古题以写己意之作，章太炎在

① （汉）班固撰《汉书》，中华书局，1962，第 76 页。
② （明）汪瑗撰《楚辞集解》，董洪利点校，北京古籍出版社，1994，第 108 页。
③ （明）汪瑗撰《楚辞集解》，董洪利点校，北京古籍出版社，1994，第 126 页。

《国故论衡》中指出造辞从屈原开始，"然唐人多喜造辞，近人或以为戒。余以为造辞非始唐人，自屈原以逮南朝，谁则不造辞者？古者多见子夏、李斯之篇，故其文章都雅，造之自我，皆合典言"①。屈原依据什么造辞呢？《山海经·大荒西经》曰："夏后开上嫔于天，得《九辩》《九歌》以下。"《离骚》中有"启九辩与九歌兮，夏康娱以自纵"。《天问》中亦有"启棘宾商，九辩九歌"，这些无疑都阐释了屈子《九歌》与古《九歌》的渊源关系，亦可推出《九歌》为袭古题以写新辞。汪瑗在《河伯》解题中提到"诸侯惟祭境内山川耳。今九河在《禹贡》属冀州，非楚之所得祭。而祭之者，潜也"②。屈子《河伯》中所涉为"九河"，与"祭不越望"之古则相违逆，诸多学者为此展开论述，以期陈述其合理性，然而如果在阐释这个问题时将《九歌》之渊源与古《九歌》相联系，那么问题就可以迎刃而解，夏朝领域延伸至黄河南北，甚至扩展到江汉流域，《古本竹书纪年》云："后荒即位，元年，以玄璧宾于河，狩于海，获大鱼。"③将屈子之辞赋与古《九歌》相联系，汪瑗所提出的"不当祭而祭者"的问题也就可以找到合理的解释。事实上，华夏民族自古就有以乐府古题以成己意的记载："乐府可歌，故其辞若自口出。后人虽欲摹拟，既失其音，皮之不存，毛将焉傅矣？然古人即辞题署，而后人虚拟其名，何世蔑有？《破斧》《候人》《燕燕于飞》诸篇，皆虞、夏旧曲也。（见《吕氏春秋·音初》篇）周之诗人，因其言以成己意。"④

同时，汪瑗还将《九歌》与李白借古题抒发自身的感情之事相类比，并指出屈子与李白在袭乐府古题时多有不合题旨之作。关于

① 章太炎著《国故论衡》，上海古籍出版社，2003，第94页。
② （明）汪瑗撰《楚辞集解》，董洪利点校，北京古籍出版社，1994，第134页。
③ 方诗铭、王修龄：《古本竹书纪年辑证》，上海古籍出版社，1981，第10页。
④ 章太炎著《国故论衡》，上海古籍出版社，2003，第92页。

李白所写《乐府》不合题旨确有记载，王琦注《李太白全集》称："太白拟其歌调，而意则另出。"① 胡震亨在《唐音癸签》中说："太白于乐府最深，古题无一弗拟，或用其本意，或翻案另出新意，合而若离，离而实合，曲尽拟古之妙。"② 李白的创造性乐府诗歌突破乐府本题之旨，而另出新意，如其《梁甫吟》即借古人之题而写己志。

关于《九歌》为屈子借古题写己意的观点，汤炳正在《楚辞类稿》中也阐发了类似的观点："建安以来，中国诗人有袭用乐府古题之风，即用古题写新辞。其实远自屈宋，即开其先例……《天问》'启棘宾商，九辩九歌'，知《九歌》与《九辩》皆远古遗传之歌曲名。至于屈原之《九歌》，宋玉之《九辩》，皆为沿用古题而写新辞。"③ 汤炳正认为《九歌》为屈原沿用古题而写新辞之作，还说："屈子处在战国时代，他的《九歌》，不过是借用旧时代的曲调名称，来抒写新时代的祠神之歌。这种借旧名而写新词，在《诗经》中已不乏其例，太炎先生《国故论衡·辨诗》中已详言之。此殆如后世诗人之'乐府题'耳。"④ 汤炳正跟汪瑗一样，认为《九歌》乃为后世之《乐府》类，但区别在于汪瑗认为《九歌》是漫写己之意兴，而汤炳正则更明确地指出《九歌》为借用旧时代的曲调来写新辞的祭祀之曲。

三 楚国祭典乐歌说

王逸在《楚辞章句》中肯定了《九歌》的祭祀乐歌性质，"因为作《九歌》之曲，上陈事神之敬"⑤。朱熹亦提出《九歌》"比其

---

① 詹锳主编《李白全集校注汇释集评》，百花文艺出版社，1996，第839页。
② （明）胡震亨著《唐音癸签》卷九，上海古籍出版社，1981，第87页。
③ 汤炳正著《楚辞类稿》，巴蜀书社，1988，第237页。
④ 汤炳正著《楚辞类稿》，巴蜀书社，1988，第259－260页。
⑤ （宋）洪兴祖撰《楚辞补注》，中华书局，1983，第55页。

类，则宜为三颂之属"①，而"颂"是国君和诸侯用于祭祀或其他重大典礼的乐歌，但王逸与朱熹并没有详细阐释《九歌》运用的具体场合。至明代，汪瑗则直接申述《九歌》是楚国祭典所用之乐歌，他毫不含糊地断言："此乃祭天之礼，楚国之典也，非民间之俗也。旧说以为楚俗信鬼而好祀，失之远矣。如后祭云、祭日、祭山河国殇之类，岂可谓民间之俗乎？"②汪瑗还指出："然此诸篇，亦但如汉之乐歌及后世之《乐府》类耳。"③汪瑗将《九歌》定位为国家祀典所用之乐歌，这无疑是《楚辞》研究的一大进展。

汪瑗的观点得到很多研究者的认可，闻一多认为《九歌》是楚国宫廷祭祀所用乐歌；汤炳正提出《九歌》用于国家祭典；汤漳平先生也认为《九歌》用于"楚王室祀典"；孙作云亦指出《九歌》为楚国的国家祭神歌。汪瑗所论《九歌》为国家祀典乐歌的说法可以从很多方面进行论述。

第一，验之《九歌》文本，其中所描写的很多词语所蕴含的意义均说明了《九歌》用于国家祀典。汤炳正曾从"寿宫""灵修""东皇太一"三个词语进行论证："《云中君》之言'寿宫'，并非民间所有（古籍记载，春秋战国时人君有之）；《山鬼》之言'灵修'，亦非小民之称；'东皇太一'为天之尊神，又非下民所祀。"④其中的"寿宫"出自《楚辞·九歌·云中君》"蹇将憺兮寿宫"一句，据《七国考》中的《楚宫室》记载，"寿宫"为："'楚供神之宫也'，汉武帝时置寿宫神君。"⑤可见，"寿宫"当为春秋战国之时诸侯国供神之殿，所以《云中君》当为国家祭典之曲。另外，

①　（宋）朱熹集注《楚辞集注》，李庆甲校点，上海古籍出版社，1979，第 185 页。
②　（明）汪瑗撰《楚辞集解》，董洪利点校，北京古籍出版社，1994，第 111 - 112 页。
③　（明）汪瑗撰《楚辞集解》，董洪利点校，北京古籍出版社，1994，第 114 页。
④　汤炳正等撰《楚辞今注》，上海古籍出版社，1996，第 42 页。
⑤　（明）董说撰《七国考》，中华书局，1956，第 162 页。

从《九歌》所出现的钟鼓玉器而言，其规模亦非民间祭歌所能具备，汤炳正曰："《九歌》所描绘之钟鼓乐舞、华丽陈设，更非僻野所能备。凡此，皆足见《九歌》虽多仿民间祭歌，而实用之于国家祭典。"① 闻一多在《怎样读九歌》中言："瑱，本一作镇。《周礼·天府》：'凡国之玉镇大宝大器，藏焉，若有大祭大丧，则出而陈之。'案歌之玉镇即《周礼》'大祭'时'出而陈之'之玉镇。"② 闻一多认为《九歌·东皇太一》中"瑶席兮玉瑱"一句中的"玉瑱"当为国之玉镇大宝，只有国家大型祭祀才会用。"玉瑱"亦见于它载，毛传云："充耳谓之瑱；琇莹，美石也。天子玉瑱，诸侯以石。"③ 因此，"玉瑱"当为天子所用，则《九歌》用于国家之祭典。再者，从其乐器的用度而言，皆当为国家祭典所陈设："按鼓钟磬柷敔管箫等，皆专作雅乐之用，而非民间通俗乐器。故三百篇中，仅于庙庭雅颂二类用之。而琴瑟笙簧，则不见于《大雅》三《颂》；而全用于宴饮之诗与民间俗乐，即仅见于《小雅》与《国风》。"④ 无论从祭祀的场所、乐器玉器的陈设，都可推《九歌》当为国之祀典所用。

除此之外，《国殇》往往因为标题中所存在的"国"字而被历代《楚辞》学者证以为国家祀典之用，但往往论述不深刻，而汤炳正则进行了详细阐释，他在《楚辞今注》中说："《礼记·郊特牲》有'乡人禓'之俗，'禓'即'殇'，乡人行之曰'乡殇'，国家行之曰'国殇'。《九歌》之有《国殇》，可证其为国家祭典之歌。"⑤ 汤炳正通过《礼记》所规定的"乡殇"和"国殇"的区别

---

① 汤炳正等撰《楚辞今注》，上海古籍出版社，1996，第42页。
② 闻一多著《闻一多全集·楚辞编》，湖北人民出版社，1993，第383页。
③ （汉）毛亨传，（汉）郑玄笺，（唐）孔颖达疏《毛诗正义》，见李学勤主编《十三经注疏》标点本，北京大学出版社，1999，第217－218页。
④ 姜亮夫编《重订屈原赋校注》，天津古籍出版社，1987，第148页。
⑤ 汤炳正等撰《楚辞今注》，上海古籍出版社，1996，第42页。

而判断《九歌》为国家祭典之歌。

第二，《九歌》为乐歌。汪瑗肯定了《九歌》具有歌乐鼓舞的乐歌性质，他将《九歌》比为"乐府"，他于《九歌》之解题曰："夫屈子忠君爱国之心，固无所不在，然此诸篇，亦但如汉之乐歌及后世之'乐府'类耳，何必屑屑以慕君解之乎？"①《乐府诗集》中的《郊祀歌·天地》曰："千童罗舞成八溢，合好效欢虞泰一。《九歌》毕奏斐然殊，鸣琴竽瑟会轩朱。"该句出现"虞泰（太）一"及"九歌"两词，故闻一多提出"《郊祀歌》所谓'九歌'可能即《楚辞》十一章中之九章之歌，九神便是这九章之歌中的主角"②。闻一多所言甚合情理，"《九歌》毕奏"恰恰体现了《九歌》的音乐性，汪瑗所认识到《九歌》的乐歌性质确有启迪意义。徐师曾于《文体明辨序说》注"乐府"类曰："呜呼，乐歌之难甚矣！工于辞者，调未必协；谐于律者，辞未必嘉。"③为达《九歌》"辞者之嘉"，屈原将楚地"南郢之邑，沅湘之间"的鄙俚之词进行润色加工，使其合辙押韵，促其雅化。汪瑗在《国殇》的解题中，曰："后世《乐府》有《从军行》，其或昉于此乎？"④他在《东君》篇注释中说："后世《乐府》有《日出入行》，或昉于此乎？"⑤汪瑗推测《乐府》中的《生别离曲》出自《少司命》中"悲莫悲兮生别离，乐莫乐兮新相知"。《乐府诗集》中有《楚辞钞》一歌明显是仿照《九歌》中的《山鬼》一诗而作。《楚辞钞》这首乐歌与《山鬼》相比，仅删去了代表楚歌标志的"兮"字，

---

① （明）汪瑗撰《楚辞集解》，董洪利点校，北京古籍出版社，1994，第 114 页。
② 闻一多著《闻一多全集·楚辞编》，湖北人民出版社，1993，第 343 页。
③ （明）吴讷、徐师曾著《文章辨体序说文体明辨序说》，人民文学出版社，1962，第 104 页。
④ （明）汪瑗撰《楚辞集解》，董洪利点校，北京古籍出版社，1994，第 141 页。
⑤ （明）汪瑗撰《楚辞集解》，董洪利点校，北京古籍出版社，1994，第 134 页。

结尾诗句基本也相同，但比《山鬼》少了从"留灵修兮憺忘归"
到"猿啾啾兮又夜鸣"几句，摘录部分如下：

《山鬼》	《楚辞钞》
若有人兮山之阿，	今有人，山之阿，
被薜荔兮带女罗。	被服薜荔带女罗。
既含睇兮又宜笑，	既含睇，又宜笑，
子慕予兮善窈窕。	子恋慕予善窈窕。
乘赤豹兮从文狸，	乘赤豹，从文狸，
辛夷车兮结桂旗。	辛夷车驾结桂旗。
……	……
思公子兮徒离忧。	思念公子徒以忧。①

汪瑗意识到后世乐府有些篇目大抵仿《九歌》而来的问题，
《楚辞钞》恰恰可以作为《九歌》乐歌说的一个辅证。

综上，验之《九歌》文本，其中的诸多词语表明其当为国家祀
典所用，另外辅以《乐府诗集》为旁证，我们认为汪瑗所论述的
《九歌》为国家祀典乐歌的性质符合《九歌》本身的特点。

第三节 《九歌》重要论题考辨

《九歌》代表了屈原艺术创作的最高成就，它以其经久不衰的
艺术魅力吸引了历代学者去研究与探讨，在这个过程中产生了一些
重要的研究命题，如《九歌》的篇目问题、《礼魂》的性质问题
等，汪瑗在前人研究的基础上树立了自己的一家之言，给《九歌》

---

① （宋）郭茂倩编《乐府诗集》，聂世美、仓阳卿校点，上海古籍出版社，2016，第381页。

的研究开创了一个全新的局面。

一　《九歌》之篇目

《九歌》的篇目，几乎成了《楚辞》研究中千古难解之谜。早在宋代，晁补之便指出《九歌》十一篇与标题之"九"不符，云："《汉书》志屈原赋二十五篇，今起《离骚》《远游》《天问》《卜居》《渔父》《大招》而六，《九章》《九歌》又十八，则原赋存者二十四篇耳。并《国殇》《礼魂》在《九歌》之外，为十一，则溢而为二十六篇。不知《国殇》《礼魂》何以系《九歌》之后。又不可合十一以为九。"① 至汪瑗，他采用"合篇"的做法，他认为《大司命》《少司命》可以合篇，而对《湘君》《湘夫人》两诗合篇的做法持否定的态度，他说：

> 《大司命》《少司命》，固可谓之一篇，如禹汤文武谓之三王，而文武固可为一人也……则二《湘》独不可为一篇乎？曰：不可也。二《司》盖其职相同，犹文武之道相同。大可以兼小，犹文武父可以兼子，固得谓之一篇也。如二《湘》乃敌体者也，而又有男女阴阳之别，岂可谓之一篇乎？②

汪瑗提出将《大司命》《少司命》合篇的观点得到不少楚辞研究者的赞同，蒋骥在其《山带阁注楚辞》中说："两司命，类也……神之同类者，所祭之时与地亦同，故其歌合言之。"③ 陈本礼亦持此见，他

---

① （宋）晁补之著《离骚新序》，转引自姜亮夫《楚辞书目五种》，上海古籍出版社，1993，第29页。
② （明）汪瑗撰《楚辞集解》，董洪利点校，北京古籍出版社，1994，第108-109页。
③ （清）蒋骥撰《山带阁注楚辞》，中华书局，1958，第195页。

说："此篇《大司命》与《少司命》两篇并序，则合传体也。"①

汪瑗所言看似合理，但他将"禹汤文武"称为"三王"与古籍所载不符，《孟子》中有"三王之罪也"之言，赵岐注曰："三王，夏禹、商汤、周文王。"所以"三王"并不包括周武王，而汪瑗所谓的"禹汤文武"在《墨子》中被称为"三代圣王"，曰："故昔者三代圣王禹、汤、文武方为政乎天下之时。"② 故汪瑗所言"文武固可为一人"之论述并不充分，那么汪瑗将《大司命》《少司命》合二为一就很牵强。另外，汪瑗谓"二《司》盖其职相同"也不符合《九歌》文本之记载，《大司命》曰："纷总总兮九州，何寿夭兮在予。"指出大司命的职责是执掌人的寿命长短。《少司命》曰："竦长剑兮拥幼艾，荪独宜兮为民正。"则少司命的职责是手握长剑诛除邪恶、维护良善。故而，不能直接将两篇合二为一。

要考察《九歌》的篇目，需要追溯《九歌》的历史渊源，方铭先生说："屈原又在自己的诗歌中多次提到《九歌》《九辩》，并且把《九歌》《九辩》与《韶》《舞》等乐并列在一起，说明在屈原时代，夏禹的《九歌》《九辩》乐还存在，并且，《九歌》《九辩》应该也是宫廷音乐，而不是民间音乐。另外，如果说屈原和宋玉分别作《九歌》《九辩》，与夏后启的乐歌完全没有干系，显然是不能让人信服的。"③ 故而，根据《九歌》的发展历程，将《九歌》分为夏《九歌》、周《九歌》及楚《九歌》三个阶段，而在夏、周之时，《九歌》的篇目当为九篇，而屈子所作之《九歌》当为十一篇。

---

① （清）陈本礼撰《屈辞精义》，见《续修四库全书》楚辞类第 1302 册，上海古籍出版社，2002，第 531 页。
② 吴毓江撰《墨子校注》，孙启治点校，中华书局，1993，第 423 页。
③ 方铭：《楚辞九歌主旨发微》，《深圳大学学报》2008 年第 3 期。

（一）古“九歌”之篇数

先秦时期，歌舞等往往和“九”相并而言，如“箫韶九成”“九夏”“九功”“九歌”等，其中可考的“九夏”“九功”其数目皆为“九”，此处古《九歌》指夏《九歌》及周《九歌》。

第一，“九功”“九歌”。《左传·文公七年》记载《九歌》之事，曰：“《夏书》曰：‘戒之用休，董之用威，劝之以《九歌》，勿使坏。’九功之德皆可歌也，谓之‘九歌’。六府三事，谓之九功。水、火、金、木、土、谷，谓之六府；正德、利用、厚生，谓之三事。”① 《左传》所载“九功”之“九”为实数九，而歌“九功之德”谓之“九歌”，故《左传》中所言的“九歌”中的“九”当为实指。《尚书·大禹谟》关于《九歌》是这样记载的，其云：“禹曰：‘於，帝念哉！德惟善政，政在养民。水火金木土谷惟修，正德、利用、厚生惟和，九功惟叙，九叙惟歌。戒之用休，董之用威，劝之以《九歌》，俾勿坏。’帝曰：‘俞！地平天成，六府三事允治，万世永赖，时乃功。’”② 禹言六府三事之功有叙，皆可歌乐，乃德政之致。从帝和禹的对话中，我们对《九歌》有了大致的了解，《九歌》乃劝勉之辞，“九功”为实数，故“九”也当为实指。《尚书》的记载与《左传》之记载大体相同，为我们了解《九歌》的篇数问题提供了依据。

另外，在《左传·昭公二十年》中亦提到过“九歌”，但都是与礼教及政治相联系的：“先王之济五味，和五声也，以平其心，成其政也。声亦如味，一气，二体，三类，四物，五声，六律，七

---

① （周）左丘明传，（晋）杜预注，（唐）孔颖达正义《春秋左传正义》，引自李学勤主编《十三经注疏》标点本，北京大学出版社，1999，第600页。

② （汉）孔安国传，（唐）孔颖达疏《尚书正义》，引自李学勤主编《十三经注疏》标点本，北京大学出版社，1999，第88-89页。

音，八风，九歌，以相成也。"其中"五声"在乐律上指的是宫、商、角、徵、羽；"六律"指的是黄钟、太簇、姑洗、蕤宾、夷则、无射六阳律；"七音"指宫、商、角、徵、羽、变宫、变徵；"八风"当指八方之风，指清明风、景风等，故此处"九歌"中的"九"字当不是概数，而实际上当为确数。

第二，《九夏》。《周礼·春官·钟师》曰："凡乐事，以钟鼓奏《九夏》：《王夏》《肆夏》《昭夏》《纳夏》《章夏》《齐夏》《族夏》《祴夏》《骜夏》。"[①] 郑玄注曰："夏，大也。乐之大歌有九。王出入奏《王夏》，尸出入奏《肆夏》……公出入奏《骜夏》。"此时之《九夏》篇目为"九"，且据《通典》所载"九夏"被用作祭祀之乐，也就是说在周代时《九夏》篇目中的"九"并非虚指。

以上所举诸例，都与音乐相关，其中的"九"并非虚指，而其他典籍中也记载了"九"的相关信息，《周礼·天官·冢宰》曰："一曰三农生九谷。"郑司农注"三农""九谷"曰："三农，平地、山、泽也。九谷，黍、稷、秫、稻、麻、大小豆、大小麦。"且《楚辞》中的其他篇目如《九章》《九怀》《九叹》《九思》皆满足"九"篇之数，从以上分析可知，古《九歌》的篇目当为"九"，为实数，并非虚指。

（二）楚"九歌"之篇数

楚"九歌"的篇数为十一，其名为"九歌"，为了迁就"九"这个数字，汪瑗提出将《大司命》《少司命》合为一篇，上文已论，我们认为《九歌》中之"九"当不包括《国殇》及《礼魂》两篇，明代黄文焕于《楚辞听直》提出观点，他说："歌之命名为

---

① （汉）郑玄注，（唐）贾公彦疏《周礼注疏》，引自李学勤主编《十三经注疏》标点本，北京大学出版社，1999，第 624 页。

九而数则十一，《国殇》《礼魂》不在神列。"① 并从以下两点论述。

第一，《国殇》《礼魂》所歌不在神列。王逸在《礼魂》"成礼兮会鼓"句下注曰："言祠祀九神。"② 王逸认为《九歌》的祀主为九位神祇，而《国殇》主要描写楚国战事，是为追悼楚国阵亡沙场的将士而写的祭歌，歌颂了楚国将士在战场上浴血奋战的英雄气概和高尚情怀，其所祀为人鬼，并非神祇。将《国殇》与《九歌》诸篇相比较：从内容而言，《东皇太一》《东君》等篇目都有明确的祀主，而《国殇》所祀为楚国的英雄群体；从句式而言，《东皇太一》等篇，四、五字参差错落，《国殇》则为整齐的六言诗；从押韵而言，《国殇》亦异于他篇；从风格上，《国殇》更为凛然悲壮。至屈原创作楚《九歌》之时，楚国战事频仍，屈原有感于此，创作了《国殇》，戴震《屈原赋注》中称其"通篇直赋其事"。王闿运提出"《国殇》旧祀所无"，通过对《九歌》追源溯流，我们已经明晰了古《九歌》的来历，那么《国殇》篇为屈子为颂悼楚国将士所创就没有那么难以理解了。而《礼魂》没有明确祀主，而当为乱辞，《国殇》《礼魂》两篇当旧祀所无。

第二，取"九"之意。楚国祭神并不局限于"九"，据江陵天星观一号楚墓简文所载，"司命"之外又有"司祸"；"云君"之外又有"东城夫人"等，屈原借古"九歌"为题，当为取"九"之意。宋洪兴祖曾说："《九歌》十一首，《九章》九首。皆以九为名者，取《箫韶》九成、启《九辩》《九歌》之义。"③ 故而楚《九歌》当为屈原在古题《九歌》的基础上所创作，原《九歌》为九篇，但楚《九歌》则在其基础上增为十一篇，如马其昶于其《屈

① （明）黄文焕撰《楚辞听直》，引自《四库全书存目丛书》集部第 1 册，齐鲁书社，1997，第 566 页。
② （宋）洪兴祖补注《楚辞补注》，卞岐整理，凤凰出版社，2007，第 74 页。
③ （宋）洪兴祖补注《楚辞补注》，卞岐整理，凤凰出版社，2007，第 48 - 49 页。

赋微》中说："《九章》九篇，《九歌》十一篇，'九'者，数之极，故凡甚多之数皆可以'九'约之，文不限于'九'也。"①

综上，我们认为《九歌》的篇数当分而言之，夏、周之古《九歌》当为九篇，而屈子《九歌》中的"九"当为一个约数，为十一篇，而没有必要一定要将其中的某些篇目合二为一。汪瑗将《大司命》《少司命》合二为一的做法并不科学，故不应望文生义地将其划归一类。

二　《礼魂》乱辞说

汪瑗的《楚辞集解》对《礼魂》之解不拘旧说，勇于标新立异，曰："盖此篇乃前十篇之乱辞，故总以《礼魂》题之。前十篇祭神之时，歌以侑觞，而每篇歌后，当续以此歌也。后世不知此篇为《九歌》之乱辞，故释题义者多不明也。"② 汪瑗提出《礼魂》为《九歌》之总的乱辞，并指出在《九歌》每篇乐歌结束后，都要演唱《礼魂》之乐歌。

1.《礼魂》为《九歌》之乱辞

汪瑗在提出《礼魂》为《九歌》之乱辞后，料想到人们会对《礼魂》是前十篇之乱辞有所疑问，于是解释道：

> 或曰：《九歌》十篇，岂可总为一乱辞乎？曰：东方朔《七谏》、王褒《九怀》、王逸《九思》，盖皆于诸篇之后而总为一乱辞，即其例也。或曰：此篇当有"乱曰"二字，而今"礼魂"二字，盖因此篇之首句有礼字，前篇之末句有魂字，

① 马其昶撰《屈赋微》，见《续修四库全书》楚辞类第 1302 册，上海古籍出版社，2002，第 659 页。
② （明）汪瑗撰《楚辞集解》，董洪利点校，北京古籍出版社，1994，第 144 页。

而传写之误也。未知其审，姑识其疑。①

　　汪瑗从《楚辞》之《七谏》《九怀》《九思》篇后皆有"乱辞"的结构形式来推断"礼魂"即为《九歌》的总乱辞。汪瑗的这个观点为屈复所承袭，屈复在《楚辞新集注》中曰："此篇乃前十篇之乱辞也，《九歌》总一乱辞，观东方朔《七谏》、王褒《九怀》、王逸《九思》，皆诸篇之后总一乱词，祖三闾之例也，《礼魂》'魂'字疑为'成'字传写之误也，子向亦作'礼善终者'解，全无所据，又与本文不合，存之以俟高明。"② 屈复解释"礼魂"即为《九歌》之乱辞的观点承袭了汪瑗《礼魂》乃全十篇之乱辞的说法，并提出"魂"应当为"成"字传写之误，那么就当为《礼成》。王夫之对汪瑗的观点承袭中又有新意，他没有如汪瑗、屈复一样提出《礼魂》为前十篇的乱辞，而是提出《礼魂》当为前十祀通用："凡前十章。皆各以其所祀之神而歌之。此章乃前十祀之所通用……而篇中更不言及所祭者，其为通用明矣。"③ 王闿运："此《九歌》十一篇，《礼魂》者，每篇之乱也，《国殇》旧祀所无，兵兴以来新增之，故不在数。"④ 文怀沙、马茂元、刘永济亦持此论，潘啸龙也视《礼魂》为《九歌》之"乱辞"，并从《九歌》的句式方面进行阐释："作为证据，我们还可以举汉人王褒的《九怀》以及王逸自己所作的《九思》为例。这两篇赋作，均袭用了《九歌》的特殊句式（即"×××兮××"），可知其为模仿《九歌》之体而不是《九章》之体。两赋正文均九篇，篇末有'乱

---

① （明）汪瑗撰《楚辞集解》，董洪利点校，北京古籍出版社，1994，第144页。
② （清）屈复撰《楚辞新集注》，引自《续修四库全书》楚辞类第1302册，上海古籍出版社，2002，第333页。
③ （清）王夫之撰《楚辞通释》，上海人民出版社，1975，第45页。
④ 王闿运编《楚词释》，引自《续修四库全书》楚辞类第1302册，上海古籍出版社，2002，第625页。

曰'。这就证明，不仅东汉王逸，就是西汉王褒等赋家，也都视《九歌》为'九'篇，视《礼魂》为'乱辞'。"① 潘啸龙之说则更为详细地从句式上加以分析，使得论证更为详细。汪瑗所提出的《礼魂》为《九歌》之"乱辞"说几成定论。

然而，随着研究的逐步深入，学界关于《礼魂》"乱辞"说又开始迎来进一步探讨。汪瑗的《礼魂》为《九歌》之乱辞的论点得到普遍认可后，他所说的"《九歌》每篇都续以《礼魂》之说"却遭到批驳。

金开诚等在《屈原集校注》中曰："但本篇的演唱形式，未必如汪瑗所说'每篇歌后，当续以此歌'，大概是全部祭歌表演完毕，最后由群巫合唱《礼魂》之曲，结束整个仪式。"② 姜亮夫在《重订屈原赋校注》中说："此九祀既毕之大合乐也，言祀礼既成，乃疾击鼓以终其事。诸女巫传所持之葩，更迭而舞。此等美好之巫女，歌唱之声，有舒徐顿挫之美。而春兰秋菊之供，长相继承，至于终古不绝。"③ 周秉高则曰："我们认为，《礼魂》与前10歌的关系是总分关系。因为《九歌》前10歌都有一个祭主，惟《礼魂》没有，既然从艺术完整性的角度看，其不可能是前10首每歌之后的'乱辞'，那么它就是对前10首祭歌的总结，《九歌》仿佛是一个祭祀文艺联欢会，在前10个节目结束之后，必然要有一个'闭幕曲'，犹如现代文艺晚会一般都要有的《难忘今宵》。"④ 楚俗重祭祀，"桓谭《新论》记楚灵王祭神时，吴兵入楚，'而灵王鼓舞自若'。则'鼓舞'乃巫祝事神之举，与《九歌》所言亦相一致"⑤。

---

① 潘啸龙：《〈九歌〉六论》，引自《屈原研究》，湖北教育出版社，2003，第439页。
② 金开诚、董洪利、高路明编《屈原集校注》，中华书局，1996，第288-289页。
③ 姜亮夫编《重订屈原赋校注》，天津古籍出版社，1987，第256页。
④ 周秉高：《楚辞研究史上的一个另类——评汪瑗的〈楚辞集解〉》，《职大学报》2015年第3期。
⑤ 汤炳正著《楚辞类稿》，巴蜀书社，1988，第271页。

诸家所言符合情理，在《九歌》每篇之后都歌以《礼魂》的观点确实令人难以接受。

2. 《礼魂》为《国殇》乱辞

关于汪瑗的"乱辞"说，批判继承中产生了一种新观点，即《礼魂》为《国殇》之乱辞，《楚辞今译》曰："《九歌》每章题名皆与内容相应，惟《礼魂》则否。或以《礼魂》为前十章送神之总曲，但天神地祇古无称'魂'者。故以此为《国殇》乱辞，其说近是。"[①]褚斌杰亦持此见，他指出《国殇》《礼魂》原属一篇，《礼魂》为《国殇》的"乱辞"。

纵观《九歌》，从篇幅而言：《东君》字数最少，为 14 句；《湘夫人》字数最多，为 30 多句。而《礼魂》则仅有 5 句，以其篇幅而论，有成为"乱辞"的基本条件。从内容而言，除《礼魂》外，《九歌》其他篇目皆有祀主，有"东君""河伯"等，而且各篇均以祀主的身份为标题，使读者一目了然，而《礼魂》却没有明确的祀主，《礼魂》首句的"成礼"二字更体现了《礼魂》乃祭祀活动结束的信号或标志，与他篇大不相同，全篇乃为终祭场景的描述，"成礼兮会鼓""长无绝兮终古"此二句均为礼乐既成之时所奏，《郊祀歌·赤蛟》一诗中更详细地描写出礼乐既成之后，众神回归的情景，表达了诗人希望长盛不衰的美好愿望。且汪瑗所举《七谏》《九怀》《九思》之例，皆与《九歌》之总体结构形式相似，而东方朔《七谏》、王褒《九怀》、王逸《九思》都有"乱辞"一说，故而汪瑗所提出的《礼魂》为《九歌》之乱辞令后之研究者普遍接受。《郊祀歌·赤蛟》中的送神曲为"礼乐成，灵将归。托玄德，长无衰"。其送神用的是"灵将归"，《尸子》曰："天神曰灵。"《风俗通》曰："灵者，神也。"《九歌·湘夫人》中亦有

---

① 汤炳正等编《楚辞今注》，上海古籍出版社，1996，第 78 页。

"灵之来兮如云"。《礼魂》以描写祭祀结束时场面为主，"春兰兮秋菊"指春秋二时节荐馨，世代相传，使魂得以长享其祭。"长无绝兮终古"不当为祝神之祈语，因为神的生命本身就是长久不衰的。

《礼魂》不但篇幅短小，且没有明确的祀主，其"魂"字恰恰与《国殇》最后一句"子魂魄兮为鬼雄"一句相一致，依据古人的观念，人是有魂魄存在的，《左传·昭公二十五年》曰："心之精爽，是谓魂魄；魂魄去之，何以能久？"《昭公七年》曰："人生始化曰魄，即生魄，阳曰魂；用物精多，则魂魄强。"而《礼魂》中用的是"魂"字，其作为前九篇祭神之乱辞固为不当，而《国殇》中所歌颂的恰恰是阵亡将士的殇魂，所以《礼魂》当为《国殇》之"乱辞"。

汪瑗能勇于突破王、朱之注，不囿旧说，提出《礼魂》是《九歌》总的"乱辞"的观点，汪氏的观点虽然没有被全盘接受，但《礼魂》为"乱辞"说为《楚辞》研究提供了新的研究思路，使楚辞研究迈上新台阶。

第四章

汪瑗《九章》研究重要论题辨析

汪瑗对《九章》的探索具有革故鼎新的重要意义。首先，他以"发前人之所未发"的初衷对《九章》各篇创作时间进行详细考论，提出了《九章》杂作于怀、襄之间的观点，为后之《楚辞》研究者提供了新的研究思路。自汪瑗突破陈见以后，研究者们也普遍摆脱了前人观念的束缚，针对《九章》的创作时地问题进行深入思考，孜孜不倦地展开相关探究。再者，汪瑗注重文本分析，并以《史记》等文献为佐证，考论《九章》各篇的创作背景及其主题，激发了后代学者对《九章》的研究热情。其中关于《哀郢》的研究更是引发了学界的热议，延续至今。此后，《九章》的研究成果如雨后春笋般涌现，汪瑗的贡献自然不言而喻。但是，汪瑗对《九章》乃至全部屈赋的研究固有理解不当乃至臆测之处，亦不能因为有不当之处，就全盘否定汪瑗的学术成果。坚持"取其精华，弃其糟粕"的立场一分为二地看待《楚辞集解》才是我们对待传统文化应该持有的态度。下面针对汪瑗《九章》探索所涉及的《九章》创作时地等相关问题，梳理如下。

第一节　《九章》创作时地总论

《九章》是屈原作品中的重要组成部分，它记录了屈子在流放生涯中的相关情况及其情感的发展变化。朱熹在更定《九章》序时提出："《九章》者，屈原之所作也。屈原既放，思君念国，随事感触，辄形于声。后人辑之，得其九章，合为一卷，非必出于一时之言也。"① 朱熹认识到《九章》非一时所作，并言及《九章》的成集问题，说明他对《九章》的创作时地问题已经有了自己的思考，但他并没有深入地探讨下去。直至汪瑗，才在《九章》的创作时地等方面提出了更多具有开创性价值的见解，为后世的研究打开了新思路。

一　《九章》杂作于怀、襄之间

在汪瑗以前，学界普遍认为《九章》作于顷襄王时期，明确提出这个观点的研究者很多，比如班固、王逸等。班固曰："至于襄王，复用谗言，逐屈原。在野又作《九章》赋以讽谏，卒不见纳。"② 班固是最早关注《九章》创作时间的人，他提出《九章》皆为顷襄王时所作。王逸《楚辞章句》亦云："其（指楚怀王）子襄王，复用谗言，迁屈原于江南。屈原放在草野，复作《九章》。"③ 王逸在班固的基础上，进而指出了《九章》的创作地点在江南。至南宋朱熹，仍未能突破汉人藩篱，他在《离骚序》中说：

① （宋）朱熹集注《楚辞集注》，李庆甲校点，上海古籍出版社，1979，第73页。
② （汉）班固著《离骚赞序》，引自（宋）洪兴祖补注《楚辞补注》，卞岐整理，凤凰出版社，2007，第45页。
③ （汉）王逸撰《楚辞章句》，引自（宋）洪兴祖补注《楚辞补注》，卞岐整理，凤凰出版社，2007，第2页。

"襄王立，复用谗言，迁屈原于江南。屈原复作《九歌》《天问》《九章》《远游》《卜居》《渔父》等篇，冀伸己志，以悟君心，而终不见省。"① 显然，朱熹也是因袭了班固、王逸之成说，认为《九章》的写作时间是在顷襄王迁屈子于江南时。而汪瑗则敢于突破成见，他说：

> 洪氏又考原初被放在怀王十六年，然则此篇其作于此时欤？朱子以为临绝之音，非也。瑗按：《史记·楚世家》，怀王十六年，秦欲伐齐，齐与楚纵亲，惠王患之，乃令张仪佯去秦事楚，说怀王曰："楚诚能闭关绝齐，愿献故秦所分商於之地六百里。"怀王大悦，乃相张仪，日与置酒，宣言复得吾商於之地。群臣皆贺，而陈轸独吊。怀王弗听，遂绝齐交，后果见欺于张仪。屈原其或亦谏此事，有触王怒，而王迁之欤？取篇首三字以名篇。②

汪瑗认为《惜往日》当作于怀王十六年楚国见欺于张仪之时，屈原或在当时进谏此事，触怒怀王而遭迁逐，因此并非"临绝之音"。汪瑗这个观点并没有被后之《楚辞》研究者普遍接受，明末李陈玉《楚辞笺注》针对《惜往日》作时曰："此篇乃屈子将死深悲之言，留遗言以俟异时楚王之察耳。"③ 但汪瑗关于《惜往日》作于怀王时的说法突破了汉宋以来王逸、朱熹等皆认为《九章》作于顷襄王时的成论。后世之论《楚辞》者所言《九章》杂作于怀、襄两朝或因袭汪瑗之观点。

---

① （宋）朱熹集注《楚辞集注》，李庆甲校点，上海古籍出版社，1979，第2页。
② （明）汪瑗撰《楚辞集解》，董洪利点校，北京古籍出版社，1994，第214页。
③ （明）李陈玉撰《楚辞笺注》，见《续修四库全书》楚辞类第1302册，上海古籍出版社，2002，第51页。

　　汪瑗提出《惜往日》为怀王时所作的观点后，启发后之研究者对《九章》创作时地展开深入的思考及探究，诸家不再囿于王逸等人《九章》皆作于顷襄王之时的观点，而是见仁见智，呈现出百家争鸣之势。蒋骥即提出："《惜诵》《抽思》《思美人》与《骚经》皆作于怀王时，其立言与《哀郢》《涉江》以下六篇绝异。"① 蒋骥又曰："昔人说《九章》，其误有二。一误执王叔师顷襄迁原江南作《九章》之说……余谓《九章》杂作于怀、襄之世，其迁逐固不皆在江南。"② 蒋骥从文本的角度分析，认为《九章》杂作于怀、襄之时。林云铭也将《九章》的创作时间分为怀王朝和顷襄王朝，他说："若考其所作之先后，《离骚》一篇之外，惟《惜诵》《思美人》《抽思》三篇，详其文义，系怀王时所作，余悉作于顷襄时。"③ 而林云铭还详细地指出各篇的创作时间："《惜诵》乃怀王见疏之后，又进言得罪，然亦未放。次则《思美人》《抽思》乃进言得罪后……置在汉北无疑……《涉江》以下六篇，方是顷襄放之江南所作。"④ 林云铭将《九章》分为两类，《惜诵》《思美人》《抽思》作于怀王朝，且作《惜诵》时屈原只是被怀王疏远但并未见放，而《九章》的另外六篇则作于顷襄王朝。虽然这些研究者在《九章》的具体篇章的创作时间及地点方面没有达到统一，但是关于《九章》创作时地的相关研究则势如破竹，不断取得新的进展。

二 《九章》中有尚未遭放逐之诗篇

　　班固、王逸、朱熹皆指出《九章》为屈原被顷襄王迁逐以后的作品，独明人汪瑗不落前人窠臼，发前人之所未发，认为《九章》

---

① （清）蒋骥撰《山带阁注楚辞》，上海古籍出版社，1984，第217页。
② （清）蒋骥撰《山带阁注楚辞》，上海古籍出版社，1984，第217页。
③ （清）林云铭撰《楚辞灯》，彭丹华点校，华东大学出版社，2012，第3页。
④ （清）林云铭撰《楚辞灯》，彭丹华点校，华东大学出版社，2012，第89-90页。

中兼有屈原尚未遭放逐的作品。

汪瑗《橘颂》解题曰："乃平日所作，未必放逐之后之所作者也。"① 汪瑗料想到会有质疑的声音，于是他自问自答道："或曰，《九章》余八篇皆言放逐之事，而独以此篇为平日所作，何也？曰：《九章》云者，亦后人收拾屈子之文得此九篇，故总题之曰《九章》，非必屈子所命所编者也，又安得以此篇为放逐之作乎？细观其辞而玩其旨可见矣。"② 汪瑗将《橘颂》定为平日（放逐之前）所作，是源于他对《九章》的成集问题展开了深入的思考。他说"《九章》云者，亦后人收拾屈子之文得此九篇"的观点并非毫无根据，司马迁说："余读《离骚》《天问》《招魂》《哀郢》，悲其志。"③ 司马迁《史记》中并没有用"九章"之名。而《汉书·扬雄传》载：扬雄"又旁《惜诵》以下至《怀沙》一卷，名曰《畔牢愁》"④。《扬雄传》在谈及屈子的作品时，并未言及"九章"之名，或扬雄当时并没有《九章》之命名，而是后人将屈原的作品编纂在一起，统称为"九章"。如若《九章》为后人所编辑，那么《橘颂》完全有可能为平日所作。《九章》为后人所编或承袭朱熹的观点，朱熹于《楚辞集注》中曰："后人辑之，得其九章，合为一卷，非必出于一时之言也。"⑤ 但朱熹并没有针对这个问题展开讨论，汪瑗则明确提出《橘颂》为平日所作的观点。其次，汪瑗结合文本，从《橘颂》的辞章并没有表现出放逐之意的角度，提出《橘颂》乃平日（未放逐前）所作的观点，汪瑗的观点被学术界许多学者所认可。

① （明）汪瑗撰《楚辞集解》，董洪利点校，北京古籍出版社，1994，第227页。
② （明）汪瑗撰《楚辞集解》，董洪利点校，北京古籍出版社，1994，第227页。
③ （汉）司马迁撰《史记》，中华书局，1982，第2503页。
④ （汉）班固撰《汉书》，中华书局，1962，第3515页。
⑤ （宋）朱熹撰《楚辞集注》，李庆甲校点，上海古籍出版社，1979，第73页。

《橘颂》外，汪瑗还提出《惜诵》《涉江》作于屈原未被放逐之时，突破了王逸、朱熹等所提出的《九章》皆作于放逐之时的旧说。汪瑗关于《惜诵》作于未遭放逐之说得到了学界普遍认可，几成定论，而汪瑗关于《涉江》作于未放逐之说的观点则见仁见智。林云铭也将《九章》分为未放逐时（《惜诵》）、怀王放逐之时（《抽思》《思美人》），其余六篇为顷襄王之时所作，其观点或受汪瑗影响。后世之论《楚辞》者所言《九章》有作于未放逐之时或因袭汪瑗的观点。

三　依时令论篇次

汪瑗认为《哀郢》《抽思》《怀沙》都作于顷襄王时，但关于这三首诗创作时间先后问题，他提出了两种看法："《哀郢》曰：'方仲春而东迁。'《怀沙》曰：'滔滔孟夏。'《抽思》曰：'悲秋风之动容。'可以考其所作之时矣。洪氏曰：'屈原以仲春去国，以孟夏徂南土。'则《抽思》其作于是年之秋欤？作于是年之秋，则序当在《怀沙》之后矣。"① 汪瑗不但指出了三篇诗歌的作时，还按其中所描写的时间因素"仲春""孟夏""秋风"而排序为《哀郢》《怀沙》《抽思》。但汪瑗考虑到《怀沙》也可能作于次年之夏天，所以又提出："意者《抽思》作于东迁之秋，《怀沙》作于次年之夏者也。今按其说亦通，未知其审，不敢辄自移易，姑从旧序，因缀其说于题下，以俟后之君子有所考据而订证云。"② 汪氏对以上篇章目次序的论定，仅以诗歌中出现的时令为据，难免有牵强附会之嫌。且春夏秋冬本身就具有循环往复的特征，所以仅凭时令来推断《九章》作时先后就不免引人怀疑，以上引文中汪瑗论定

---

① （明）汪瑗撰《楚辞集解》，董洪利点校，北京古籍出版社，1994，第182页。
② （明）汪瑗撰《楚辞集解》，董洪利点校，北京古籍出版社，1994，第182－183页。

《怀沙》篇的作时即属这种情况。汪瑗以诗歌中出现的表示时间的"仲春""孟夏"等作为判断诗歌创作前后的辅助手段，或对黄文焕产生了很大影响。黄文焕《楚辞听直》曰："既命题曰'九章'，是未有文先有题，原所自辑，非后人之辑之也，失原所自辑之次第，后人乱之耳。然岁月可考也。"① 黄文焕用"考岁月"的方法推论了《抽思》《思美人》的作时先后问题。他根据《思美人》之"开春发岁兮，白日出之悠悠"，《抽思》之"望孟夏之短夜兮"判断《思美人》作于《抽思》之前。蒋骥对黄文焕的这种方法持批评态度："黄氏论《九章》，好组织春夏秋冬以定先后，观其总论，殊可喷饭。"② 针对《抽思》《思美人》的创作时间，蒋骥提出了自己的观点："按《抽思》首序立朝见疏之由，次纪自南来北之迹，其为初迁可知。《思美人》曰'陷滞而不发'，又曰'独历年而离愍''宁隐闵而寿考'，则非迁年所作又可知。"③ 这也体现了黄文焕与蒋骥对以时令来论定诗篇先后的方法的不同态度。

　　另外，汪瑗还重新论定《九章》的篇次，后之《楚辞》研究者对《九章》的作时及篇次的论定问题或肇端于此，但在《楚辞集解》中汪瑗仍然遵从王逸旧本次序，屈复在其《楚辞新集注》中谈到《九章》目次问题时说："九篇中或地或时，或叙事文最显著，次第分明，旧本错乱，予不敢辄改古书，姑记之就正高明。"④ 屈复的这种看法，或是受到了汪瑗的影响。在是否调整《九章》篇次的问题上，蒋骥持"不敢率意更定"的态度，而黄文焕则直接更定了《九章》各篇的顺序。尽管汪瑗用来给各篇排序的各种方法尚

① （明）黄文焕撰《楚辞听直》，见《续修四库全书》楚辞类第 1301 册，上海古籍出版社，2002，第 687 页。
② （清）蒋骥撰《山带阁注楚辞》，上海古籍出版社，1984，第 227 页。
③ （清）蒋骥撰《山带阁注楚辞》，上海古籍出版社，1984，第 226 页。
④ （清）屈复撰《楚辞新集注》，见《续修四库全书》楚辞类第 1302 册，上海古籍出版社，2002，第 367 页。

未臻于成熟，依据也并不充足，但是他这种从宏观上总体论定《九章》作时及篇次的思维方式开启了《楚辞》研究的新思路，推动《楚辞》学研究的进一步发展。

四　屈原迁逐地及《九章》作地之创见

关于屈原的迁逐地，王逸、朱熹等仅言及屈原被放于江南，而汪瑗在《抽思》篇提出屈原曾迁于汉北之说，突破了以前注《九章》者将迁逐地只关注"江南之野"的局限性。另外，关于《九章》的创作地点，汪瑗提出《橘颂》是屈原平日所作，还提出《惜诵》应作于未遭放逐之时，那么其隐含的观点就是《橘颂》《惜诵》两篇的创作地点并非仅限于江南之野，突破了前人时贤关于《九章》作于江南之野的观点。金开诚也赞同汪氏的看法，他说："其中有些篇章，分明是作于怀王时期，并不属顷襄王时，各篇的写作地点也是有南有北，绝非仅限于江南一域。"①

为了准确把握屈原的行踪，汪瑗对《九章》采取画图的形式进行剖析。他在《哀郢》篇"当陵阳之焉至兮，淼南渡之焉如"句下注曰："瑗尝谓此文似一篇游山之记，盖有得乎《禹贡》纪事之法，但脱胎换骨，极为妙手……但今瑗所注者，特按文画图，以意推测而言之，未知其果是否也。"② 以图注《楚辞》的方式也是汪瑗的独创。他通过画图的方式来探究屈原的行踪，对后世之研究者无疑有启迪之功。如蒋骥《山带阁注楚辞》就曾绘制多幅地图注解《九章》，令学界耳目一新。可惜汪瑗所作注解《九章》路线图未曾找到。

从东汉至有宋一代，《九章》创作时地研究基本还停滞在班固

---

① 金开诚等编《屈原集校注》，中华书局，1996，第 428 页。
② （明）汪瑗撰《楚辞集解》，董洪利点校，北京古籍出版社，1994，第 177 页。

的理论基础上，并没有太大突破。而到明代，汪瑗继往开来、推陈出新，打破了汉宋以来的藩篱，对《九章》创作时地的问题提出了自己的见解，为后之研究者提供了新的思路，推动了《楚辞》的进一步研究。

第二节 汪瑗《惜诵》作于"尚未遭放逐"说平议

关于《九章》的创作时间，自班固以来形成一种执误，那就是《九章》皆为屈子被顷襄王放逐后所作。至王逸，他在班固的基础上，提出《九章》作于江南之野。逮及宋朝，朱子亦持此见，他说："《九章》者，屈原之所作也。屈原既放，思君念国，随事感触，辄形于声，后人辑之，得其九章，合为一卷，非必出于一时之言也。"① 朱子并没有打破这种固定的思维模式，他虽然与班固、王逸在措辞上有所不同，但在《九章》作于屈原放逐之后的观点上并没有什么分歧。

歙县人汪瑗，敢于突破旧说的局限，发前人之所未发，将《九章》的创作时地进行了深入的探讨，独辟蹊径，提出《惜诵》作于屈子尚未遭放逐之时的观点，突破了前人关于《九章》都作于"屈原既放"的说法。此说一出，学界针对这一观点进行了深入的研究和探讨，几成定论。与此同时，汪瑗认为《惜诵》作于顷襄王时，学界对此聚讼纷纭。本节主要围绕汪瑗的观点进行梳理和分析。

一 隐遁远去与"尚未遭放逐"

明人汪瑗，不囿成见，敢于标新立异，提出《惜诵》作于屈原

---

① （宋）朱熹撰《楚辞集注》，李庆甲校点，上海古籍出版社，1979，第73页。

尚未被放逐之时的观点，他于《楚辞集解》中曰：

> 大抵此篇作于谗人交构，楚王造怒之际，故多危惧之词。
> 然尚未遭放逐也，故末二章又有隐遁远去之志。①

这一观点主要是从对《惜诵》的文本分析而得来，主要体现为《惜诵》末二章的内容有"隐遁远去之志"。纵观《惜诵》文本有"捣木兰以矫蕙兮，繋申椒以为粮。播江离与滋菊兮，愿春日以为糇芳"之句，言屈子豫备芳香之糇粮以备来春之日，而其最后一句为"愿曾思而远身"更写明此时屈子并未远去。汪瑗结合《惜诵》文本以证诗，提出《惜诵》作于屈子未被放逐之时的观点，有理有据，并非凭空而言，颇得《惜诵》之旨。

汪瑗的这一观点无疑是对王逸等前贤时人观点的一种冲击。此说一出，引起了许多研究者的共鸣，屈复、蒋骥、林云铭、游国恩、姜亮夫、金开诚等都认可上述观点，并对汪说进一步补充。

从上可以看出，王逸及朱熹认为《惜诵》作于"屈原既放"的观点有曲解辞意之嫌。王逸于"忠何罪以遇罚兮，亦非余心之所志"句下注曰："言己履行忠直，无有罪过，而遇放逐，亦非我本心宿志所望于君也。"② 朱熹承袭了王逸的观点，申述曰："言无罪放逐，本非臣子夙心所期望。"③ 二人仅依据"被罚"一词而推断屈原被放逐，并没有提供任何可以信据的材料，不免牵强附会。汪瑗能够勇于突破前人旧说，提出一家之言："罚，凡君加以怨怒之意皆是，不必放逐贬谪而后谓之罚也。"④ 汪瑗从训诂上对旧说进行

---

① （明）汪瑗撰《楚辞集解》，董洪利点校，北京古籍出版社，1994，第 146 页。
② （宋）洪兴祖补注《楚辞补注》，卞岐整理，凤凰出版社，2007，第 108 页。
③ （宋）朱熹集注《楚辞集注》，李庆甲校点，上海古籍出版社，1979，第 75 页。
④ （明）汪瑗撰《楚辞集解》，董洪利点校，北京古籍出版社，1994，第 152 页。

驳正。此后的学者多沿着汪氏的思路进行注解。如蒋骥释"遇罚"曰:"致憝也。"林云铭曰:"'惩羹吹齑'及'折臂成医'等语,其为前番既疏犹谏,失左徒之位,此番又谏无疑,即得罪亦但云'遇罚',不过严加谴责,以其所谏不当理耳,亦未尝放也。"[①] 游国恩曰:"由此看来,可知他这次是因谏诤而'致憝'的,'致憝'便是'遇罚',单说'遇罚',便知此时没有放逐了。"[②] 蒋骥、林云铭及游国恩同样指出仅依据"遇罚"一词并不能得出屈原被放逐的结论。《说文解字》注"罚"字曰:"罪之小者。"《尚书》中有"五罚":"五辞简孚,正于五刑。五刑不简,正于五罚。"这里的"五罚"指的是对罪不当五刑者处以相应的五种赎金。《七国考》曰:"'楚文王墨小盗而国不拾遗,不宵行。'《周官》墨刑罚五百。"[③] 其中的"罚"仅仅指的是罚金,并没有提及放逐之事,故不能单纯根据"遇罚"二字得出屈原被流放的结论。

综上,汪瑗提出《惜诵》作于"尚未遭放逐"的观点,是对旧有《九章》作于"屈原既放"观点的突破,更是对《惜诵》研究的有益探索,实为创见,为《九章》研究拓展了新的研究思路,开创了《九章》创作时地探索的新局面。

二　进退维谷与"尚未遭放逐"

汪瑗在《惜诵》解题中指出"大抵此篇作于谗人交构,楚王造怒之际,故多危惧之词。然尚未遭放逐也"[④]。楚王造怒之后,屈子内心忧惧而进退维谷,在这种情况下,"屈原忠于国君,又要保

---

① (清)林云铭撰《楚辞灯》,彭丹华点校,华东师范大学出版社,2012,第95页。
② 游国恩著《游国恩楚辞论著集》第三卷,中华书局,2008,第102页。
③ (明)董说:《七国考》,中华书局,1956,第360页。
④ (明)汪瑗撰《楚辞集解》,董洪利点校,北京古籍出版社,1994,第146页。

持自己的操守，从而使他陷入欲进不得、欲退不能的两难境地"①。体现在《惜诵》文本中则为进退两难的诗句，接下来从文本的角度进一步分析。

汪瑗注"退静默而莫余知兮，进号乎又莫吾闻"句曰："此承上三章而总结之，言退而不言此情，顾君上之不知；进而欲陈此志，乃壅蔽之无路。进退维谷，语默两难，此所以益使己之中心而烦闷无已也。"②通过对诗句阐释得出屈子尚未遭放逐之时进退维谷的心境。汪瑗在注"欲僤佪以干傺兮，恐重患而离尤"时说："言己欲徘徊不去，少求彷徨于君侧，以竭吾区区忠诚之心，则恐重得祸患，逢罪过也。"③他在注解"欲高飞而远集兮，君罔谓汝何之"一句时说："言己欲去君而不仕，则又恐君得无谓汝欲远去我，果将何所往乎？欲留则有祸，欲去又不能，此所谓进退维谷者也。"④汪瑗之分析甚合情理，"欲高飞而远集兮"写出了屈原还在故都并没有远走高飞的状态，则屈原此时未遭放逐明矣。考《楚辞补注》，在注解"欲高飞而远集兮，君罔谓汝何之"句时，洪兴祖补曰："言欲高飞远集，去君而不仕，得无谓我远去欲何所适也。"⑤洪兴祖用欲"去君而不仕"以及不知何所从来形容屈原当时的状态，说明屈原当时并没有被放逐，从而与他所持的《九章》皆作于"屈原既放"的观点相互抵牾。汪瑗之后，很多楚辞研究者在论证《惜诵》为屈子作于"尚未遭放逐"的观点时将"欲高飞而远集"句作为佐证。金开诚等人在《屈原集校注》中认可汪瑗《惜诵》作于"尚未遭放逐"的观点，其文曰："'干傺'即要求留止，表现

---

① 李炳海：《〈九章〉人生忧患期心路历程的写照》，《沈阳师范大学学报》2010 年第 5 期。
② （明）汪瑗撰《楚辞集解》，董洪利点校，北京古籍出版社，1994，第 153 页。
③ （明）汪瑗撰《楚辞集解》，董洪利点校，北京古籍出版社，1994，第 159 页。
④ （明）汪瑗撰《楚辞集解》，董洪利点校，北京古籍出版社，1994，第 159 页。
⑤ （宋）洪兴祖补注《楚辞补注》，卞岐整理，凤凰出版社，2007，第 111 页。

了留在朝廷继续事君的愿望。如果屈原此时已被放逐，是不可能在‘要求留止’和‘远走高飞’之间徘徊的。"① "欲儃佪以干傺兮，恐重患而离尤。欲高飞而远集兮，君罔谓汝何之"几句表现了屈原依然有继续为朝廷效忠、冀君起用的愿望，但又担心谗佞之臣设下阴谋，使自己欲避祸而不能，欲留则有祸，欲去又不能，这种进退维谷的状态恰恰是《惜诵》作于屈原尚未遭放逐时的佐证。

　　另外，《惜诵》"欲横奔而失路兮，坚志而不忍"句也体现了屈原处于进退维谷的艰难抉择中。关于"坚志而不忍"句，汪瑗注曰："但厉神劝己变志，而答以志已坚而不忍变；劝以勿行异路，而答以不欲横奔而失路。"② 意即屈子因坚志而不忍横奔，说明此时他并未遭放逐。诸多《楚辞》注解者对"横奔"一词见仁见智，提出了各自的看法。晋朝杜预在《释例》中对"奔"字作了详细解释："'奔'者，迫窘而去，逃死四邻，不以礼出也。放者，受罪点免，宥之以远也。臣之事君，三谏不从，有待放之礼。故传曰：'义则进，否则奉身而退。'迫窘而出奔，及以礼见放，俱去其国。"③ 屈子有"奔"而"逃死四邻"的想法，但这种做法属于"不以礼出之"的行为，故而并未被屈子采纳。他选择的是"坚志而不忍"，等待楚王以礼见放，故屈子写《惜诵》之时尚未遭放逐。《全唐文新编》中《陈后主论》曰："客所问者，具在方册，请为吾子陈之，任自择焉。若乃投井求生，横奔畏死，面缚请罪，膝行待刑，是其谋也。"④ 这段话中有"横奔畏死"之语，此"横奔"当与《惜诵》之"横奔"之意同。屈子因何而处于"横奔"与"待

① 金开诚、董洪利、高路明编《屈原集校注》，中华书局，1996，第437页。
② （明）汪瑗撰《楚辞集解》，董洪利点校，北京古籍出版社，1994，第159页。
③ （周）左丘明传《春秋左传正义》，（晋）杜预注，（唐）孔颖达正义，引自李学勤《十三经注疏》标点本，北京大学出版社，1999，第674页。
④ 周绍良主编《全唐文新编》，吉林文史出版社，1999，第1988页。

放"的窘境呢?《惜诵》的首句曰:"惜诵以致愍兮。"林云铭《楚辞灯》这样解释道:"言痛己因进谏而遇罚,自致其忧也。"① 屈原因进谏而遭遇惩罚,故《惜诵》极言其进退两难、动辄得咎,而又不忍变节易操的为难境地。故汪瑗所言《惜诵》作于尚未遭放逐之时还是颇有道理的。

三 楚王造怒与"尚未遭放逐"

汪瑗在言及"楚王造怒之际"之"楚王"究竟是楚怀王还是顷襄王并没有明确指明,令其观点不甚明了,但汪瑗在《涉江》的解题中将《惜诵》的创作时间与《涉江》相提并论,其文曰:

> 其作于遭谗人之始,未放之先欤?与《惜诵》相表里,皆一时之作。
>
> 将者,未然之词,但不能考其为何年之作,然谓之曰"年既老而不衰",其在顷襄王之时欤?(《涉江》)②

汪瑗提出《涉江》与《惜诵》为一时之作,又指出《涉江》作于顷襄王之时,因此《惜诵》也应当作于顷襄王之时。然而我们认为《惜诵》当作于楚怀王时期,而这主要源于《惜诵》与《离骚》在语句上及结构上有很多相似之处。

首先,《惜诵》与《离骚》在文本上有相似之处。

①《离骚》为"指九天以为正"。《惜诵》为"指苍天以为正"。

②《离骚》为"忳郁邑余侘傺兮,吾独穷困乎此时也"。《惜诵》为"心郁邑余侘傺兮,又莫察余之中情"。

---

① (清)林云铭撰《楚辞灯》,彭丹华点校,华东师范大学出版社,2012,第91页。
② (明)汪瑗撰《楚辞集解》,董洪利点校,北京古籍出版社,1994,第162页。

③《离骚》为"鲧婞直以亡身兮，终然夭乎羽之野"。《惜诵》为"行婞直而不豫兮，鲧功用而不就"。

其次，《惜诵》与《离骚》在篇章结构上有相似之处。

《惜诵》从"昔余梦登天兮"到最后为第二部分，而这部分内容设为问答之词，有"使厉神占之兮"之句。而《离骚》中的后一部分也主要是女媭之詈，重华之陈，灵氛、巫咸之占，从而反复推衍屈子之好修之美。汪瑗发现了二者的相似之处，说："盖厉神，殇魂也。殇鬼精气未灭，能服生人，以发泄其灵，巫祝多服之，以神其术，故可称巫祝为厉神，犹《离骚》称灵氛也。"①《惜诵》与《离骚》多处相似，说明《离骚》和《惜诵》的创作时间相近，则《惜诵》当作于怀王时期。

最后，针对《惜诵》"恐情质之不信兮，故重著以自明"句，汪瑗注"重著"曰："盖前此尝有所作，以道去志，恐情质或迁于宠利，或怵于祸患，而不足以取信，故再著此文以自明也。"②汪瑗认为屈子担心自己的品性不能取信于楚王而再次申述以表已志，故再著《惜诵》，前此所作当为哪篇呢？林云铭认为："重著，言作《离骚》之后，再著是篇也。应篇首'发愤抒情'句。"③林云铭认为《惜诵》作于《离骚》之后。蒋骥、姜亮夫认为《惜诵》作于《离骚》之前，蒋骥提出："余固知其作于《骚经》之前，而经所云'指九天以为正'殆指此而言也，旧解颇多谬误。"④蒋骥认为《离骚》乃屈子初被怀王斥疏之时所作，他还推测《惜诵》比《离骚》所作时间早，且《惜诵》当为屈赋二十五篇之首，姜亮夫也认为《惜诵》作于《离骚》之前。《惜诵》篇首"惜诵以致愍兮，发愤以抒情"句体现了屈子因进谏而致忧的心境，屈原本想竭忠诚以事君，反而招致仇雠，遇罚见殆，故"招祸""遇罚""造怨""逢殆"等词频繁出现，如从怀王十六年被疏以来到屈子遭放逐之前，屈子应遭受过不止一次打击，当屈子再次甚至多次蒙受打击时，其所遭之祸、所招之怨用"九折臂而成医"来形容则很恰切。潘啸龙说："屈原在怀王十六年前的被疏，才是他一生中初次受到打击，不得喻之为'九折臂'。只有不仅遭谗被疏，又受疾恶排斥，更受诬陷而遭'祸'（如'放流之刑'）这样多次意想不到的打击以后，才会生出这样的感慨。"① 《惜诵》中有"纷逢尤以离谤兮"一句，指屈子多次被谗人以谤毁其行，多次被壅蔽之君加之过以逢尤，这也并非怀王十六年屈子初被疏远之时的心境，故多危惧之词。屈原在顷襄王初年即遭谗被放逐，而屈原反复进谏当发生在怀王时期。所以我们认为此篇作于《离骚》之后，当时执政者当为楚怀王。

游国恩在《惜诵》下注曰："《九章》中只有《惜诵》一篇不是放逐时所作，这是很容易明了的。"② 金开诚提出《惜诵》的内容并未涉及放逐以后的事。虽然不能明确指出《惜诵》所作的具体时间，但表明了此诗的写作背景当在被谗见疏尚未遭放逐之时。

综上所言，汪瑗所提出的《惜诵》作于"尚未遭放逐"的观点，引起了《楚辞》学界极大的关注并得到学界的一致认同，而他所提出来的《惜诵》作于顷襄王时的观点却未得到学界的认可，我们认为《惜诵》当作于楚怀王时。虽然针对《惜诵》的具体创作时间学界尚有争论，但相信随着研究的深入，《惜诵》的作时也会日趋清楚明朗。

---

① 潘啸龙著《屈原与楚文化》，安徽文艺出版社，1991，第 164 页。
② 游国恩著《游国恩楚辞论著集》第三卷，中华书局，2008，第 101 页。

第三节　汪瑗《抽思》创作时地考辨

王逸、朱熹等在论述《九章》创作时地时，均笼统地提出《九章》为屈原放于江南之野所作的观点，并没有考察屈原是否被流放到其他地方。汪瑗却能不囿旧说，于《抽思》篇中提出"汉北"为屈子所迁之所，并对《抽思》之创作时地进行了详细探讨。

一　"汉北"乃迁所

汪瑗指出"汉北"是屈子所迁之地。王逸之于"汉北"无注，洪兴祖则在"汉北"下注释了汉水的具体位置及情况，朱熹并没有具体指出"汉北"之为何地，只是说："屈原生于夔峡，而仕于鄢郢，是自南而集于汉北也。"[①] 汪瑗指出朱熹所论非是，并针对"有鸟自南兮，来集汉北"一句说出了自己的看法，汪瑗曰：

> 倡亦如字，大也。不言歌者，承上少歌而省文耳。倡歌，犹后世之所谓长歌行也。此章十句，皆是歌词……南，指郢都也。汉北，指当时所迁之地也。屈原所迁之地，其在鄢郢之南，江汉之北乎？故下文曰："南指月与列星。"又谓郢都为南，狂顾南行，又谓汉北为南，读者要以意会可也……此章是述集南而迁于汉北之地，下文所谓异域者，即指汉北也……鄢郢乃楚王之都邑，宗庙之所在，而己又来仕于其国，岂可谓之异域邪？（朱子）其非是也审矣。[②]

① （宋）朱熹撰《楚辞集注》，李庆甲校点，上海古籍出版社，1979，第87页。
② （明）汪瑗撰《楚辞集解》，董洪利点校，北京古籍出版社，1994，第189页。

汪瑗认为"南"为郢都，"汉北"即屈原所迁之地，这是《楚辞》研究的一大突破，汪瑗的这一结论得到了学术界的普遍认可，黄文焕、屈复、林云铭、戴震、夏大霖、游国恩、周秉高等都持《抽思》为屈原被放汉北时所作的观点。王夫之明确指出"汉北"就是现在的"郧、襄之地"。屈复在《楚辞新集注》中说："《惜诵》作于怀王既疏，又进言得罪之后，《思美人》《抽思》作于怀王置汉北时。"① 蒋骥《山带阁注楚辞》关于"汉北"的描述也更加明确："此叙谪居汉北以后……汉北，今郧襄之地。原自郢都而迁于此，犹鸟自南而集北也。"② 进一步指出了"汉北"的具体位置。林云铭《楚辞灯》曰："今读是篇，明明道出汉北不能南归一大段，则当年怀王之迁原于远，疑在此地。比前尤加疏耳，但未尝羁其身如顷襄之放于江南也。"③ 饶宗颐误将此观点的发明权归于王夫之，他在《楚辞地理考·序》云："自来言《楚辞》者，多误以屈原放居汉北，此说倡自王船山，后人信之甚多。"王夫之的确提出了类似观点，但此观点的首倡者当为汪瑗。顷襄王放逐屈原的地点或在郢东、或在郢南，与汉北方向完全相反，远不相涉。但也有学者认为《抽思》是屈原被放江南后徙于汉北时所作，汤炳正《楚辞今注》曰："此下由回忆转叙身在汉北的现实，故曰'倡'……汉北，汉水以北，约当今湖北襄樊及河南淅川一带。这是屈原居陵阳九年后又向西北迁徙的地区。"④ 屈原被放到汉北，所以用"南指月与列星"陈述他当时意欲还郢之心，而"惟郢路之辽远"更说明回郢都之路隔以江湖，遥不可及。《抽思》中"魂一夕而九逝"一

---

① （清）屈复撰《楚辞新集注》，见《续修四库全书》楚辞类第 1302 册，上海古籍出版社，2002，第 366 页。
② （清）蒋骥撰《山带阁注楚辞》，上海古籍出版社，1984，第 124 页。
③ （清）林云铭撰《楚辞灯》，彭丹华点校，华东师范大学出版社，2012，第 103 页。
④ 汤炳正、李大明、李诚、熊良智编《楚辞今注》，上海古籍出版社，1996，第 145 页。

句，更写出了屈原对郢都的无限思念之情。除了"汉北"这个地名之外，还有"北山"这个地名，饶宗颐《楚辞地理考》曰："怀王入秦，故屈子举以为言。《抽思》之'北山'，大约亦指嶓冢一带之山，汉水以北近秦之山也。按'纪山'又名'北山'，迄无实证。"① 且《抽思》中的一些词语很明显为在汉北所写，林云铭也注意到了这一点，他说："但玩下文痛'郢路之辽远'，以'望北山'、'宿北姑'为悲，'南指'而魂逝，'南行'而心娱，若江南之野所作，则此等字面，皆用不着。"② 由上可见，《抽思》或当作于置汉北时。

汪瑗将《抽思》中的"汉北"与屈原的迁逐地联系起来，汪瑗疑端一开，楚辞学史上围绕《抽思》的创作时地研究便络绎不绝，从而拓宽了屈原的放逐地的研究思路，影响了学术界对《九章》的整体研究，《抽思》中地理位置研究也成为《楚辞》研究的重要论题。

二 《抽思》的创作时间

汪瑗所提出的"汉北"为屈原迁所的观点得到学界的普遍认可，但他的思想仍然受王逸、朱熹的影响，对《抽思》的写作背景并没有形成正确的认识。其《抽思》题解曰：

> 洪氏曰："屈原以仲春去国，以孟夏徂南土。"则《抽思》其作于是年之秋欤？作于是年之秋，则序当在《怀沙》之后矣。是顷襄王时所作。王逸以为指怀王，非是也。或曰，《抽

① 转引自周秉高《屈原流放汉北考》，《职大学报》2014 年第 4 期。
② （清）林云铭撰《楚辞灯》，彭丹华点校，华东师范大学出版社，2012，第 104 页。

思》作于《哀郢》之后，在顷襄王之时。是矣。①

汪瑗提出《抽思》作于顷襄王之时的秋天，《哀郢》篇之后，而汪瑗又提出《哀郢》作于顷襄王二十一年，故汪瑗认为《抽思》作于顷襄王二十一年之后，这无疑是缺乏考证的一种表现。考《史记·楚世家》："（楚襄王）十九年，秦伐楚，楚军败，割上庸、汉北地予秦。"② 这说明"汉北"在顷襄王十九年已经割让给秦国，试问，屈原不远千里去往"汉北"意欲何为？这无疑与《抽思》中"有鸟自南兮，来集汉北"句相矛盾。

汪瑗指出"王逸以为指怀王，非是也"。汪瑗对王逸的观点给予否定，关于《抽思》的作时，王逸在《九章》总序中指出《九章》乃屈子被放于江南之野时所作。他在《抽思》"何回极之浮浮"句下注曰："怀王为回邪之政，不合道中，则其化流行，群下皆效也。"③ "矫以遗夫美人"下注曰："举与怀王，使览照也。"由此可见，王逸在给《抽思》作注时已经意识到屈子诗篇中所叙内容与楚怀王有关，汪瑗根据二注而指出"王逸以为指怀王，非是也"。汪瑗之后的蒋骥也意识到王逸的《九章》序与其《九章》注之间的矛盾，但并没有言明王逸的何注与序相违背，他说："王叔师序骚，谓襄王迁原江南，复作《九章》。及注《九章》，又皆指怀王言，其疏妄如此。"④ 可见，汪瑗及蒋骥都看到了王逸注解《九章》的具体观点与《九章》总序的抵牾之处，这无疑为研究《抽思》的创作时间做出了巨大贡献。

屈子在楚怀王时期流放时间当为三年，《卜居》曰："屈原既

① （明）汪瑗撰《楚辞集解》，董洪利点校，北京古籍出版社，1994，第182页。
② （汉）司马迁撰《史记》，中华书局，1963，第1735页。
③ （宋）洪兴祖补注《楚辞补注》，中华书局，1983，第137页。
④ （清）蒋骥撰《山带阁注楚辞》，上海古籍出版社，1984，第218页。

放，三年不得复见。”在《哀郢》中有“至今九年而不复”，说明
顷襄王时屈原被流放的时间远不止于三年，故《山带阁注楚辞·卜
居解题》曰：“此‘三年’未知何时，详其词意，疑在怀王斥居汉
北之日也。”①《抽思》中“狂顾南行，聊以娱心兮”一句指屈子南
行，乃为奔赴郢都，屈子虽被流放，然心在郢都，《抽思》篇中他
狂顾南行，且称往南行可以“娱心”，游国恩曾说“况且《抽思》
是想从汉北走到郢都，故南行可以娱心”②。说明此时屈子放逐期已
满，他已经踏上了回郢都的返程。自楚怀王二十四年合秦以来至楚
怀王二十六年秦再次攻楚这段时间内，秦楚维持着相对和平的关
系，此时屈原被放的可能性较大。秦楚关系在楚怀王二十七年因楚
太子逃亡之事而恶化，楚怀王二十八年，秦与其他国家一起攻打楚
国，屈原盖于楚怀王二十七年左右踏上返回郢都的行程，在怀王三
十年（公元前299）屈原已身在郢都，《史记·屈原列传》说：“王
欲行，屈平曰：‘秦，虎狼之国，不可信，不如毋行。’”所以对屈
原的流放当在楚怀王三十年以前，故我们更倾向于《抽思》作于怀
王二十七年左右。

三　《抽思》情感与其作时

汪瑗在注《抽思》“惟郢路之辽远兮，魂一夕而九逝”之句
时，将其与《哀郢》进行比较，曰：“《哀郢》曰：‘羌灵魂之欲归
兮，何须臾而忘反。’是也。按《抽思》略有一二句与《哀郢》辞
旨相同，而郁郁之怀与《哀郢》并盛，其作于东迁之秋无疑也。”③
《抽思》与《哀郢》这两句都体现了屈原梦魂思归之心，但《抽

---

①　（清）蒋骥撰《山带阁注楚辞》，上海古籍出版社，1984，第153页。
②　游国恩著《游国恩楚辞论著集》第三卷，中华书局，2008，第110页。
③　（明）汪瑗撰《楚辞集解》，董洪利点校，北京古籍出版社，1994，第189-190页。

思》为屈子迁居"汉北"时所作，《哀郢》为屈子迁居江南时所作，虽其所迁之地不同，其思归之情一也，并不能据此而推出《抽思》作于《哀郢》之后，仔细推敲《抽思》文本，当与《离骚》之语更近。

《抽思》中的语句及感情多与《离骚》相近，"又无良媒在其侧""理弱而媒不通兮""又无行媒兮"与《离骚》的"求女"极为相似，"良媒"喻指君主身边常存好贤之心的人，而"行媒"则喻指期望"良媒"能不惮举贤之劳可以为屈子引荐，写出了屈原尽心于君国，却苦于无"良媒"举荐之痛，体现了屈原欲进忠而无路的烦闷。"指彭咸以为仪"与《离骚》中的"愿依彭咸之遗则"语意相近。"初吾所陈之耿著兮，岂至今其庸亡"当指屈子担任左徒一职时，向怀王所陈的谏言，昭彰宣朗，而今其辞犹在，而辞中所谏之事至今不已经应验了吗？而顷襄王初年即流放屈原，所以屈子陈耿著之事当与顷襄王无关。"昔君与我诚言兮，曰黄昏以为期"句与《离骚》"曰黄昏以为期兮，羌中道而改路"句相应，怀王与屈原曾"图议国事"，其可以"曰黄昏以为期"，而至顷襄王初年将屈原流放至江南，故此或作于怀王时期矣。《抽思》的抒情用语与《离骚》更为相近，此类句子在《抽思》《离骚》中出现，它的作用不仅局限于句子本身在诗歌中所寓含的意义，而且是两首诗创作时间相近的一个佐证，并非如汪瑗所言作于顷襄王时期，其写作时间当为楚怀王时期。

除此之外，研读《抽思》之诗篇，其所述内容多与怀王有关，《抽思》一篇中出现三个"蓀"字，"兹历情以陈辞兮，蓀详聋而不闻"，"数惟蓀之多怒兮"及"愿蓀美之可完"，试析之如下。"兹历情以陈辞兮，蓀详聋而不闻"，此为屈原追述往日进谏之事，与顷襄王无关，而进谏的结果却是上不见纳于君，楚怀王"详聋而不闻"，描写出怀王虽实闻屈子之谏言，却诈为聋态的情况。或谓此为屈原对怀王时情景的追述，但"数惟荪之多怒兮"之句更写出了屈原对楚怀王多怒而无节的忧伤之情，此亦与顷襄王无关，顷襄王初年即放逐屈原。"愿荪美之可完"，写出屈原对君德之全备的美好愿望。考《楚世家》："顷襄王三年，怀王卒于秦，秦归其丧于楚。"① 楚怀王归丧不久屈原被流放，如果《抽思》作于顷襄王放逐屈原于江南时，那么当时怀王应该已经逝去，屈原又怎么会产生"愿荪美之可完"的愿望呢？因此，《抽思》或作于怀王时期。

总之，汪瑗认识到屈原被迁于"汉北"之事，无疑是一创见，但汪瑗终究还是没有摆脱王逸、朱熹等的旧说，其《抽思》作于顷襄王的结论，与史不符，无论从《抽思》的文本还是其中所蕴含的感情，我们认为《抽思》当作于楚怀王时期。

第四节　汪瑗《思美人》研究

汪瑗认为《思美人》当作于《哀郢》之后，他说："是此篇作于《哀郢》之后无疑也。虽不可考其所作之年，要之在襄王之时，而非怀王之时则可必也。"② 汪瑗提出这一观点，主要源自三个方面：从语句旨意上说，他将《思美人》与《哀郢》作比较，认为两篇诗歌有一二语旨意相类。从感情角度而言，汪瑗认为《思美人》体现了屈原"安于优游卒岁，而无复望还之心"③ 的现状。从风格方面而言，《思美人》雅淡冲和，故汪瑗推其为垂老之作。下面从这三个方面分别予以探讨。

---

① （汉）司马迁撰《史记》，中华书局，1959，第 1729 页。
② （明）汪瑗撰《楚辞集解》，董洪利点校，北京古籍出版社，1994，第 205 页。
③ （明）汪瑗撰《楚辞集解》，董洪利点校，北京古籍出版社，1994，第 205 页。

一　《思美人》行程

汪瑗认为："篇内曰'遵江夏以娱忧'，曰'独茕茕而南行'与《哀郢》《抽思》《怀沙》诸篇内一二语旨意相类。《哀郢》乃作于楚襄王二十一年……是此篇作于《哀郢》之后无疑也。"① 汪瑗提出，《思美人》"遵江夏以娱忧"之句与《哀郢》"遵江夏以流亡"之句，其语意有相似之处，并将其作为论据之一推断《思美人》作于《哀郢》之后。游国恩亦从"遵江夏以娱忧"入手，认为《思美人》与《哀郢》两篇时地相同，他说："《哀郢》云：'民离散而相失兮，方仲春而东迁。去故乡而就远兮，遵江夏以流亡。'《思美人》云：'开春发岁兮，白日出之悠悠。吾将荡志而愉乐兮，遵江夏以娱忧。'可见《思美人》与《哀郢》的时地是完全相同的。"② 蒋骥《山带阁注楚辞》曰："《抽思》之狂顾南行，《思美人》之茕茕南行，皆欲自汉北而至郢也。"③ 蒋骥提出《思美人》是想从汉北回到郢都，与汪瑗及游国恩之论大相径庭。

细考《思美人》与《哀郢》所传达的感情并不相同，《哀郢》"惨郁郁而不通兮，蹇侘傺而含慼"句，很明显表达了屈原的哀凄悲痛之情；《思美人》"遵江夏以娱忧"则表现了屈原取乐以忘忧的感情。所以不能仅凭"遵江夏以流亡"及"遵江夏以娱忧"两句相类得出《思美人》作于《哀郢》之后的结论，更不能得出《哀郢》与《思美人》时地相同的结论。我们考察一下《思美人》的行程。

这里主要涉及从"汉北回郢都"及从"郢都到陵阳"两种行

① （明）汪瑗撰《楚辞集解》，董洪利点校，北京古籍出版社，1994，第205页。
② 游国恩著《游国恩楚辞论著集》第三卷，中华书局，2008，第110-111页。
③ （清）蒋骥撰《山带阁注楚辞》，上海古籍出版社，1984，第226页。

程，而这两条路线所走行程的方向都是向南，可依据谭其骧主编的《中国历史地图集》中的春秋图中的"楚吴越"图略析其行程。

屈原从汉北回到郢都沿水路而行，需要先沿着汉水南行，即"独茕茕而南行"，然后通过汉水与夏水的接口处转入夏水。据《水经注》及《汉书》所记载，夏水从沔阳县（今仙桃市）注入汉水，以今日地理形势看，夏水"故道从湖北沙市市（今荆州市沙市区）东南分江水东出，流经今湖北监利县北，折东北至沔阳县治（今仙桃市）附近入汉水"①。又《汉书·地理志》记载："夏水首受江，东入沔，行五百里。"也就是说，屈原在从汉北回到郢都的过程中需要沿汉水南行至沔阳，然后从沔阳转行夏水，沿夏水继续南行，走到夏水一半左右路程转向西北直至夏水的尽头，也就是夏首，再转入长江干流。鄂君启舟节云"逾汉，庚黄，逾夏，入氾"，即载有转入夏水的行进路线。《哀郢》曰"过夏首而西浮兮"，夏首乃为夏水与长江的接口，据徐文武考证夏首"位于今荆江防洪堤木沉渊段"，而夏水仍有古河道，"今荆州市沙市区与今江陵县境内的化港河就是中夏水的古河道"②。而过夏首至长江水道，从长江逆流向上一段水路，便可到达郢都。《哀郢》是沿着长江过夏口，但并不从夏口进入夏水，而是从夏口往西而行，然后沿江而下，然后再"上洞庭而下江"。《思美人》"遵江夏以娱忧"与《哀郢》"遵江夏以流亡"所行走的路线并不一定相同，如果《思美人》是从汉北回郢都，其路线可以是"汉水—夏水—长江—郢都"，而《哀郢》的路线为"郢都—长江（过夏水的夏口）—洞庭—陵阳"。这两条路线都是沿江夏而行且都有南向行程，《思美人》行程应该择取哪条路线呢？

---

① 谭其骧主编《辞海·历史地理分册》（修订版），上海辞书出版社，1978，第206页。
② 徐文武：《"夏首""夏口"考》，《长江大学学报》2011年第2期。

《思美人》曰："吾且儃佪以娱忧兮，观南人之变态。窃快在中心兮，扬厥凭而不俟。""南人"一词，《屈原集校注》解曰："指郢都以南的居民。按屈原去汉北，先要循夏水向南走一段，所以能接触到'南人'。"再联系《思美人》"遵江夏以娱忧"句中的"娱忧"二字，我们可以体会到《思美人》与《哀郢》两首诗所表达的情感相去甚远，故而，蒋骥所言的屈原从汉北回到郢都的观点更符合该诗所表达的情感，因为屈原要回到阔别已久的郢都，才会产生这种"荡志而愉乐"之情。屈原在沿夏水南行的过程中有很长一段水路在郢都之南，故称"南行"，屈原在南行的过程中看到南人不同习俗，写下"吾且儃佪以娱忧兮，观南人之变态。窃快在中心兮，扬厥凭而不俟"这句诗也就变得没有那么难以理解了，正因为当时的屈原是从汉北回郢都，所以《思美人》的路线当为"汉水—夏水—长江—郢都"。

所以不能仅依据《思美人》与《哀郢》有一二语旨相类而推断《思美人》作于《哀郢》之后，根据"遵江夏以娱忧"联系《思美人》所表达的感情，《思美人》当作于怀王时。

二 安于优游卒岁

汪瑗还提出《思美人》表达了屈原安于优游卒岁的观点，所以推断《思美人》作于《哀郢》之后，他说："此则云'独历年而离愍'，曰'宁隐闵而寿考'，曰'命则处幽，吾将罢兮'，盖历年永久，非复可纪，安于优游卒岁，而无复望还之心矣。是此篇作于《哀郢》之后无疑也。"[1]"独历年而离愍"的下句为"羌凭心犹未化"，"凭心未化"写出了屈原的道义节气充积于心，虽历年离愍，

---

① （明）汪瑗撰《楚辞集解》，董洪利点校，北京古籍出版社，1994，第205页。

车颠马覆而不能屈服其志，变易其节，所以屈原当不会沉溺于优游卒岁的状况。"宁隐闵而寿考"的下句为"何变易之可为"，写出了屈原虽遭久放，而立志不改其志的决心。"命则处幽，吾将罢兮"的下句为"愿及白日之未暮"，体现了屈原想及时修德立行的愿望，并非如汪瑗所说屈原"安于优游卒岁"的现状。

此外，《思美人》首句"思美人兮，揽涕而伫眙"表现了屈子感念怀王而揽涕的忧思，另外，顷襄王初年即放逐屈原，"因归鸟而致辞"当与顷襄王无涉，"因归鸟而致辞兮，羌迅高而难当"表达了屈原希望通过飞鸟向怀王致辞的渴望而不可即的忧伤。而"媒绝路阻兮，言不可结而诒"则写出了屈原思望楚怀王极为心切的感情。汪瑗言《思美人》无复望还之心，是因为屈原已经踏上了"独茕茕而南行"之路，此时屈原最关心的是如何打破"媒绝路阻"的困境。所以不能仅仅依据"独历年而离愍"、"宁隐忍而寿考"及"命则处幽，吾将罢兮"而得出《思美人》作于《哀郢》之后的结论。

三 风格雅淡冲和

汪瑗认为《思美人》风格雅淡冲和，他说："其文严整洁净，雅淡冲和，文之精粹者也。岂年垂老，其气渐平，而所养益纯也欤？洪氏曰：'此篇言己思念其君，不能自达，然反观初志，不可变易，益自修饰，死而后已也。'得之矣。"[①]《思美人》篇具有雅淡冲和的风气，而《哀郢》则充斥着一幅幅悲惨画面，其风格抑郁悲伤，所以不能仅凭《思美人》的风格而推断《思美人》作于《哀郢》之后。

验之文本，我们发现，《思美人》与《离骚》有很多相似之

---

① （明）汪瑗撰《楚辞集解》，董洪利点校，北京古籍出版社，1994，第205页。

处，《思美人》当作于怀王时期。蒋骥曾总结《思美人》与《离骚》的相似之处，他说：

> 《思美人》则与《离骚》结构全似。"欲变节从俗"以下，即"长太息以掩涕"数段意也。自"勒骐骥"至"居蔽闻章"，与"步余马于兰皋"至"昭质未亏"语意亦同。其卒章归于思彭咸，又骚经乱词之意。"蔼蔼"四语，经所谓流从变化也。①

此外，《思美人》"与纁黄以为期"句与《离骚》篇之"曰黄昏以为期"相似，亦与《抽思》中"曰黄昏以为期"一句相似，关于"与纁黄以为期"，汪瑗作了详细注释："嶓冢，山名，见《禹贡》。隈，山隩也。西隈，日所入处也……日将入时则色纁且黄，盖黄昏之时，喻人之年老也。'指嶓冢之西隈''与纁黄以为期'盖自誓此心，终身而不改耳。"②屈子的这种"与纁黄以为期"的自誓之言与《离骚》中的"曰黄昏以为期"的挚诚恰恰体现了屈子终身不改的忠君爱国的志向。《离骚》与《思美人》都有"芳与泽其杂糅兮"一句，《思美人》中"丰隆""高辛""彭咸"在《离骚》中也曾出现，"令薜荔以为理兮""因芙蓉而为媒"句与《离骚》中"吾令蹇修以为理""吾令鸩为媒兮"句相似。《思美人》与《离骚》无论是从结构上还是从语句旨意上更为相近，所以《思美人》当作于怀王时。

综上，无论从《思美人》的行程、风格以及屈原那种急切的思望楚王之心都说明这首诗并非作于顷襄王时，而当为怀王时期，当

---

① （清）蒋骥撰《山带阁注楚辞》，上海古籍出版社，1984，第227页。
② （明）汪瑗撰《楚辞集解》，董洪利点校，北京古籍出版社，1994，第209页。

为屈原从汉北回郢都的路途中有感而发所撰写。

第五节 《哀郢》重要论题考辨

《哀郢》篇以"蹇侘傺而含慼"之情而令太史公悲屈子之志，历代研究者对《哀郢》的创作背景也得出了迥乎不同的推测及考释。汪瑗对《哀郢》更是冥心博采，引史以证，得出了很多创见，其中著名的观点包括"白起破郢说"及"屈原在罪人赦迁之中"这两点，后之研究者多论及。兹就汪瑗的两个观点考论如下。

一 "白起破郢说"

关于《哀郢》的创作背景，自王逸以来一直受到关注，王逸在"民离散而相失兮，方仲春而东迁"一句下注曰："言怀王不明，信用谗言而放逐己，正以仲春阴阳会时，徙我东行，遂与室家相失也。"① 王逸认为《哀郢》这两句所写的是屈子被怀王东迁之事。朱熹提出"凶荒放逐说"。至汪瑗，他研究《哀郢》敢于突破旧解，提出了著名的"白起破郢说"，并于《思美人》注中再次申述了《哀郢》篇作于顷襄王二十一年的观点。汪瑗言："《史记》载拔郢之岁，不纪时日，观此可以推矣。岂独少陵为诗史哉？人但知少陵之诗可以考唐之乱，而不知屈子之《骚》尤可以征楚国之败也。"② 此观点提出后，所掀起的《哀郢》创作时地考辨热潮一直延续至今，汪瑗不囿成说并勇于提出新论使《楚辞》研究得到了进一步发展。兹将"白起破郢说"的内容摘录如下：

---

① （宋）洪兴祖补注《楚辞补注》，卞岐整理，凤凰出版社，2007，第116页。
② （明）汪瑗撰《楚辞集解》，董洪利点校，北京古籍出版社，1994，第173页。

　　二十九年，当顷襄王之二十一年，又攻楚而拔之，遂取郢。更东至竟陵，以为南郡。烧墓夷陵，襄王兵散败走，遂不复战。东北退保于陈城，而江陵之郢，不复为楚所有矣。秦又赦楚罪人而迁之东方，屈原亦在罪人赦迁之中。悲故都之云亡，伤主上之败辱，而感己去终古之所居，遭谗妒之永废，此《哀郢》之所由作也。①

"白起破郢说"一经提出，后之研究者或承袭其说，或尽情发挥，王夫之即为其一，但王夫之所说语焉不详，以致于郭沫若竟然将其二人观点张冠李戴。郭沫若于《屈原研究》中曰："《哀郢》一篇，应该从王船山说，是襄王二十一年楚为秦兵所败，郢都为白起所据，'东北保于陈城'时作的。"② 王夫之（王船山）的确对汪瑗"白起破郢说"之观点持赞同态度，但王夫之所提出的观点是《哀郢》作于白起破郢九年之后（顷襄王三十年），曰："当始迁时，且谓秦难稍平，仍复归郢，至此作赋之时，九年不复，终不可复矣。赋作于九年之后，则前云仲春、甲之朝者，皆追忆始迁而言之。"③ 可知，汪瑗与王夫之所言《哀郢》的写作时间相差九年，而提出《哀郢》作于顷襄王二十一年观点的发轫者当为汪瑗。

　　汪瑗之"白起破郢说"对后世影响很大，后之很多《楚辞》注本都以此说来阐释《哀郢》之创作背景，就连现行的《辞海》《辞源》皆采录汪瑗之说，择其要端，摘录如下。①游国恩在《屈原作品介绍》中说："《哀郢》必作于顷襄王二十一年（纪元前二

① （明）汪瑗撰《楚辞集解》，董洪利点校，北京古籍出版社，1994，第172页。
② 郭沫若著《屈原研究》，引自褚斌杰编《屈原研究》，湖北教育出版社，2003，第462页。
③ （清）王夫之撰《楚辞通释》，上海人民出版社，1975，第75–76页。

七八）。据《史记·楚世家》，这年秦将白起攻破郢都，楚顷襄王兵散，退保于陈城。《哀郢》不但有久放之感，而且有破国之忧，故文词特别凄怆。"① ②郭沫若还具体论述了《哀郢》一篇的写作背景，郭沫若在《屈原考》中说："就在郢都被攻破的那一年，屈原写了一篇《哀郢》，开头就说：'皇天之不纯命兮，何百姓之震愆！民离散而相失兮，方仲春而东迁。'毫无疑问的，这是描写郢都被攻破后的惨状。"② 另外，他将汪瑗的"白起破郢说"发展为"殉国说"。郭沫若在《关于屈原》中说："他是为殉国而死，并非为失意而死"。他还在《屈原考》中说："他看不过国破家亡，百姓颠沛流离的苦状，才悲愤自杀的。他把所有的血泪涂成了伟大的诗篇，把自己的生命殉了祖国。"③廖化津也持此观点："《哀郢》开头，是写郢都沦亡，顷襄东迁。《哀郢》这一题目本身就暗示了白起拔郢的事实。"③ ④马茂元、苏雪林亦持《哀郢》为襄王二十一年所作的观点，但二人明言所据为王夫之的观点。⑤刘梦鹏在《屈子章句》中云："顷襄二十一年癸未二月，秦拔郢，取洞庭、五湖、江南，王东走陈城。时平在放九年，故国丘墟，伤己无归也，作《招魂》，痛国亡，作《哀郢》《九章》。是年四月，赋《怀沙》，则绝命之辞也。"④ 刘梦鹏承袭或暗合了汪瑗《哀郢》作于"白起拔郢"之说，并从宏观的角度论述了屈辞各篇的创作背景。

　　然而，汪瑗"白起破郢说"提出后，在得到诸多楚辞研究者支持的同时，也遭到了很多研究者的批评，潘啸龙在其《王夫之、郭沫若的〈哀郢〉之说不能成立》中说："我们进行了考辩之后，得出

① 游国恩著《游国恩楚辞论著集》第四卷，中华书局，2008，第 101 页。
② 郭沫若著《屈原考》，引自褚斌杰编《屈原研究》，湖北教育出版社，2003，第 62 - 63 页。
③ 转引自潘啸龙《楚郢未陷，何论"殉国"？——答廖化津先生的屈原殉国"补正"》，《山西大学学报》1994 年第 1 期。
④ （清）刘梦鹏撰《屈子章句》，《四库全书存目丛书》，齐鲁书社，1997，第 512 页。

这样的结论：王夫之关于屈原《哀郢》之说，郭沫若、游国恩诸先生对王说之发展，都是不能成立的。"① 周秉高亦云："总之，《哀郢》作于顷襄王二十一年说，纯属虚构妄言，不可信据！"② 诸家对"白起破郢说"的反对观点主要集中在屈原再迁的时间、《哀郢》的写作时间及《哀郢》的写作主旨等方面，兹考论如下。

第一，屈原再迁时间的考证。

汪瑗除了提出"白起破郢说"外，还明确指出了屈子被放逐的时间，他说："按秦拔郢，在顷襄王二十一年。今曰九年不复，则见废当在顷襄王十三年矣。但无所考其因何事而废耳。"③ 汪瑗认为屈原被迁在顷襄王十三年，但汪氏所提出的屈子的再迁时间，恰恰成为后世楚辞研究者批驳汪瑗的一个方面。潘啸龙即言："但明人汪瑗、近人游国恩诸家以为，《哀郢》乃为'白起拔郢'而作，时值顷襄王二十一年，由此例算'九年'，屈原的再迁当在顷襄王十三年间，这恐怕是先入为主的削足适履之说。"④ 潘啸龙指出汪瑗所言屈子再迁在顷襄王十三年只是为了迁就"白起破郢说"以及《哀郢》中"今九年而不复"之文本。潘啸龙还推断屈原再迁江南大约在顷襄王四年仲春，而屈原写作《哀郢》的时间可能在顷襄王十三四年。周秉高也对汪瑗所提出的屈原的再迁时间提出了批评，《楚世家》曰："顷襄王三年，怀王卒于秦，秦归其丧于楚。"⑤ 又《屈原列传》云："竟死于秦而归葬……楚人既咎子兰以劝怀王入秦而不反也。屈平既嫉之……令尹子兰闻之大怒，卒使上官大夫短

---

① 潘啸龙：《王夫之、郭沫若的〈哀郢〉之说不能成立》，《江淮论坛》1981 年第 1 期。
② 周秉高：《楚辞研究史上的一个另类——评汪瑗的〈楚辞集解〉》，《职大学报》2015 年第 3 期。
③ （明）汪瑗集解《楚辞集解》，董洪利点校，北京古籍出版社，1994，第 178 页。
④ 潘啸龙：《再论〈哀郢〉非"哀郢都之弃捐"——兼答曹大中同志》，《成都师专学报》1988 年第 2 期。
⑤ （汉）司马迁撰《史记》，中华书局，1959，第 1729 页。

屈原于顷襄王，顷襄王怒而迁之。"① 《新序》载曰："（怀王）客死于秦，为天下笑。怀王子顷襄王亦知群臣谄误怀王，不察其罪，反听群谗之口，复放屈原。"② 根据《楚世家》、《屈原列传》及《新序》可知屈子再迁之年当在顷襄王三年或四年，又据《哀郢》诗句所言"民离散而相失兮，方仲春而东迁"，则屈子再迁之年当在顷襄王三年或四年的仲春，故汪瑗所提出的屈原再迁时间为顷襄王十三年确属无据。张立楷则根据《哀郢》篇中"甲之朝吾以行"进一步考证屈原具体的放逐日期，他在《屈原放逐离开郢都时日考》中说："我敢肯定说，当顷襄王三年公元前296年2月28日这天的早晨，诗人屈原起程离开郢都，开始了放逐的生涯。"③ 此说中，张立楷根据"甲之朝吾以行"，将"甲之朝"推为"甲子日之朝"，从而推出屈原再放的具体时间，其说既有内证，也有外证，论证详备，其论证思路为详考屈子再迁之准确时间提供了新的思路。

第二，《哀郢》的写作时间。

关于《哀郢》的写作时间，汪瑗认为是顷襄王二十一年，王夫之认为是顷襄王三十年，二说都遭到了后人的批评。钱玉趾在其《〈哀郢〉的写作时间及内容新解》中提出汪瑗的说法不能成立。④ 关于王夫之的观点，毛庆否定后并提出论据："《哀郢》的写作年代王夫之认为在顷襄王三十年。此说与屈原卒年相矛盾。正如一些学者所指出的，司马迁《屈原贾生列传》记载：'自屈原沉汨罗后百有余年，汉有贾生，为长沙王太傅，过湘水，投书以吊屈原。'贾谊作《吊屈原赋》在汉文帝三年（公元前177年），距顷襄王三

---

① （汉）司马迁撰《史记》，中华书局，1959，第 2484－2485 页。
② （汉）刘向著《新序》，引自杨金鼎等编《楚辞评论资料选》，湖北人民出版社，1985，第 5 页。
③ 张立楷：《屈原放逐离开郢都时日考》，《贵州文史丛刊》1990 年第 4 期。
④ 钱玉趾：《〈哀郢〉的写作时间及内容新解》，《云梦学刊》2003 年第 1 期。

十年（公元前269年）只有九十三年，屈原已去世，不可能作《哀郢》。"① 而《哀郢》的创作时间其实在文本中已经表达得很清楚，曰："忽若去不信兮，至今九年而不复。" 此句写出屈子被放逐九年之后而作《哀郢》，而上一论题中"屈原的再迁时间"为顷襄王三年或四年，则《哀郢》的创作时间当在顷襄王十二三年。

第三，《哀郢》的写作宗旨。

汪瑗依据《哀郢》首句"皇天之不纯命兮，何百姓之震愆"之文本及"哀郢"本身所蕴含的意思，推测《哀郢》的写作宗旨："悲故都之云亡，伤主上之败辱，而感己去终古之所居，遭谗妒之永废，此《哀郢》之所由作也。"② 汪瑗认为《哀郢》为屈子感伤郢都被破而作。谭家斌云："屈原被放逐江南第九年的春天，耳闻楚都郢被秦所破，先王陵墓被焚，百姓流离失所，顷襄王东逃陈城，心情沉痛，曾随离散、流亡的百姓流浪，并创作了《哀郢》。"③ 谭家斌同样持屈原于秦攻破郢都之际作《哀郢》一诗的观点，可是这里依然存在矛盾，郢都既然已经被占领，那么屈原在《哀郢》中所写的"忽若去而不信兮，至今九年而不复""鸟飞反故乡兮，狐死必首丘。信非吾罪而弃逐兮，何日夜而忘之"这些诗句就让人难以理解，郢都已经被占领，为什么还要一心期待回郢都呢？

饶宗颐在《楚辞地理考·哀郢辨惑》中说："夫'哀郢者'哀其国之垂亡，非已亡而哀之也。解者不察，徒见其有'夏为丘、东门可芜'之语，遂指为秦兵入郢事，不其诬乎！"④ 饶宗颐之分析得之矣，"哀郢"当为哀楚国垂亡之哀。《哀郢》之"乱"曰："曼

① 毛庆：《屈原晚年行踪理测》，《江汉论坛》1992年第6期。
② （明）汪瑗撰《楚辞集解》，董洪利点校，北京古籍出版社，1994，第172页。
③ 谭家斌：《用"四分法"探考〈九章〉创作的时与地——兼论〈九章〉的篇次》，《三峡论坛》2010年第6期。
④ 崔富章编《楚辞集校集释》，湖北教育出版社，2003，第1419页。

余目以流观兮，冀一反之何时。鸟飞反故乡兮，狐死必首丘。"屈子以鸟、狐为比，将自己拳拳欲归故都之情刻画出来，如若当时郢都已经沦陷，则屈子何得而回？故《哀郢》写作之时，郢都并没有沦陷，则《哀郢》的写作意图也当不是为郢都被白起所破而伤感，屈子之"哀"当为哀郢都将要不保之哀。如此一来，《哀郢》的前两句到底写什么？"皇天之不纯命兮，何百姓之震愆"当指楚怀王死于秦而归葬之事，"楚人皆怜之，如悲亲戚"。而"民离散而相失兮"一句则犹《孟子》所谓"父子不相见，兄弟妻子离散也"，故《哀郢》当为屈子离开郢都而哀伤，"背夏浦而西思兮，哀故都之日远"一句更表达了屈子因离开郢都愈来愈远，而哀思之深以至于梦寐不忘之意。同时，屈子更为郢都之命运而忧惧，当时楚国的社会背景为："是时楚王恃其国大，不恤其政，而群臣相妒以功，谄谀用事，良臣斥疏，百姓心离，城池不修，既无良臣，又无守备。"[①]楚国当时这种既无良臣又无守备的情形让屈原哀郢之心与日俱增，《哀郢》中"忠湛湛而愿进兮，妒被离而障之"更表达了屈子报效祖国的强烈愿望，故而"哀郢"之意为哀楚国将亡之哀。

由于年代久远及文献之不足故，"白起破郢说"只是汪瑗的一种考证不详的推测，难以令人信服。我们认为屈子的再迁之时当为顷襄王三年或四年，《哀郢》的写作时间当为顷襄王十二三年，《哀郢》的写作主旨也并非因"白起破郢"而作，当为哀郢都将要不保而写。

二 "屈原在罪人赦迁之中"论

在"楚辞集解哀郢卷"中汪瑗除了提出"白起破郢说"这个

---

① 杨宽著《战国史料编年辑证》（下），台湾商务出版社，2002，第1084页。

观点外，还指出在白起破郢后"屈原在罪人赦迁之中"。汪瑗在《哀郢》的题解中说："二十九年，当顷襄王之二十一年，又攻楚而拔之，遂取郢。更东至竟陵，以为南郡。烧墓夷陵，襄王兵散败走，遂不复战。东北退保于陈城，而江陵之郢，不复为楚所有矣。秦又赦楚罪人而迁之东方，屈原亦在罪人赦迁之中。"① 汪瑗提出"白起破郢"说，并指出屈原在秦赦迁楚罪人的队伍之中，然而，目前学界对汪瑗的这一观点产生怀疑，而质疑的源头是汪瑗所说"秦又赦楚罪人迁之东方，屈原亦在罪人赦迁之中"这一话题是否成立，以下从两个方面试析之。

第一，汪瑗所说的"秦赦楚罪人"这个结论是否成立。

战国时期，秦国为兼并六国而不断对诸国发起战争，在取得城池之后就面临着巩固新城池的问题，于是秦王采取一些应对措施，其中包括迁徙百姓。"此迁徙之见于昭王时代者，大都对于新取得地方之人民，恐其反复，故令徙之他处，而以赦免之罪人，迁实新地"②。在昭襄王二十一年，秦得魏国安邑之城后曾大规模迁徙百姓："错攻魏河内，魏献安邑，秦出其人，募徙河东赐爵，赦罪人迁之。"③ 这句话中，涉及两种迁徙："秦出其人"是秦国将魏国安邑的百姓作为"俘虏"迁出；"赦罪人迁之"是秦将本国罪人迁之魏国安邑。我们分析一下"秦出其人"及"赦罪人迁之"这两种情况。

"秦出其人"是将战败国子民"徙之他处"，《通志》及《新唐书》有记载表明秦取得土地后，秦国迁战败国的人离开故地的情况，并非"赦罪人迁之"。秦灭楚后还多次迁徙楚国的子民，《通志·氏族略》曰："上官氏，楚王子兰为上官大夫，因以为氏。秦

---

① （明）汪瑗撰《楚辞集解》，董洪利点校，北京古籍出版社，1994，第172页。
② 李剑农著《中国古代经济史稿》，武汉大学出版社，2006，第115页。
③ （汉）司马迁撰《史记》，中华书局，1963，第212页。

灭楚，迁陇西之上邽。"秦灭楚后，将上官氏迁之陇西。又《新唐书·宰相世系表》曰："权氏出自子姓……秦灭楚，迁大姓于陇西，因居天水。"①《新唐书》同样记载了秦迁楚之大姓到甘肃天水的事。

"赦罪人迁之"这种现象是由于当时秦国兼并六国而采用的新政策，关于"迁"字的理解，崔向东曰："所谓'迁'即把罪犯押解流放到指定的边远荒僻地区服刑。"②"赦罪人而迁之"主要是针对犯有罪恶的罪人而言。秦昭王要迁罪人，所迁之罪人也当为秦国之人，《秦本纪》："武安君白起有罪，为士伍，迁阴密。"《商君列传》："卫鞅曰：'此皆乱化之民也'尽迁之于边城。"秦昭王在二十一年、二十六年、二十七年、二十八年分别赦罪人迁到魏国、楚国等地，汪瑗在分析时，曰："秦又赦楚罪人而迁之东方。"汪瑗所用材料来自《史记》中的《秦本纪》，太史公原话为："（二十八年）大良造白起攻楚，取鄢、邓，赦罪人迁之。"③此中的赦罪人而迁之指的是将秦国的罪人迁到鄢、邓之地，屈原不可能在被迁之列。《哀郢》写出了屈原被迁逐之事，"民离散而相失兮，方仲春而东迁"。那么迁屈原而东的当系何人呢？《惜往日》中亦有描写屈原被迁的诗句："心纯庞而不泄兮，遭谗人而嫉之。君含怒而待臣兮，不清澈其然否……弗参验以考实兮，远迁臣而弗思。"屈原在《惜往日》中明确指出"远迁臣而弗思"，则迁屈原的当为楚王，屈原不可能在"赦楚罪人而迁之"的行伍之中。

汪瑗除了在《哀郢》解题中提到"赦楚罪人而迁之"的观点外，在解释"民离散而相失兮，方仲春而东迁"时也提及此观点，

---

① （宋）欧阳修、宋祁撰《新唐书》，中华书局，1975，第 3391 页。
② 崔向东：《论秦代的"迁"刑》，《广西民族大学学报》（哲学社会科学版）2011 年第 5 期。
③ （汉）司马迁撰《史记》，中华书局，1963，第 213 页。

他说："昔秦昭王遣将白起攻楚，遂拔郢，赦罪人而迁之于东。屈原久遭罪废，亦在行中，闵其流离，因以自伤，无所归咎，而叹恨皇天之不纯命，不能佑我国家，相协民居，而使国亡君败，民遭流离之苦也。"① 这些都是汪瑗对《秦本纪》错解所造成的，属于汪瑗的臆测之见，熊人宽针对汪瑗的这一观点提出："这种误读、乱改、臆断，乃学术研究之忌，除了可作'不良作风的典型'外，并无可取之处。"② 但自汪瑗的"屈原亦在罪人赦迁之中"观点提出后，激起学术界的深入思考，汤炳正就有"屈原随民众流亡论"，他说："当顷襄王元年屈原被放起程之际，正是秦兵大举入侵，攻打汉北诸地之时……屈原不可能像舟节那样先走汉北，而只有根据秦楚战局的发展，随着百官和民众沿江而东。"③ 这也可以从侧面看出汪瑗观点的价值和意义，正是汪瑗提出的新观点，使得《哀郢》研究可以进一步廓清迷雾，使得对屈辞的理解更臻于屈子之本旨。

第二，"白起破郢"时屈原是否在郢都。

汪瑗提出"秦又赦楚罪人迁之东方，屈原亦在罪人赦迁之中"这个观点，而这个观点隐含的前提条件是白起破郢时屈原在郢都，汪瑗所提出的观点存在一个无法解释的矛盾：屈原既身处被迁罪人当中，说明此时屈原人在郢都，那么《哀郢》中的"至今九年而不复"当如何解释？假设屈原被放逐后又回到了郢都，那么屈原是什么时候回到了郢都？这些相关问题，汪瑗都没有很好地进行解释。而对这个问题学术界有两种观点，马茂元认为白起破郢时屈原在郢都，而金开诚、钱玉趾、周秉高则否定了汪瑗的观点。

马茂元在《楚辞选》中说："王夫之认为屈原曾经谏阻顷襄王迁都陈城，虽无史实可证，但郢都被围时，屈原恰巧回到郢都，郢

① （明）汪瑗撰《楚辞集解》，董洪利点校，北京古籍出版社，1994，第 172－173 页。
② 熊人宽：《〈九章〉时地管见商榷》，http://www.literature.org.cn/Article.aspx?id=63909.
③ 汤炳正著，汤序波编《屈赋新探》，华龄出版社，2010，第 53 页。

都城破，他和难民一同逃出，独自南下沅、湘，这一点是可以肯定的。"① 关于这个问题，马茂元也进行了思考，并解释了屈原在郢都的原因，即"屈原恰巧回到郢都"。而针对马茂元的观点，周秉高先生提出质疑："那么，马先生又是根据什么'可以肯定'此事的呢？一直到马先生离世，人们也未见其对此有何说明。没有根据，就是臆测。总之，《哀郢》作于顷襄王二十一年说，纯属虚构妄言，不可信据！"②

金开诚等在《屈原集校注》中针对"白起破郢"时屈原是否在郢都的问题提出质疑："按照汪瑗的说法，这里就产生了无法解释的矛盾：屈原于顷襄王十三年被废离郢，到顷襄二十一年时，已有九年未回郢都了。既然已有九年未回郢都，不在郢都的屈原，又如何能够在九年之后即顷襄王二十一年秦拔郢时，被秦人迁往东方呢？此时屈原究竟在不在郢都？如果在郢都，如何解释'至今九年而不复'？如果不在郢都，又如何解释被秦人迁往东方这件事？"③钱玉趾在《〈哀郢〉的写作时间及内容新解》中说："在顷襄王二十一年，屈原不在郢都，不可能作为秦军的俘虏，更不可能作为罪人赦迁东方。所谓'赦迁罪人'没有任何历史文献依据。"④ 周秉高则云："但汪瑗却注曰：'按秦拔郢在顷襄王二十一年，今曰九年不复，则见废当在顷襄王十三年，但无所考其因何而废卫。'既然早在顷襄王十三年就已经被废离郢，为什么在顷襄王二十一年屈原又突然出现在郢都、且被秦人当作'罪人''赦迁'之东呢？如此

① 马茂元编《楚辞选》，人民文学出版社，1998，第 99 页。

② 周秉高：《楚辞研究史上的一个另类——评汪瑗的〈楚辞集解〉》，《职大学报》2015 年第 3 期。

③ 金开诚、董洪利、高路明编《屈原集校注》，中华书局，1996，第 485 页。

④ 钱玉趾：《〈哀郢〉的写作时间及内容新解》，《云梦学刊》2003 年第 1 期。

前后矛盾，后代居然还有人相信！"①

上文我们已经分析过屈原被迁逐在顷襄王三年或四年，而《哀郢》中又云："至今九年而不复。"则写《哀郢》时当在顷襄王十三四年。《史记》虽然未言及这两年屈原的具体情况，但对当时的社会背景有所记载："十四年，楚顷襄王与秦昭王好会于宛，结和亲。"② 也就是说当时楚国对秦国恰恰采取的是妥协政策，这正与《哀郢》所写的"外承欢之汋约兮，谌荏弱而难持"相吻合，"汋约，柔弱软媚之态"，指的是楚国的事秦之态，而此时屈原写《哀郢》的目的除了表达自己"信非吾罪而弃逐兮"的哀伤外，更哀伤的是楚国郢都的命运。从《哀郢》本身的文本角度来考虑，《哀郢》诗中有"背夏浦而西思兮，哀故都之日远""忽若去而不信兮，至今九年而不复""鸟飞反故乡兮，狐死必首丘。信非吾罪而弃逐兮，何日夜而忘之"，从这几句诗歌中，我们可以看出屈原所描写的情景是自己已经离开郢都很长时间，如果其中的"至今九年而不复"中的"九"确为实际数字的话，那么屈原当离开郢都九年时间，而一心念着回归故乡，昼夜不敢有所废弃。洪兴祖曰："其云既放三年，谓被放之初。又云九年而不复，盖作此时放已九年也。"③ 既然屈原都已经被放逐达九年之久，那么屈原怎么会如汪瑗所说在流放的队伍之中呢？所以汪瑗的这一观点确实如熊人宽所说为臆想的内容，汪瑗没有考证清楚诗歌的写作背景，就以史证诗，那么就会张冠李戴，出现偏颇，其论证思路不够严谨。

总之，《哀郢》所作之时，屈原当不在郢都，不可能出现在

① 周秉高：《楚辞研究史上的一个另类——评汪瑗的〈楚辞集解〉》，《职大学报》2015年第3期。
② （汉）司马迁撰《史记》，中华书局，1963，第1729页。
③ （宋）洪兴祖补注《楚辞补注》，卞岐整理，凤凰出版社，2007，第119页。

白起破郢后流放的队伍之中。在解决《哀郢》的创作时间问题上，汪瑗于剖析历史文献时用臆测取代了理性思考，以至于所推出的结论出现偏颇。但汪瑗所提出的"赦楚罪人而迁之"的观点经过诸多研究者探讨逐步被廓清迷雾，推动了《楚辞》研究的深入发展。

第五章

其他篇目研究

本章将探讨汪瑗注解《远游》《卜居》《渔父》的相关问题。汪瑗以文学的视角审视《远游》，对其文学影响进行详细解析，主要涉及文学体式之影响、文学结构及语言方面的影响。另外，在《卜居》《渔父》篇，汪瑗主要论述了屈原的名字问题，并涉及《渔父》对后世文学的影响，着重探讨了汪瑗的屈原"非投水说"。

第一节 《远游》文学影响研究

汪瑗对屈子辞赋给予极高的评价："洪氏所论，虽为文章而设，无系此篇之旨，可见屈子文章为词赋之祖。其妙处后世且不能窥见其一二，况其义之奥乎？"① 汪瑗不但明确指出屈赋词赋之祖的地位，而且注意到其对后世的影响，汪瑗在《远游》篇注中说："古今论《远游》者，未有及此，故表而出之。"② 汪瑗较早论及《远游》对后世的文学影响，今从文学体式、语言及结构三方面分而述之。

---

① （明）汪瑗撰《楚辞集解》，董洪利点校，北京古籍出版社，1994，第290页。
② （明）汪瑗撰《楚辞集解》，董洪利点校，北京古籍出版社，1994，第276页。

一　文学体式之影响

首先，《远游》对词赋的影响。

汪瑗从整体的角度分析了《远游》对《思玄赋》的影响，他说："若张衡《思玄赋》，其命意措词文体间架，是全篇学夫《远游》者也。盖不过深取其意，特加扩而充之，反而正之耳。诗家所谓脱胎换骨，而心气之和平，议论之正大，又不为词人靡丽淫泆之说，可谓青于蓝而寒于冰矣。可谓屈原之佳弟子矣。古今论《远游》者，未有及此，故表而出之。"① 汪瑗除了关注《远游》对《思玄赋》的影响外，还注意到《远游》对司马相如《大人赋》的影响，汪瑗虽然指出了《远游》对后世词赋的影响，但他认为后世的辞赋不能与《远游》相提并论，他说："后世词赋之流，乌能仿佛其万一哉？"② 汪瑗以《思玄赋》《大人赋》为例，分析了《远游》对词赋的影响，体现了汪瑗对文学体式影响的关注。

其次，《远游》对游仙诗的影响。

《远游》是我国游仙诗的源头，汪瑗较早注意到《远游》对游仙诗的影响，他说："后世游仙之诗昉于此。"③《远游》中所写到的仙人，包括掌管布雨的赤松子、"餐六气而饮沆瀣"的王子乔、服药成仙的韩众等诸位仙人，具备了游仙诗的基本条件。汪瑗之后，朱乾在《乐府正义》中也提到《远游》对游仙诗的影响，他说："屈子《远游》乃后世游仙之祖。"（朱乾《乐府正义》卷十二）被誉为"才高八斗"的曹植的游仙诗在很多方面受到屈子《远游》的影响。如曹植的《远游篇》之题目直接承袭屈子之《远

① （明）汪瑗撰《楚辞集解》，董洪利点校，北京古籍出版社，1994，第276页。
② （明）汪瑗撰《楚辞集解》，董洪利点校，北京古籍出版社，1994，第264页。
③ （明）汪瑗撰《楚辞集解》，董洪利点校，北京古籍出版社，1994，第254页。

游》而来，且其"意欲奋六翮"一句亦与《远游》之"愿轻举而远游"意思相仿。后世游仙诗的文学溯源可以追溯到屈子的《远游》，无论是《远游》的仙人形象还是《远游》的游仙模式及结构都对后世之游仙诗产生很大的影响。钱志熙先生提出："《远游》一篇，可以说是集楚辞系统游仙主题之大成。"① 屈赋《远游》的"游仙"主题在汉代司马相如《大人赋》作品中再次得以体现，同时也可以看出《远游》对游仙诗的影响。

二　语言、结构影响

关于《远游》，汪瑗曰："然司马相如《大人赋》率用《远游》之语。"② 从语句而言，《大人赋》中的许多句子都源自于《远游》，《远游》篇为"悲时俗之迫阸兮，愿轻举而远游。质菲薄而无因兮，焉托乘而上浮"；《大人赋》则为"悲世俗之迫隘兮，朅轻举而远游。乘绛幡之素霓兮，载云气而上浮"。《远游》篇为"下峥嵘而无地兮，上寥廓而无天。视倏忽而无见兮，听惝恍而无闻"；《大人赋》则为"下峥嵘而无地兮，上寥廓而无天。视眩眠而无见兮，听惝恍而无闻"。《远游》篇为"餐六气而饮沆瀣兮，漱正阳而含朝霞"；《大人赋》则为"呼吸沆瀣兮餐朝霞，噍咀芝英兮叽琼华"。以上三组句子中，《大人赋》与《远游》极为相似，只是略作修改。汪瑗还指出张衡的《思玄赋》亦受《远游》之影响，他说："'且余沐于清源兮，晞余发于朝阳。漱飞泉之沥液兮，咀石菌之流英。'其语意皆袭诸此者。"③ 张衡《思玄赋》以上两句与《远游》"朝濯发于汤谷兮，夕晞余身兮九阳。吸飞泉之微液兮，

---

① 钱志熙著《唐前生命观和文学生命主题》，东方出版社，1997，第86页。
② （明）汪瑗撰《楚辞集解》，董洪利点校，北京古籍出版社，1994，第290页。
③ （明）汪瑗撰《楚辞集解》，董洪利点校，北京古籍出版社，1994，第265页。

怀琬琰之华英"之句语意相同，或即承袭屈子之句而略作修改。

语句之外，《远游》与《大人赋》在结构上亦有相似之处，从结构而言，汪瑗指出《远游》是"首叙其远游之意，中叙其远游之方。始于南，转于东，又转于西，又转于北，又自北而转归于南，又总以结之。有间架，有照应，非苟作者"①。《大人赋》也依据远游的方向而作赋，其方向涉及"横厉飞泉以正东"之"东"；还有"吾欲往乎南嬉"之"南"；"西望昆仑之轧沕洸忽兮"之"西"；"舒节出乎北垠"之"北"。司马相如分别从东南西北四方写远游的盛况，郭沫若在《屈原赋今译·后记》中提出："《远游》一篇，结构与司马相如《大人赋》极相似……据我的推测，可能即是《大人赋》的初稿。"② 从以上分析可知，《大人赋》与《远游》结构相似之处非常明显。

汪瑗不但指出了《远游》对《大人赋》的影响，而且指出《大人赋》不及《远游》，他说："《大人赋》非独不能窥屈子之所到，而文章之妙亦未能闯其门也，况升堂入室乎？其所述远游杂乱靡统，而又剽袭太多，此相如所作之陋者也。读者有凌云之意，盖未尝读《楚辞》故也。使武帝曾读《楚辞》，则读相如之赋如嚼蜡耳。"③ 汪瑗的批评还是有一定道理的，他认定《远游》为屈原所作，而《大人赋》乃为剽窃之作，汪瑗主张"发人之所未发"，反对拾人涕唾，故而对《大人赋》给以尖锐的批判。陆侃如则指出"《远游》有模仿司马相如《大人赋》的嫌疑"。不管《远游》是否为屈原所作，《远游》篇目拥有超迈的主体意识并兼具强烈的抒情色彩，为汉代一些诗赋所不能及。

与汉、宋诸家《楚辞》注者相比，汪瑗注意从文学角度探讨

① （明）汪瑗撰《楚辞集解》，董洪利点校，北京古籍出版社，1994，第276页。
② 郭沫若著《郭沫若全集》文学编第五卷，人民文学出版社，1984，第380页。
③ （明）汪瑗撰《楚辞集解》，董洪利点校，北京古籍出版社，1994，第276页。

《楚辞》的价值和意义，并对《楚辞》的文学影响进行了多层次的探究，从而突破了前之楚辞注者一味从字词训诂的视角去审视楚辞的局限性，为后之《楚辞》研究提供了新的思路。

第二节　《卜居》《渔父》研究

汪瑗在《卜居》《渔父》中论及屈原名字问题，并进行大段论证。屈原的名字问题载之于《史记》，其云："屈原者，名平。"[①]而汪瑗则指出屈原名原字平，本文将对其进行探讨。同时，汪瑗还关注了《渔父》的文学影响，并从文学的视角考察《渔父》。

一　《卜居》《渔父》屈原名字考

《卜居》"屈原既放，三年不得复见"中关于"屈原"之称谓，汪瑗曰："原，名也。太史公《屈原传》曰名平，而字原。瑗按：此与后《渔父》篇，屈原皆自称曰原，盖古人质直，多自称名，未有自称字者，则名原而字平也审矣。"[②]汪瑗将《卜居》《渔父》两篇同题而论，他依据《卜居》《渔父》皆自称屈原的现象，联系古人多自称名的时代特征，得出屈原名原而字平的结论，从而否定《史记》屈原名平论。

（一）"恒自称名"说

屈子之《离骚》以"余""吾""我"第一人称写出屈子"九死而不悔"之忠贞情怀及其孜孜以求之崇高理想，而至《卜居》《渔父》以第三人称"屈原"展开，汪瑗注意到人称的变化，并以

---

① （汉）司马迁撰《史记》，中华书局，1959，第2481页。
② （明）汪瑗撰《楚辞集解》，董洪利点校，北京古籍出版社，1994，第278页。

此为据论证"原"为屈子之"名"。汪瑗曰：

> 古人质直，恒自称名，非独君父师长之前，虽对平交亦然
> 也。屈子去圣人未远，且自谓重仁袭义，谨厚以为丰者也。然
> 《渔父》《卜居》二篇，皆自称屈原，则原者名也。①

汪瑗所云"古人质直，恒自称名"，确实符合春秋战国时的社会习俗，游国恩曾举《论语》中孔子自称己名之例。除此之外，《史记·孔子世家》中孔子亦多次自称其名，如："仲尼曰：'以丘所闻，羊也。丘闻之，木石之怪夔、罔阆，水之怪龙、罔象，土之怪坟羊。'"②此例中孔子自称"丘"，自称其名。刘向《新序·节士》中亦有自称名之例，"原宪居鲁，环堵之室……原宪仰而应之曰：'宪闻之，无财之谓贫，学而不能行之谓病。宪贫也，非病也。'"③此例中，原宪，姓原名宪，字子思，郑玄以为鲁人，原宪在自称时也是称自己的"名"。以上所举皆为"恒自称名"之例。但此"恒自称名"与《卜居》《渔父》中所言的范畴并非同一种类型，《卜居》《渔父》中"屈原"并非出现在对话中，而是在旁白部分。古之文学作品中在旁白部分有以他称写己之例，庄子在《逍遥游》一篇中，就自称为"庄子"，并没有称自己的名字。入汉，东方朔于《答客难》中称己为"东方朔"，或为"东方先生"；扬雄于《逐贫赋》《解嘲》与《解难》中自称'扬子'；张衡于《骷髅赋》中称"吾"为"张平子"。④以上所举，并非"恒自称名"的例子。

根据以上分析，汪瑗所提出的"恒自称名"的情况以对话中自

---

① （明）汪瑗撰《楚辞集解》，董洪利点校，北京古籍出版社，1994，第299页。
② （汉）司马迁撰《史记》，中华书局，1959，第1912页。
③ （汉）刘向著《新序全译》，李华年译注，贵州人民出版社，1990，第235页。
④ 力之：《〈卜居〉〈渔父〉作者考辩》，《学术研究》1999年第12期。

己称自己"名"的情况居多，而当其范畴拓宽至整篇文学作品，不管是春秋战国还是汉之后，都存在作品中以他称写己的现象，所以汪瑗不能简单依据《卜居》及《渔父》中有"屈原"之称而得出"原"为屈原之名的结论。

（二）五臣注屈原名字说

《史记·屈原贾生列传》称屈原名平字原由来已久，然而汪瑗在《楚辞蒙引》中用大量篇幅论证屈原名原，字平，并找出自己的论据。汪瑗称屈原名原字平的另外一个依据是《文选》五臣注之相关论述，主要言及两方面，一方面是五臣注《文选》曾言及屈原名原字平，另一方面是五臣注《文选》对"平""原"的阐释。

第一，五臣称屈原名原字平。

汪瑗否定了太史公《屈原贾生列传》中"名平，而字原"的记载，而提出"名原而字平"的观点，汪瑗又言："屈子之文既自称屈原矣，又岂可承太史公之讹而使之失其真乎？故余断断乎以原为名平为字者，非故从五臣而不信太史公也。"①从汪瑗论述中可以看出，他否定太史公的论据来自于《文选》五臣注之言，其曰："《史记》：'屈原字平。仕楚为三闾大夫，上官、靳尚妒其才能，谮毁之，王乃流屈原于江南，不知所诉，乃作《离骚经》。'"②五臣注的这段题解乃张铣所言，而张铣所言"屈原字平"同样称其引自《史记》，汪瑗没有怀疑张铣之言的可信性，竟舍《史记》而信之。然考《史记》各种版本，并没有发现张铣所引之版本，"《史记》写本，现在发现的有唐写本、六朝写本，均未出现'屈原字平'的说法。两汉写本《史记》至今并未发现，但从汉人引用的

---

① （明）汪瑗撰《楚辞集解》，董洪利点校，北京古籍出版社，1994，第 300 - 301 页。
② （梁）萧统编，（唐）李善等注《六臣注文选》，中华书局，1987，第 604 页。

《史记》来看，也没有'屈原字平'的说法。所以，现存三种北宋刻本《史记》有两种存有《屈原列传》部分，'屈原者名平'一语无异文"①。苏成爱及曹天生将《史记》的各版本进行考察，并没有发现有张铣所引的"屈原字平"的情况，那么张铣所引就非常值得怀疑。《史记》之外，刘向《新序》亦言曰："屈原者，名平，楚之同姓大夫……屈原为楚东使于齐，以结强党。秦国患之，使张仪之楚，货楚贵臣上官大夫、靳尚之属，上及令尹子兰、司马子椒，内赂夫人郑袖，共谮屈原，屈原遂放于外，乃作《离骚》。"②《史记》《新序》皆称屈原名平字原，而汪瑗用以论证屈原名原字平的张铣之说并没有切实可考的论据，其论证过程也不严谨。

第二，"原""平"与"正则""灵均"的对应关系。

汪瑗得出屈原名原字平的结论，还源于他对"正则""灵均"的意义考察，他说："五臣以正则为释原名，灵均为释平字。其说善矣，其见卓矣。天下之理，古今之书，固有失之前而得之于后者多矣。"③ 五臣之李周翰对"名余曰正则兮，字余曰灵均"进行阐释，曰："翰曰：礼始生三月父亲名之，既冠而字之，正平则法。灵，善也；均，亦平也。言父观我初生时日法度，能正法则、善平理，故思善应而名之以表其德。"④ 李周翰之注解没有王逸解释得通达，逸曰："正，平也；则，法也。灵，神也；均，调也。言正平可法则者，莫过于天；养物均调者，莫神于地。高平曰原，故父伯庸名我为平以法天，字我为原以法地……夫人非名不荣，非字不

① 苏成爱、曹天生：《屈原名、字辨正——与黄毅、张培恒诸君商榷》，《学术界》2010 年第 2 期。
② （汉）刘向著《新序》，商务印书馆，1937，第 113 – 114 页。
③ （明）汪瑗撰《楚辞集解》，董洪利点校，北京古籍出版社，1994，第 300 页。
④ （梁）萧统编，（唐）李善等注《六臣注文选》，中华书局，1987，第 604 页。

彰，故子生，父思善应而名字之，以表其德、观其志也。"① 王逸之注还是颇为合理的，屈原的父亲观屈原始生年时，赐屈原以美善之名。瑷曰：

> 凡此之类，大抵皆为垦辟田地有一定之法则至正之规模，而不可苟焉以从事者也。以正则释原字，不亦明白矣乎？灵者，善也。均者，匀也。其原野之制既合于正法，则无此多彼少之患，无豪强兼并之虞，所谓衰多益寡，称物平施之善道也。以灵均释平字，不尤切乎？②

汪瑷之后，明代陈第的《屈宋古音义》将"正则""灵均"当作屈原"少时之名"则不妥。《史记·屈原贾生列传》记载屈子名"平"字"原"，此"正则""灵均"当为屈子名与字意义相近的化名，而不当实看，"正则""灵均"当如李炳海先生所言："《离骚》提到的正则、灵均，是作者从原有名字演绎出来的美名，采用的是文学笔法。"③ 李炳海先生所言极合情理，古诗讲究文辞优美整齐，如果用"平"或"原"取代《离骚》句中的"正则""灵均"就显得文辞不调，故当以文学笔法去理解"正则"及"灵均"，而不能求之太深。

二 《渔父》的文学影响

屈子之《渔父》中有"新沐者必弹冠，新浴者必振衣"句，《荀子》及《韩诗外传》中亦有诗句与其相仿，汪瑷说："《荀子·

---

① （汉）王逸撰《楚辞章句》，引自（宋）洪兴祖补注《楚辞补注》，卞岐整理，凤凰出版社，2007，第3-4页。
② （明）汪瑷撰《楚辞集解》，董洪利点校，北京古籍出版社，1994，第300页。
③ 李炳海：《屈原名与字、姓氏与名字的纵横关联》，《中国文化研究》2013年第1期。

不苟篇》云：'新浴者振其衣，新沐者弹其冠，人之情也。其谁能以己之僬僬，受人之械械者哉?'《韩诗外传》曰：'故新沐者必弹冠，新浴者必振衣。莫能以己之皭皭，容人之混污然。'见第一卷，语皆仿诸此。"① 关于《荀子》与《渔父》中存在类似诗句的问题，汤炳正在其《屈赋新探》中云："据此可以证明，并不是《不苟》跟《渔父》同时在引用古谚语，而是荀卿袭用了《渔父》的那段话。因为《渔父》的那段话，是体系完整的韵语结构，而荀卿的《不苟》则是对《渔父》那段话的概括、摄取和压缩。"② 汤炳正从韵语结构的角度进一步论证了汪瑗所提出的《渔父》对《荀子》的文学影响的观点。同时，汪瑗还认识到《渔父》对李白的影响，他说："李太白《沐浴子词》曰：'沐芳莫弹冠，浴兰莫振衣。处世忌太洁，至人贵藏辉。沧浪有钓叟，吾与尔同归。'是全隐括屈子之词而反之。说者以为此太白涉难之后之所作者，故深有味乎渔父之言也。呜呼！屈子之时，犹欲直行其道，而太白之世，至欲深藏其辉，亦可以观世变矣。"③ 李白的《沐浴子》篇幅短小，仅以屈原与渔夫的不同处世观点为话题，李白此诗的主旨是"至人贵藏辉"，写出了李白此诗中所表达的韬光养晦、与世推移的人生观点，正如汪瑗所说李白的《沐浴子》乃为隐括屈子之《渔父》之词而反之。除了汪瑗所提到的《荀子》以及李白的《沐浴子》，汉代扬雄的《反离骚》也受到《渔父》的影响，"溷渔父之餔歠兮，洁沐浴之振衣"句即是对《渔父》"何不餔其糟而歠其醨"及"新沐者必弹冠，新浴者必振衣"的一种模仿及改编。明人汪瑗不但认识到屈赋对《荀子》及《韩诗外传》的影响，同时还认识到《渔父》对李白的影响，其功不可没。

---

① （明）汪瑗撰《楚辞集解》，董洪利点校，北京古籍出版社，1994，第 288 页。
② 汤炳正著，汤序波编《屈赋新探》，华龄出版社，2010，第 92 页。
③ （明）汪瑗撰《楚辞集解》，董洪利点校，北京古籍出版社，1994，第 288 页。

除了上面所举《渔父》之例，汪瑗还注意到其他屈辞对后世文学的影响，如《抽思》篇对唐代柳宗元的影响，他说："柳子厚《梦归赋》世称其妙，而不知其昉于此也。若柳子厚者，可谓屈原之佳子弟矣。"① 汪瑗博闻多识，因而能够将屈辞与后世之文学相联系，探索出历代文学的承继关系，对文学的影响有积极意义。

第三节　汪瑗之屈原"非投水说"论

自汉代以来，"屈原投水自沉"说已成共识，贾谊、东方朔等传之于诗歌，司马迁、班固等载之于史册，王逸、洪兴祖等则详之于注本，端午节之习俗更是延续至今。两千多年来，屈原的忠君爱国情怀已经植根于华夏大地，他那九死而不悔的坚毅品格更是熏陶和改变了无数华夏儿女，激励他们前仆后继为祖国做贡献。然时至明朝，汪瑗却在《楚辞集解》中以大量篇幅不遗余力地反对这一观点，曰："孰谓屈子之未尝去楚乎？孰谓屈子之果投江而死乎？虽然，屈子之去楚者，亦去楚廷，离党人，而隐于山林耳，又未尝去楚而事于他邦也。"② 汪瑗认为，屈原并非投水自沉，而是选择了远离谗佞党人、隐居山林的生活，但他去楚而未事于他邦，因此无害于屈子之忠。为了确立"屈原非水死"说的核心观点，汪瑗在《楚辞集解》中进行了多角度论述。本文试从汪瑗的"屈原投水"辩驳以及"隐遁山林"的立论两个角度进行阐释。

一　汪瑗之屈原"投水说"辩驳

两千多年来，关于屈原投水自沉的记载不一而足，太史公曰：

---

① （明）汪瑗撰《楚辞集解》，董洪利点校，北京古籍出版社，1994，第190页。
② （明）汪瑗撰《楚辞集解》，董洪利点校，北京古籍出版社，1994，第345页。

"乃作《怀沙》之赋。于是怀石，遂自投汨罗以死。"王逸曰："不忍以清白久居浊世，遂赴汨渊自沉而死。"① 洪兴祖曰："按屈原死于顷襄之世，当怀王时作《离骚》，已云：'愿依彭咸之遗则。'又曰：'吾将从彭咸之所居。'盖其志先定，非一时忿怼而自沉也。"② 除了太史公、王逸、洪兴祖外，民间也流传着屈原投汨罗而死的说法。但是面对众口一词的记载及传说，汪瑗却敢于提出"屈原非水死"说的观点，并对前人论述逐条予以辩驳。

（一）质疑屈原死于汨罗事

汪瑗认为，汉人史传、辞赋等记载的屈原投水自沉说都是世俗所传道，并不知其所始，因此他对前人观点一一给予否定，并得出屈原未尝真有自沉之意的结论。

首先，否定史传记载。汪瑗说："汉初诸君子亦得之于传闻者耳，非楚有文献足征，信以传信之言也。"③ 他认为，司马迁等人关于屈原沉渊之事的记载并无实据，仅是得之于传闻，因此对司马迁、贾谊及东方朔的观点进行层层反驳，其文曰：

> 或曰，太史公之博学，亦谓作《怀沙》之赋，于是怀石遂自投汨罗以死，何也？曰：太史公盖踵贾谊、东方朔之说而成之者也。盖东方朔"怀沙砾以自沉"句，是亦泛言屈子抱石以自沉耳。其"怀沙"二字，偶与屈子《怀沙》篇目相同，而太史公误解东方朔之意，遂以《怀沙》篇为屈子绝笔，大谬矣……夫汉初贾谊之流已失其真矣，又况太史公邪……太史公

① （宋）洪兴祖撰《楚辞补注》，中华书局，1983，第2页。
② （宋）洪兴祖补注《楚辞补注》，卞岐整理，凤凰出版社，2007，第12页。
③ （明）汪瑗撰《楚辞集解》，董洪利点校，北京古籍出版社，1994，第333页。

虽博学，而屈原事实，楚无史录，如前所云是也。虽欲学之，
乌从而学之邪？①

司马迁被尊为"史界太祖"，刘向、扬雄称他有良史之才，班固赞
扬其《史记》"其文直，其事核，不虚美，不隐恶，故谓之实录"。
汪瑗因楚无史籍记载屈原沉渊之事，而质疑太史公所言的屈原"于
是怀石，遂自投汨罗以死"（《屈原贾生列传》）的结局，并猜测史
迁的观点踵自贾谊、东方朔，于是又将矛头指向了贾谊及东方朔。
汪瑗认为，东方朔是泛而言之，致使太史公误解《怀沙》为屈子绝
笔，而贾谊所论更是已经失去真实性。贾谊《吊屈原赋》云"侧
闻屈原兮，自沉汨罗"，游国恩评曰："又按贾谊远在太史公前，屈
子沉渊之事，已仄闻之，则《史记》所称，亦非无据。况贾生汉初
之人，距屈子之死不过数十年，其时湘滨之长老或且亲见之。安得
概以寻常之传闻而斥为诬妄？"② 况且，司马迁曾亲至长沙，观屈原
之所自沉渊，然后载之于史传，因此对《史记》的观点并不能草草
加以否定。当然，为避免学术观点的穿凿附会，汪瑗征之于文献的
研究态度确实值得提倡。但是纵观整个论证的过程，汪瑗在否定司
马迁、贾谊及东方朔的同时，并没有提出可信据的文献或证据，故
而也无法自证。汉初诸家虽未明言所征文献，但不代表当时没有记
载屈原投水之事的文献流传下来。因此，汪瑗对司马迁等人观点的
质疑，仍然需要更多的证据方能使人信服。
　　其次，汪瑗还对王逸、刘向、颜师古的记载提出质疑。王逸在
阐释"愿依彭咸之遗则"句时，注曰："彭咸，殷贤大夫，谏其君

---

① （明）汪瑗撰《楚辞集解》，董洪利点校，北京古籍出版社，1994，第 335 页。
② 游国恩著《离骚从彭咸确为水死辩》，引自《游国恩楚辞论著集》第三卷，中华书局，
2008，第 327 页。

不听，自投水而死。"① 在阐释"既莫足与为美政兮，吾将从彭咸之所居"句时，注曰："言时世之君无道，不足与共行美德、施善政者，故我将自沉汨渊，从彭咸而居处也。"② 王逸在《楚辞章句》中明确提出了屈原投渊而死的观点，汪瑗则认为王逸的观点可能来自刘向，其说并无实据，其文曰："刘向《九叹·灵怀篇》曰：'九年之中不吾反兮，思彭咸之水游。'王逸之说或本之刘向，而颜师古或本之王逸者，但不知刘向何所考据而云然也。"③ 屈复在《楚辞新集注》中对汪瑗的这一观点进行批驳，曰："近有谓王叔师彭咸投水为无据者，汉时书籍，今失传者甚多，又安知王之无所据乎？后《怀沙》《惜往日》《悲回风》诸篇，言沉渊甚明，又汉之贾谊、东方朔、庄忌、王褒、刘向、太史公，言汨罗无异词，诸人去古未远，岂尽虚谬？然则彭咸之投水即无据，而三闾之汨罗则有据，守死善道，日月争光，要无愧高阳之苗裔、皇考之名字而已矣。"④ 其言有理。的确，西汉时期并非只有东方朔写过记载屈子自投沉渊的诗句，比如庄忌《哀时命》曰："子胥死而成义兮，屈原沉于汨罗。"王褒亦曰："伍胥兮浮江，屈子兮沉湘。"刘向亦曰："惜师延之浮渚兮，赴汨罗之长流。"这样的诗句不一而足，说明在汉代屈原投水一说是社会的共识。因此，不能以他们的作品中没有明确说明文献来源或没有记载屈子自沉的文献流传下来，就否定了屈原投水一事。

---

① （汉）王逸撰《楚辞章句》，（宋）洪兴祖补注《楚辞补注》，卞岐整理，凤凰出版社，2007，第 12 页。

② （汉）王逸撰《楚辞章句》，（宋）洪兴祖补注《楚辞补注》，卞岐整理，凤凰出版社，2007，第 41 页。

③ （明）汪瑗撰《楚辞集解》，董洪利点校，北京古籍出版社，1994，第 329 页。

④ （清）屈复撰《楚辞新集注》，见《续修四库全书》楚辞类第 1302 册，上海古籍出版社，2002，第 322 页。

（二）反对"彭咸"投水说

"彭咸"在屈赋中出现七次，《离骚》篇中，屈原明申："愿依彭咸之遗则。"《抽思》篇又说："望三五以为象兮，指彭咸以为仪。"屈原在诗文中多次以"彭咸"为效法对象，历代注者也以彭咸为投水自沉的先驱，因此汪瑗将"彭咸"作为屈原非水死说的关键因素。汪瑗认为，彭咸水死是历代研究者论证屈原水死的必要条件，因此只要论证出彭咸并非水死，那么就能得出"屈原非水死"的结论。于是，汪瑗从彭咸的身份及其非水死说两个方面进行辩驳。

第一，从彭咸的身份进行辩驳。

王逸认为彭咸为"殷之贤大夫"，洪兴祖则引颜师古的说法，认为彭咸为"殷之介士"。显然，王逸与洪兴祖对彭咸的身份认定并不统一。朱熹在其《辩证》中已经开始质疑彭咸的身份，他说："彭咸，洪引颜师古，以为'殷之介士，不得其志，而投江以死'，与王逸异。然二说皆不知其所据也。"① 汪瑗肯定了朱熹的看法，他说："朱子以为二说无据，是矣。盖因后世误传屈原投汨罗而死，见屈子急称其人，故附会其说耳。"② 汪瑗认为，后世传屈原投汨罗而死，而王逸、洪兴祖等人因为屈原在其赋中称说彭咸其人，所以附会屈原效彭咸投水而死之事。同时，汪瑗更抓住王逸及洪兴祖于彭咸介绍之矛盾处大发微词，"一以为大夫，一以为介士，则其人之出处且不得其详，又安知其死生之实也"③。在汪瑗看来，彭咸的身份是整个屈原投水问题的症结所在。

汪瑗论证彭咸非水死的方式是通过声训法论证彭咸即为彭祖，汪瑗认为彭咸、彭祖、彭翦、彭铿为同一个人，但是这几个名字之

---

① （宋）朱熹撰《楚辞集注》，李庆甲校点，上海古籍出版社，1979，第177页。
② （明）汪瑗撰《楚辞集解》，董洪利点校，北京古籍出版社，1994，第329页。
③ （明）汪瑗撰《楚辞集解》，董洪利点校，北京古籍出版社，1994，第329页。

间存在差异，难免令人产生疑问，于是汪瑗进行了详细的阐释：

> 曰彭咸、曰彭铿、曰彭翦、曰彭祖、曰老彭、曰篯铿，其
> 实为一人也明矣。或者问曰，史传以为铿，而《离骚》以为
> 咸，何也？瑗曰：铿与咸声相近而误也。或者曰，然则又以为
> 名翦，何也？岂亦声相近而误也？曰：然。盖篯字旧俱音作
> 翦，而王翦之翦，又有音作笺者，是古人语有缓急之殊，故读
> 有平仄之异耳……如《列仙传》韩终，《楚辞·远游篇》亦作
> 韩众也。是咸也，铿也，翦也，其实一也。或曰，孰为误？
> 曰：相传岁久，莫可经证，虽未知其为孰误，而可以知其为一
> 人也矣。[①]

汪瑗从声训的角度对彭咸及老彭进行辨析，认为"铿"与"咸"
"翦"在发声上相接近，从而得出彭咸即彭祖的观点。纵观汪瑗的
论证过程，他只是通过声训的方式直接推彭咸为老彭，他的论证不
足，而且屈赋中"彭咸""彭铿"这两个名字同时存在，当与汪瑗
所论证的"语有缓急之殊"及"年代久远"无关。俞樾在《俞楼
杂纂》中曰："又按：彭祖名铿，铿从坚声。《广韵》：'坚，音古
贤切。'而从咸得声之字缄……彭咸或即彭铿乎？《论语》：'窃比
于吾老彭'。包注：'老彭，殷贤大夫。'邢疏以为即彭祖，而王逸
解彭咸，亦殷贤大夫……《离骚》之彭咸，《论语》之老彭，同为
殷贤大夫，或一人欤？"[②]俞樾论证彭咸即老彭的观点因袭了汪瑗之
说。汪瑗是想通过论证彭咸即彭祖来反驳屈原投水之说，而俞樾则
通过论证彭咸即老彭来反驳彭咸投水之说，他对屈原投水说深信不

---

① （明）汪瑗撰《楚辞集解》，董洪利点校，北京古籍出版社，1994，第330页。
② （清）俞樾撰《俞楼杂纂》，引自游国恩《游国恩楚辞论著集》第一卷，中华书局，
　　2008，第126－127页。

疑。汪瑗一边在《楚辞蒙引》中声称"此所以协韵之不能尽考其说也"①，一边以这种谐音的方式来论证彭咸即为彭祖，实在难以令人信服。

"彭咸"一词在屈赋中凡七见，《离骚》中二次，《抽思》中一次，《思美人》中一次，《悲回风》中三次。而"彭铿"则出现在《天问》篇，曰："彭铿斟雉，帝何飨？"关于"彭铿"，王逸注曰："彭铿，彭祖也。好和滋味，善斟雉羹，能事帝尧，尧美而飨食之。"② 显然，王逸认为彭铿即为彭祖。汪瑗为了否定王逸的说法，曰："或曰，《天问》篇自有'彭铿斟雉，帝何飨''受寿永多夫何长'之文，又何不作彭咸也？曰：此正足以发明彭咸屡见于诸篇，而彭铿独一见于《天问》。盖因下有受寿永多之文，而后人遂书为彭铿，安知当时本不作咸也？"③ 此处，汪瑗关于"彭铿"为什么不写作"彭咸"的解释牵强附会，难以置信。

第二，汪瑗论证彭咸非水死及影响。

汪瑗论证彭咸即为彭祖，主要取彭祖为古之有德有寿之君子的身份，如果彭咸为彭祖，那么彭咸自投水而死的观点当不攻自破，如此一来，汪瑗认为"屈原投水说"的观点也就不存在说服力。汪瑗将彭咸径直推为彭铿虽没有足够的说服力，但推动了后世对"彭咸"是否水死的研究热情，形成了两种观点：其一，不能由屈原水死推彭咸水死；其二，彭咸投水而死是根据屈原水死逆推而来。俞樾于《俞楼杂纂》详细地申辩说："愚按彭咸事，实无可考，特以屈子云'愿依彭咸之遗则'，而屈子固投水而死者，故谓彭咸亦投

---

① （明）汪瑗撰《楚辞集解》，董洪利点校，北京古籍出版社，1994，第 417 页。
② （汉）王逸撰《楚辞章句》，（宋）洪兴祖补注《楚辞补注》，卞岐整理，凤凰出版社，2007，第 101 页。
③ （明）汪瑗撰《楚辞集解》，董洪利点校，北京古籍出版社，1994，第 331 页。

水而死，窃恐其诬古人矣。"① 俞樾指出不能因屈原水死而言彭咸水死。姚小鸥先生亦持屈原选择自沉与彭咸无关的观点，他说："刘向《九叹》'思彭咸之水游'的正确理解是解决这一问题的关键，'水游'即'游于水'，是一种隐逸游仙的生存方式，屈原选择自沉与彭咸无关。另外，依照《庄子·刻意》及《墨子》佚文提供的线索可知，屈原选择沉渊而死，系战国时期某种特定人群的思想及行为方式发展的结果。"② 金开诚则于《屈原集校注》中曰："彭咸是什么人至今未有确说。刘向、王逸认为彭咸投水而死，可能是根据屈原的结局逆推而言。"③ 金开诚的观点比俞樾更为明确，直接申说彭咸投水而死之观点是根据屈原的结局逆推而来。但俞樾与金开诚等人跟汪瑗本质上不同的是，他们皆认为屈原投水而死，而汪瑗却认为屈原并未投水而死，而是隐遁山林。

汪瑗抓住彭咸之身份而溯其源，其宗旨在于论证彭咸非水死说之观点，尽管汪瑗将彭咸论证为彭祖的过程穿凿附会，但却开启了屈原选择自沉与彭咸关系论证的新思路，使得楚辞研究得到长足的发展。

（三）辩驳"同姓无可去之义"

东汉王逸提出，"古者，人臣三谏不从，退而待放。屈原与楚同姓，无相去之义，故加为《七谏》"④。洪兴祖则进一步以"同姓无可去之义"为屈原的投水说寻找根据，曰："忠臣之用心，自尽其爱君之诚耳。死生、毁誉，所不顾也。故比干以谏见戮，屈原以

---

① （清）俞樾撰《俞楼杂纂》，引自游国恩《游国恩楚辞论著集》第一卷，中华书局，2008，第125页。

② 姚小鸥：《彭咸"水游"与屈原的"沉渊"》，《文艺研究》2009年第2期。

③ 金开诚、董洪利等著《屈原集校注》，中华书局，1996，第38页。

④ （汉）王逸撰《楚辞章句》卷十三，（宋）洪兴祖补注《楚辞补注》，卞岐整理，凤凰出版社，2007，第211页。

放自沉。比干，纣诸父也。屈原，楚同姓也。为人臣者，三谏不从则去之。同姓无可去之义，有死而已。"① 洪兴祖又曰："异姓事君，不合则去；同姓事君，有死而已。屈原去之，则是不察于同姓事君之道。"② 洪兴祖强调同姓不可去的同时，更突出了屈原的忠臣之心，突出了屈子的"死谏"之忠。至朱熹在《楚辞辩证》中对同姓之说表示质疑，曰："《补注》以为灵氛之占，劝屈原以远去，在异姓则可，在原则不可……同姓之说，上文初无来历，不知洪何所据而言此？亦求之太过也。"③ 可见，朱熹已经对"同姓之说"表示质疑，但朱熹没有对"同姓之说"进行论辩。至汪瑗，他以"三仁"为例对"同姓之说"进行否定。

> 且以同姓言之，则殷之三仁，固有不去者，亦有去者；固有死者，亦有不死者。岂可谓同姓之臣，自古皆不去而尽死也哉？其事君之忠，同姓之义，要亦顾时势事体及各人之自处何如耳，固不必于去不去、死不死以为贤否也。④

汪瑗以微子、箕子为例来反驳王、洪的"同姓无可去之义"的论点。殷末同姓之臣微子惧祸出走，箕子佯狂为奴，但孔子依然称二人为"仁"，可知洪兴祖所提倡的"楚之同姓说"并无据。同时，汪瑗还主张不能简单以"去不去、死不死"作为判定贤否的标准，并指出："后世之论屈子者，拘拘以同姓无可去之义言之，以死为贤，是不达乎理之致者也。"⑤ 与汪瑗时代背景相近的王艮则对

---

① （宋）洪兴祖补注《楚辞补注》，卞歧整理，凤凰出版社，2007，第 44 页。
② （宋）洪兴祖撰《楚辞补注》，中华书局，1983，第 16 页。
③ （宋）朱熹撰《楚辞集注》，李庆甲校点，上海古籍出版社，1979，第 182 – 183 页。
④ （明）汪瑗撰《楚辞集解》，董洪利点校，北京古籍出版社，1994，第 53 页。
⑤ （明）汪瑗撰《楚辞集解》，董洪利点校，北京古籍出版社，1994，第 89 页。

"三仁"相较高下，将之分为"上""次之""又次之"三个等级，"微子之去，知几保身，上也；箕子之为奴，庶几免死，故次之；比干执死谏以自决，故又次之。孔子以其心皆无私，故同谓之'仁'，而优劣则于记者次序见之矣"①。他认为微子之去为上等，而箕子和比干则等而下之，从中可以看出王艮的生死观，同时也体现了当时"保身"的时代观念。姚小鸥先生在其《屈原楚之同姓辨》中否定了"楚之同姓说"，他说："屈原'楚之同姓'说不符合先秦姓氏制度及《史记》的书法体例，不能用来解释屈原终不离楚的原因。"② 在战国的社会背景下，"楚才晋用"的现象普遍存在，同姓离国者亦不一而足，商鞅和韩非分别是卫国和韩国的宗室，楚国的芈戎亦效力于秦国，曾高居相位。再者，从文本角度，汪瑗曰："《楚辞》之作，万有余言，而未有一语道及同姓之故，抑又何也？"③ 又曰："《诗》颂文、武之功德，而直推本于公刘、后稷以为言，亦不过自叙其源流世系，而不忘其所自之意耳。观之经传，则屈原章首二句之作，其本意不为与楚王同姓而言也明矣。"④ 汪瑗将《离骚》的首二句比之为《诗经》中自叙其源流世系的诗句，指出其本意并非就"楚之同姓说"而言，从文本上否定了"楚之同姓说"。

汪瑗通过举例子、讲道理的形式有力地批驳了"楚之同姓说"，其论证逻辑严谨，廓清了从王逸、洪兴祖以来所宣扬的"楚之同姓说"之谬误，见出汪瑗的思辨能力，但汪瑗又以此来论证屈子"实有去志"的宗旨，不免大谬其旨而牵强甚之。

---

① （明）王艮撰《王心斋全集》，陈祝生等校点，江苏教育出版社，2001，第12页。
② 姚小鸥、杨晓丽：《屈原楚之同姓辨》，《文艺研究》2013年第6期。
③ （明）汪瑗撰《楚辞集解》，董洪利点校，北京古籍出版社，1994，第37页。
④ （明）汪瑗撰《楚辞集解》，董洪利点校，北京古籍出版社，1994，第37页。

（四）屈原沉渊乃"设言""反辞"之说

　　汪瑗主张屈子所言"溘死以流亡""宁赴湘流"等皆为设言、反辞，他指出这些语句只是屈子的自誓之词，表明其操守之坚，并非指屈子真正要赴渊而死，而后世之人又因《楚辞》中有赴渊之语而反过来推测屈子投水之事。

　　汪瑗认为屈子言投水之事为设言，他说："子以宁赴湘流葬于江鱼腹中之类，以为设言，亦是也。"①《玉虚子》的眉批中亦有设言之说，《惜往日》之"卒没身而绝名兮，惜壅君之不昭"批注曰："何启图曰：此皆设词，勿认以为真死也。"② 反映了明代的社会思潮，汪瑗之说并非无本之木，早在南宋，程大昌的《考古编》中亦出现过类似的观点："屈原《渔父》一章，自载己与渔父问答之辞。渔父劝其从俗，原答之曰：'宁赴湘流，葬于江鱼腹中。'渔父莞尔鼓枻，歌沧浪而去。则是自'莞尔'而下至'去不复顾'，皆原语言也。若原实尝投湘，安得更能自书死后之言乎？"③ 程大昌指出屈原所说"宁赴湘流，葬于江鱼腹中"并非真的要投水以死，可见，于宋之时，关于屈辞文本中所言的投水事是否设言已经展开了广泛的讨论。钱杲之则认为屈原不当预言投江事，他在《离骚集传》中说："从彭咸所居，犹言相从古人于地下耳。旧说谓彭咸投江，原沉汩渊为从咸所居，案原作《离骚》在怀王时，至顷襄王迁原江南始投汨罗，不当预言投江事也。"④ 李陈玉在《楚辞笺注》中认为屈原以彭咸作为投水的榜样："彭咸，殷贤大夫，谏君不听，

---

① （明）汪瑗撰《楚辞集解》，董洪利点校，北京古籍出版社，1994，第333页。
② （明）归有光著《玉虚子》，《四库全书存目丛书》子部126，齐鲁书社，1995，第339页。
③ 丁福保辑《历代诗话续编》，中华书局，1983，第1322页。
④ （宋）钱杲之撰《离骚集传》，见《续修四库全书》楚辞类第1301册，上海古籍出版社，2002，第12页。

投水死，屈原胸中早已有个榜样。"① 蒋骥亦指出屈原从得罪开始之时，便有效法彭咸而死谏的想法，他于《山带阁注楚辞》中曰："彭咸，殷大夫，谏君不用，投水死者。知所修之必不合于时，则惟法彭咸之死谏而已。为彭咸乃屈子本旨，故于得罪之始特著之。"②

除此之外，汪瑗还认为屈原投水之说为反辞，为附会之说。

> 呜呼！太史公之作《列传》，而屈子之事已不得其详而甚略，徒以《涉江》、《怀沙》二赋杂之以成传耳。盖屈子僻在楚隅，当时又无知者，况其死未久而楚遂亡，楚亡未几而秦项纷纷矣。其事又孰传而孰道之耶？其所谓投汨罗而死者，又安知非因徒《楚辞》中所言赴渊之说而不察其为反辞，而遂附会之耶？③

汪瑗认为后世之人所提出的屈原投汨罗而死的观点源于《楚辞》中的赴渊之说，因此后人附会屈原"于是怀石自投汨罗以死"。

汪瑗所言之"设言""反辞"之说虽为无据之词，但其所蕴含的思辨性却为后之研究者打开了思路。

（五）将屈原投水比诸太白捉月

李壁在《王荆公诗李壁注》中云"世传原沉流殆与称太白捉月无异"④。汪瑗于《楚辞集解》中表达了类似的观点，《四库全书总目》认为汪瑗的观点来自宋代李壁，汪瑗也论述到李白捉月的事情，云：

---

① （明）李陈玉撰《楚辞笺注》，见《续修四库全书》楚辞类第 1302 册，上海古籍出版社，2002，第 13 页。
② （清）蒋骥撰《山带阁注楚辞》，上海古籍出版社，1984，第 37 页。
③ （明）汪瑗撰《楚辞集解》，董洪利点校，北京古籍出版社，1994，第 161 页。
④ （宋）李壁编《王荆公诗李壁注》，上海古籍出版社，1993，第 323 页。

其所谓投汨罗而死者，又安知非因徒《楚辞》中所言赴渊之说而不察其为反辞，而遂附会之耶？杜少陵《思李白诗》有骑鲸之语，而后世遂谓李太白于采石江捉月投水而死，又有骑鲸上天之说，至今采石有冢有祠。呜呼！太白果死于江耶？不死于江耶？注《楚辞》者，俱谓屈原投汨罗而死，以女须为姊，且谓汨县皆有原庙及女须庙，安知非太白类耶？虽有古迹，吾不之信矣。①

此处，汪瑗将屈原投渊与李白骑鲸进行类比，并从文本及祠庙两个方面进行比较。从文本角度而言，汪瑗分析后人之所以认为李白溺水而死，是因为杜甫诗歌中有"若逢李白骑鲸鱼"这样的诗句；而后人以为屈原投水，亦是因为屈赋中有"赴渊之说"。从祠庙方面而言，采石有冢有祠，汨县有原庙及女须庙，两者却有相似之处。汪瑗又说："所言吾将从彭咸之所居，《渔父》章句所载吾亦葬江鱼之腹中，此亦桴浮海之意耳。孔子岂遂入海不返，太白亦何尝有捉月事乎？"汪瑗将"从彭咸之所居"及《渔父》中"葬江鱼之腹中"与太白捉月之事相类比，他以反问的语气否定了太白捉月之事，从而也间接否定了屈原投水之说。太白捉月一事仅为李白死的一种传说，来源于元代辛文房《唐才子传》："（李）白晚节好黄老，度牛渚矶，乘酒捉月，沉水中，初悦谢家青山，今墓在焉。"事实上，关于李白之死还有另外两种说法：第一种说法认为李白醉死，见于《旧唐书》，曰："以饮酒过度，醉死于宣城。"② 第二种说法是"醉致疾亡"。"太白捉月之事"仅为一个民间传说，而屈原投汨罗之事则见于《史记》，"于是怀石遂自投汨罗以死"。司马

① （明）汪瑗编《楚辞集解》，董洪利点校，北京古籍出版社，1994，第 161－162 页。
② （后晋）刘昫等撰《旧唐书》，中华书局，1975，第 5054 页。

迁还到汨罗凭吊屈原："太史公曰：余读《离骚》《天问》《招魂》《哀郢》，悲其志。适长沙，观屈原所自沉渊，未尝不垂涕，想见其为人。"[1] 而屈原之投水说还见于其他史书及诗歌等多处记载，《汉书》《后汉书》都有记载，《汉书》曰："先是时，蜀有司马相如，作赋甚弘丽温雅，雄心壮之，每作赋，常拟之以为式。又怪屈原文过相如，至不容，作《离骚》，自投江而死，悲其文，读之未尝不流涕也。以为君子得时则大行，不得时则龙蛇，遇不遇命也，何必湛身哉！"[2] 扬雄曾以司马相如的赋作为范式，而读屈原的作品后，惊讶于屈原的才华超过了司马相如，并指出屈原没有必要投身沉江。《后汉书·班彪列传》亦记载："昔卞和献宝，以离断趾，灵均纳忠，终于沉身，而和氏之璧，千载垂光，屈子之篇，万世归善。"[3] 史书记载屈原乃投水自尽，故后代的诸多文学作品及传记都如是记载，汪瑗将屈原投水跟李白之死的传说相提并论本身就属于不当类比，并作为其论证屈原未投水自尽的材料，属于牵强附会。

（六）对端午节因屈原而起之辩驳

端午节作为中华民族的传统节日，其缘起之说不一而足，有纪念屈原之说、纪念伍子胥之说等。至明代，汪瑗则提出屈原是否死于五月五日已无所考，因为后世谓屈原"投水而死"，故附会屈原死于是日。而针对端午节的一些活动，他辩驳曰："或曰，后世相传五月五日龙舟之戏，以为为救屈原而起；角黍之馈，以为为食屈原而设也。然则亦不足信乎？曰：不足信也。此二事至今天下皆然；盖古之遗俗，而莫究其所始者也。"[4] 汪瑗否定端午节因屈原而

---

① （汉）司马迁撰《史记》，中华书局，1959，第 2503 页。
② （汉）班固撰《汉书》，中华书局，1962，第 3515 页。
③ （宋）范晔撰《后汉书》，中华书局，1965，第 1332 页。
④ （明）汪瑗撰《楚辞集解》，董洪利点校，北京古籍出版社，1994，第 335－336 页。

起，其目的就在于否定屈原水死之说。

关于端午节的起源，《隋书·地理志下》记载端午节因屈原而起，曰："屈原以五月望日赴汨罗，士人追至洞庭不见。湖大船小，莫得济者。乃歌曰：'何由得渡湖！'因尔鼓棹争归，竞会亭上，习以相传，为竞渡之戏。其迅楫齐驰，棹歌乱响，喧振水陆，观者如云。"① 可是，还有另外一种记载，说端午节并非因屈原而起，《曹娥碑》云："五月五日，时迎伍员。"宋人葛立方也认为端午节并非因屈原而起，他说："今江浙间竞渡多用春月，疑非招屈之义。"② 除了这种明确记载端午节是否跟屈原有关外，还有一种记载显得模棱两可。《太平御览》卷三十一辑录《风俗通》佚文云："五月五日，以五彩丝系臂，名长命缕，一名续命缕，一名辟兵缯，一名五色缕，一名朱索，辟兵及鬼，命人不病温。又曰，亦因屈原。"③ 此条有两层含义，一层说明端午节是为了躲避兵器和鬼的伤害，为人祈寿禳病而设。另外一层才说因屈原而起。闻一多在《端节的历史教育》中说："端午本是吴越民族举行图腾祭的节日，而赛龙舟便是这祭仪中半宗教、半社会性的娱乐节目……总之，端午是个龙的节日，它的起源远在屈原以前——不知道多远呢！"④

如汪瑗所说，端午节的确切缘起已无从考证，但汪瑗直接说"皆因后世谓屈原之死于溺也，故好事者遂从而附会之"则稍显武断，既然后世皆称端午节有祭祀屈原之俗，则必有所起，汪瑗通过考证端午节的起源，其目的是再次否定屈原非因水而死的观点，但端午节的起源目前的历史记载不够明确，而汪瑗则将其作为屈原非

---

① （唐）魏征等撰《隋书》，中华书局，1973，第897页。
② （宋）葛立方：《韵语阳秋》卷十九，商务印书馆，1939，第155页。
③ 张正明著《端午·龙舟·角黍·屈原》，选自褚斌杰编《屈原研究》，湖北教育出版社，2003，第147页。
④ 闻一多著《闻一多全集·楚辞编》，湖北人民出版社，1993，第11页。

水死的一个佐证则亦欠缺理据。

综上，汪瑗在否定屈原水死说时论证并不充分，他在文献不足的情况下批驳司马迁所载屈原水死之说，并论证彭咸即彭祖，其论证并不严密。但汪瑗也提出了一些正确命题，他否定了王、洪的"同姓无可去之义"的观点，并提出端午节起源的问题，推动了《楚辞》研究的发展。

二　汪瑗关于屈原隐遁山林的立论

关于屈原隐遁之说的观点并非肇端于汪瑗，早在南宋的范成大《三高祠记》中有："屈平既从彭咸，而桂丛之赋，犹《招隐士》。疑若隐处林薄，不死而仙。"① 范成大对屈原的死表示怀疑，但范成大并没有展开详细论述。宋人陈振孙《直斋书录解题》卷十五《龙冈楚辞说》解题曰："《龙冈楚辞说》五卷，永嘉林应辰渭起撰……其推屈子不死于汨罗，比诸浮海居夷之意，其说甚新而有理。以为《离骚》……且其兴寄高远，登昆仑、历阆风、指西海、陟升皇，皆寓言也，世儒不以为实者，顾独信其从彭咸葬鱼腹以为实者，何哉？"② 林应辰提出屈原没有死于汨罗，并将其比诸"浮海居夷"之说。宋人李壁在《王荆公诗李壁注》中提出屈原有"乘桴浮海之意"③。然而范成大、林应辰、李壁并没有详细去论述屈原隐遁之说，而汪瑗则从不同角度论述，亦将屈原之西涉比诸孔子乘桴浮海之意，并指出此举为"保身之智"。

（一）将屈原之西涉比诸孔子乘桴浮海之意

汪瑗在《楚辞集解》中将屈原远游与孔子"乘桴浮海之意"相

---

① （宋）范成大撰《吴郡志》，江苏古籍出版社，1999，第177页。
② （宋）陈振孙撰《直斋书录解题》，上海古籍出版社，1987，第436页。
③ （宋）李壁编《王荆公诗李壁注》，上海古籍出版社，1993，第323页。

类比，汪瑗曰："《远游》篇曰：'悲世俗之迫厄兮，愿轻举而远游。'诵此则可以知屈子终于西涉之意矣。其得仲尼浮海居夷之遗法也乎？后之论屈子者，幸毋轻訾之可也。"① 孔子"乘桴浮于海"出自《论语·公冶长》，曰："子曰：'道不行，乘桴浮于海，从我者，其由欤？'"② 孔子此言只是感伤自己怀才不遇，并不是要退隐于海上，更不会遁世以求自保。汪瑗不止一次将屈子之远游比作"乘桴浮于海"，他在"昭彭咸之所闻"注下又曰："如孔子尝欲浮海居夷，而卒未尝去也；尝欲赴弗扰佛肸之召，而卒未尝往也。"③ 又言曰："洪氏又曰：'此孔子浮海居夷之意。'其说甚善。"④ 汪瑗认为屈原即使隐遁也不妨碍他的忠臣之心，曰："王洪二注，皆以同姓之义言之，以为屈原初欲隐去，既而悔其不当隐去，故复回返以终事君之道。不亦大谬其旨而牵强之甚乎？殊不知，虽隐而去之间，无害于屈子之忠也。"⑤ 同时，汪瑗还将屈原的归隐与"道"相结合，曰："孔子亦尝数去乎鲁矣，苟吾道之果是，固不在乎去不去也；苟吾道之当去，固不在乎同姓与不同姓也。屈子去楚之意，实欲隐遁耳。"⑥ 汪瑗强调屈原去楚实际上是想隐遁，并从隐者之服的角度进行论述。

> 下文制芰荷、集芙蓉，盖欲辞绂冕之荣，而为隐者之服矣。⑦

"盖欲辞绂冕之荣"，汪瑗此句所表达的是屈原辞去官位，不再享受为官的荣耀而意欲归隐之意。而"芰荷""芙蓉"只是表达了屈原

---

① （明）汪瑗撰《楚辞集解》，董洪利点校，北京古籍出版社，1994，第105页。
② 杨伯峻：《论语译注》，中华书局，2006，第48页。
③ （明）汪瑗撰《楚辞集解》，董洪利点校，北京古籍出版社，1994，第244页。
④ （明）汪瑗撰《楚辞集解》，董洪利点校，北京古籍出版社，1994，第56页。
⑤ （明）汪瑗撰《楚辞集解》，董洪利点校，北京古籍出版社，1994，第52－53页。
⑥ （明）汪瑗撰《楚辞集解》，董洪利点校，北京古籍出版社，1994，第345页。
⑦ （明）汪瑗撰《楚辞集解》，董洪利点校，北京古籍出版社，1994，第52页。

洁身自好、不与世俗同流合污的美好愿望而已，理解为"隐者之服"不免牵强附会。除了隐者之服外，汪瑗还假设了屈原的隐居之所，曰："下文但言入淑浦，居山林，而不复举其地名者，屈子此时其志殆将隐于武陵乎？故至今人谈山水之幽者，尚称武陵源焉。又按：《后汉书·郡图志》，南郡秭归本国属武陵。注云，县北百里有屈原故宅，则屈原，武人也。"① 汪瑗不但提出屈原隐遁之事，还推测屈子归隐于武陵，其言无据。

（二）奉身隐遁以避害

班固的《离骚解序》已经提到"明哲保身"的问题，曰："《关雎》哀周道而不伤，蘧瑗持可怀之智，宁武保如愚之性，咸以全命避害，不受世患。故《大雅》曰：'既明且哲，以保其身。'斯为贵矣。"② 班固认为蘧瑗隐藏着自己的才智，宁武保持如愚人一样的品性，都为了全命以避害，而这种"明哲保身"是很可贵的。而王逸并不认可班固这种观点，他认为这种逡巡以避患的方式为志士所耻，至汪瑗的《楚辞集解》反复强调"奉身隐遁以避害"的思想观点。同时汪瑗分析屈原隐遁是因君王昏庸而要明哲保身。

第一，君王昏庸，因无道而保身。《楚辞集解》于《蒙引》"往观四荒"条曰："屈原实因君信谗而齎怒，其道不行，其祸将及，欲隐去而避此世也。"③ 汪瑗将屈原离开的原因指向君王，指出君王听信谗言，无法实现美政，故屈原离开朝廷而隐去。汪瑗指出，投水而死并非难事，但为壅蔽不明之君而死则徒死无益，他说："然此数语正所以明己之不死，而后人必欲曲解以为欲死也。其意盖谓，临沅湘之玄渊，遂自忍而沉流，此易事也；然吾死之后，徒为身没名

---

① （明）汪瑗撰《楚辞集解》，董洪利点校，北京古籍出版社，1994，第167页。
② （明）汪瑗撰《楚辞集解》，董洪利点校，北京古籍出版社，1994，第9页。
③ （明）汪瑗撰《楚辞集解》，董洪利点校，北京古籍出版社，1994，第345页。

绝，而雍君不明，不知省察，又何以死为乎？此明言君之雍蔽不明，徒死无益。"① 屈子之时，君王的无道之行跃然纸上，汪瑗提出因为君王的雍蔽不明而死并非死得其所，那样的死毫无意义，汪瑗认为屈原投水而亡为苟死，"临渊自沉，身没名绝，是苟死也。孰谓屈子为之哉？洪氏解为不欲苟生，误矣。苟生固屈子之所不为，而苟死尤屈子之所不为也"②。汪瑗之外，明代王艮也提出保身的重要性："吾身不能保，又何以保天下国家哉？此自私之辈，不知'本末一贯'者也。若夫知爱人而不知爱身，必至于烹身割股，舍生杀身，则吾身不能保矣。吾身不能保，又何以保君父哉？"③ 在明代的这种社会思潮下，汪瑗提出屈原隐遁以避世的观点，同时指出屈原终究没有离开楚国而臣服于其他诸侯国："虽然，屈子之去楚者，亦去楚廷，离党人，而隐于山林耳，又未尝去楚而事于他邦也。"④ 汪瑗在阐释《惜诵》"矫兹媚以私处兮，愿曾思而远身"句时，注曰："由此观之，屈子曷尝无去楚之志哉？去楚固无害乎屈子之忠，而且见其有保身之智矣。"⑤ 汪瑗主张"保身"，并指出屈原"去楚固无害乎屈子之忠"。熊良智曰："明代人的'保身'，则带有积极意义。汪瑗主张的'保身'，即是对个体人格的弘扬和个体生命存在价值的追求；他所动问的是生命存在的意义，是不是应该去为无道的昏君而死。"⑥

明代稍晚些，李贽在《五死篇》曰："人有五死，唯是程婴、公孙杵臼之死，纪信、栾布之死，聂政之死，屈平之死，乃为天下

① （明）汪瑗撰《楚辞集解》，董洪利点校，北京古籍出版社，1994，第334页。
② （明）汪瑗撰《楚辞集解》，董洪利点校，北京古籍出版社，1994，第219页。
③ （明）王艮撰《王心斋全集》，陈祝生等点校，江苏教育出版社，2001，第29页。
④ （明）汪瑗撰《楚辞集解》，董洪利点校，北京古籍出版社，1994，第345页。
⑤ （明）汪瑗撰《楚辞集解》，董洪利点校，北京古籍出版社，1994，第56页。
⑥ 熊良智著《楚辞文化研究》，巴蜀书社，2002，第302页。

第一等好死。"① 屈复曰："于怀襄曰，忠臣之用心，自尽其爱君之诚耳，死生毁誉所不顾也，故比干以谏见戮，屈原以放自沉。"② 屈子这种杀身成仁的精神对后代产生了很大影响。

第二，隐遁避害，明哲保身。汪瑗在批判君王的同时，也提出了屈原隐遁以避害的观点，他还认为屈原归隐符合《大雅》明哲之道，云："其不去楚者，固不舍楚而他适；其终去楚者，又将隐遁以避祸也。孰谓屈子昧《大雅》明哲之道，而轻身投水以死也哉？读者即《楚辞》熟读而遍考之可见矣。"③ 汪瑗提出屈原隐遁以避祸的观点，同时强调这种行为并没有违背《大雅》"既明且哲，以保其身"的处世态度。汪瑗还称这种"隐遁"行径体现了"保身之智"。

> 由此观之，屈子曷尝无去楚之志哉？去楚固无害乎屈子之忠，而且见其有保身之智矣。后世不详考其书而信屈子之所自言，往往讥之，何哉？或曰，屈子之去楚远游，既非求贤君而仕，然下诸章天帝、宓妃、佚女、二姚等譬何也？曰：盖设言举世无贤君而不足以当其心也，于是而隐去耳。④

汪瑗在推崇这种保身之智的同时格外强调隐遁避祸并不损害屈子之忠，在注解《涉江》时他说："盖不忍去者，屈子之本心，忠厚之至也。而决去者，不得已之至情，保身之哲也。"⑤ 汪瑗指出屈子保身之哲乃不得已之至情。嘉靖年间，不止汪瑗提倡"明哲保身"，王艮因同志有因谏而死者，提出"明哲保身论"："冬十月，

---

① （明）李贽：《焚书续焚书》，中华书局，1975，第163页。
② （清）屈复撰《楚辞新集注》，见《续修四库全书》楚辞类第1302册，上海古籍出版社，2002，第393页。
③ （明）汪瑗撰《楚辞集解》，董洪利点校，北京古籍出版社，1994，第35页。
④ （明）汪瑗撰《楚辞集解》，董洪利点校，北京古籍出版社，1994，第56页。
⑤ （明）汪瑗撰《楚辞集解》，董洪利点校，北京古籍出版社，1994，第166页。

作《明哲保身论》，文列后卷。时同志在宦途，或以谏死，或谪逐远方，先生以为身且不保，何能为天地万物主，因瑶湖北上，作此赠之。"① 王艮认为安身是保天下的根基和基本条件，说："不知安身便去干天下国家事，是之谓'失本'也。就此失脚，将或烹身、割股、饿死、结缨，且执以为是矣。不知身不能保，又何以保天下国家哉？"② 王艮生于 1483 年，卒于 1541 年，汪瑗又基本上与嘉靖相始末，故他二人的"明哲保身"论当为当时社会思潮的一种反映。汪瑗之后，陈子观亦持有与汪瑗类似的观点，他同样认为屈原并非投汨罗而死，而是漂泊不定、隐居遁迹，曰："林渭起应辰之撰《龙冈楚辞说》也，谓'屈大夫不沉于汨罗，盖比于浮家遁迹之意'，观深信以为然，敢并质之先生。"③ 可见，在当时的社会背景下，人们敢于质疑前人之成说的思潮，也影响了当时世人的生死观。王艮对"明哲保身"的肯定，是当时社会意识的反映，而且将保身作为安天下的前提，只有保身才能保君父、保国家，汪瑗生活年代大概与嘉靖相始末，故在这种政治背景下，汪瑗受到了深深的触动，并且认识到只有把握好"明哲保身"的处世哲学才能将生命意义最大化，故汪瑗再三强调明哲保身实与当时的社会背景息息相关，故不能只依据汪瑗的理论而简单予以否定。但汪瑗作出这些判断和结论都是在文献不足征的情况下而为的，他一味论证屈原未曾"投水死"，将明代人的思想观念加之于战国屈原之身上，他的论证本身并不符合科学态度。

---

① （明）王艮撰《王心斋全集》，陈祝生等校点，江苏教育出版社，2001，第 72 页。

② （明）王艮撰《王心斋全集》，陈祝生等校点，江苏教育出版社，2001，第 34 页。

③ （清）李陈玉撰《楚辞笺注》，《续修四库全书》楚辞类 1302 册，上海古籍出版社，2002，第 4 页。

第六章

《楚辞集解》的研究方法

汪瑗的《楚辞集解》打破了汉宋以来王逸、朱熹诸家为代表的注解模式，为《楚辞》研究注入了一股清新的空气。他在《楚辞》注疏方面的突破得益于"以意逆志"方法的运用。虽然他在以己意揣摩屈子的行为方式时偶有偏颇，但还是成功地依据他所理解的"以意逆志"与"以《楚辞》注《楚辞》"的方法取得了可观的成就，对后世的《楚辞》研究产生了很大的影响。

第一节 "以意逆志"解诗法

"以意逆志"是儒家亚圣孟子提出来的一种读诗方法，或者也可以说是一种对诗歌的阐释原则，其文曰："不以文害辞，不以辞害志。以意逆志，是为得之。"赵岐注云："以己之意逆诗人之志。"①孟子圣人化与《孟子》经典化地位的确立，使得"以意逆志"被赋予了新的内涵，成为一种诠释经典的读书法。汉代赵岐对其进行阐释，宋代朱熹则以之揭示《孟子》《诗经》等的微言大义，明代嘉靖学者汪瑗则援以解读《楚辞》、杜诗。他试图运用"以意逆

---

① （清）阮元：《十三经注疏》，上海古籍出版社，1997，第 2735 页。

志"观本来所具有的诗道内涵来更好地诠释《楚辞》所蕴含的深意，是汉宋"以意逆志"解诗传统的延续，扩展了"以意逆志"读书颂诗的适用范围。

一 "以意逆志"解屈辞的成果

汪瑗在撰述《楚辞集解》一书时，多次提到"以意逆志"的解诗方法，"孟子本意不在探讨文学阐释的规律，而只是将之作为理解《诗经》作品的一种方式，但经过后人不断探讨、总结，'以意逆志'说已经上升为中国古代文学阐释的主要法则"①。其实，早在汪瑗之前，王阳明就提倡用"以意逆志"的方法解读诗歌，他在《答陆原静书》中说："凡观古人言语，在以意逆志而得其大旨。若必拘滞于文义，则'靡有孑遗'者，是周果无遗民也。"②汪瑗运用"以意逆志"的注疏方法时，往往与孟子"知人论世"的理论相结合，"不以文害词，不以词害志"，注重对《楚辞》内涵的准确理解和把握，而其中对《楚辞》中的神话的解读更是汪瑗这一方法取得的突出贡献之一。

（一）主张"以意逆志"与"知人论世"相结合以解诗

"以意逆志"与"知人论世"都是《孟子》中著名的解诗方法。"但后人有鉴于'以意逆志'容易流于主观臆测，就使二者互为补充，结合成更加完整的理论"③。顾镇《虞东学诗》曰："夫不论其世，欲知其人，不得也。不知其人，欲逆其志，亦不得也……

---

① 尚永亮、王蕾：《论"以意逆志"说之内涵、价值及其对接受主体的遮蔽》，《文艺研究》2004 年第 6 期。
② （明）王阳明著《传习录》，引自陈荣捷著《王阳明传习录详注集评》，台湾学生书局，1983，第 220 页。
③ 黄保真、蔡钟翔著《中国文学理论史》，北京出版社，1987，第 36 页。

故必论世知人，而后逆志之说可用也。"① 因此，要准确把握屈辞的内涵和寄意，除了"以意逆志"的方法之外，还需要了解屈子所生活的社会时代背景，也就是说，"知人论世"是"以意逆志"的前提条件。

汪瑗在诠释屈原名与字的时候，就注意将"知人论世"与"以意逆志"的方法结合起来解诗，将其纳入屈子所生活的大的社会背景中进行解读，以更接近屈子的本意。《离骚》云："摄提贞于孟陬兮，惟庚寅吾以降。皇览揆予于初度兮，肇锡余以嘉名。名余曰正则兮，字余曰灵均。"② 汪氏曰：

> 《士冠礼》宾字之词曰："昭告尔字，爰字孔嘉。"则嘉名之尚，其来久矣。然子生三月，父亲名之，此可谓之初度也。若字则至既冠而后有。屈子乃曰："皇览揆余初度，肇锡以嘉名。"而下文并字言之，可见读书者以意逆志可也，以词害意不可也。③

可见汪氏认为，屈原的"名"是出生三月之后其父所赐，而"字"则为其成年后举行冠礼之时所赐。《士冠礼》选自《仪礼》，而《仪礼》为春秋战国时期的礼制汇编，汪瑗还曾引吴幼清之言："至周而弥文，于是乎有名焉，有字焉。"④ 汪瑗解"名"与"字"之时，将其纳入屈子所生活的大的社会背景中进行解读，将"知人论世"与"以意逆志"相结合，阎若璩指出："以意逆志，须的知

---

① 顾镇撰《虞东学诗》，《文渊阁四库全书》，台湾商务印书馆，1986，第 20 页。
② （明）汪瑗撰《楚辞集解》，董洪利点校，北京古籍出版社，1994，第 35 - 36 页。
③ （明）汪瑗撰《楚辞集解》，董洪利点校，北京古籍出版社，1994，第 301 - 302 页。
④ （明）汪瑗撰《楚辞集解》，董洪利点校，北京古籍出版社，1994，第 302 页。

某诗出于何世与所作者何等人，方可施吾逆之之法。"① 因此，依据当时礼仪，"名"是孩生三月后才得，而"字"则须待到行冠礼之后才有。周绚隆在《中国古代的冠礼》中说："所以屈原《离骚》中说：'摄提贞于孟陬兮，惟庚寅吾以降。皇览揆余于初度兮，肇锡余以嘉名。'小孩在未成人之前，因为不能参与社会活动，是不必有字的。行完冠礼之后，他就是成人了，人们应对他以礼相待，故由宾客为其取字。"②《礼记·檀弓上》说："幼名，冠字。"《疏》云："始生三月而始加名，故云幼名，年二十有为父之道，朋友等类不可复呼其名，故冠而加字。"《礼记·曲礼上》亦曰："男子二十，冠而字。"男子举行冠礼之时虽已成年，但还比较年少，故也称"弱冠"，王勃《滕王阁序》说"无路请缨，等终军之弱冠"即此意。另外，也有男子在十八岁举行冠礼的记载，《汉书·东方朔传》中记载董偃："至年十八而冠，出则执辔，入则侍内。"③ 通过以上分析，汪瑗对屈子的"名"与"字"的分析是将"以意逆志"与"知人论世"相结合的体现。

"以意逆志"中的"逆"的含义，《周礼·地官·乡师》中郑玄注曰："逆，犹钩考也。"④ 汪瑗通过《仪礼》等方面的相关考证及"冠而字"的记载来论证"若字至既冠而后有"的结论，王国维曾说："顾意逆在我，志在古人，果何修而能使我之所意不失古人之志乎？此其术，孟子亦言之曰：'诵其诗，读其书，不知其人，可乎？是以论其世也。'是故由其世以知其人，由其人以逆其志，则古诗虽有不能解者，寡矣。"⑤ 汪瑗通过《仪礼》与《礼记》"冠

---

① （清）阎若璩：《尚书古文疏证》卷五下。
② 周绚隆：《中国古代的冠礼》，《民俗研究》1994 年第 1 期。
③ （汉）班固撰《汉书》，中华书局，1964，第 2853 页。
④ （清）阮元校刻《十三经注疏·周礼注疏·地官·乡师》，中华书局，1980，第 713 页。
⑤ 方麟选编《王国维文存》，江苏人民出版社，2014，第 711 页。

而加字"等记载来论证"若字至既冠而后有"的结论，既溯其源，亦明其流，详细阐述了《离骚》中"名余曰正则兮，字余曰灵均"中的"名"及"字"的产生过程，分析十分合理，深谙屈子本意。这正体现了"以意逆志"和"知人论世"两种方法在汪瑗《楚辞》注疏中所发挥的作用。

（二）反对以文害词，以词害意

"以意逆志"方法的正确运用是建立在深入理解作品的词句乃至篇章的基础之上，如果拘泥于文辞的表面含义就会误解或曲解作者的本意，造成"以文害词，以词害意"的不良后果。因此，《孟子》云：

> "诗云：'普天之下，莫非王土；率土之滨，莫非王臣。'而舜既为天子矣，敢问瞽瞍之非臣，如何？"曰："'是诗也，非是之谓也；劳于王事而不得养父母也。'曰：'此莫非王事，我独贤劳也。'"①

咸丘蒙是孟子弟子，他在理解《诗经·北山》时断章取义，于是孟子教导他解诗时应当做到"不以文害辞，不以辞害志"。汪瑗的老师归有光继承孟子的思想，他在《与沈敬甫十八首》中说："文字殊有精义，然使读者不能不以文害辞，以辞害志也。"② 或是受到老师的影响，汪瑗在解《楚辞》时，亦反复强调"不以文害辞，不以辞害志"的观点，并通过考证、对比等手法来探求"作者之志"。这种方法在字词训诂与名物考释等方面运用得尤为显著。

---

① 杨伯峻：《孟子译注》，中华书局，1960，第 215 页。
② （明）归有光著《震川先生集》，周本淳校点，上海古籍出版社，1981，第 910 页。

如汪瑗在注解"落英"一词时，引用了《尔雅翼》的解释，其文曰："菊花终不飘落，故说者疑《离骚》落英之语，或以为《尔雅》落始也。然与坠露相配为文，不当为始，灵均盖自有意。"①《尔雅翼》只是指出菊花不会飘落的现象，并没有加以详细地考证；而汪瑗不仅肯定了罗鄂州将"落英"与"坠露"相结合的阐释方法，并且将这种方法上升到"不以文害词""不以词害意"的高度，其释曰：

> 夫落者不必自落而后谓之落，采而取之，脱于其枝，即可谓之落，如取露于木兰之上，亦可谓之坠也，若果谓坠之于地，则露岂可饮乎？故曰，说诗者，不可以文害词，不可以词害意也。②

关于"菊花"是否飘落的问题，曾经引起过宋朝王安石与欧阳修的激烈辩论。（见于《西清诗话》）汪瑗既没有一味去考证"落"字的本意，也没有拘泥于"落英"的文辞，而是将"落英"放到整句诗中结合具体语境来理解，而不是断章取义。他认为，"朝饮木兰之坠露兮，夕餐秋菊之落英"两句反映了屈子饮露餐花，以香草自修为喻的高洁品质，用意在于以美好事物来砥砺自己的坚贞的品格。汪瑗揆情度理，将"落英"与"坠露"搭配起来解释，露水要采而饮之，"落英"自当为采菊花于枝头使之落下，而并非真正指已"落"之菊花花瓣。这既符合《尔雅》所记载的菊花不会飘落的事实，也符合中国文人历来"采菊东篱下"的习俗。游国恩认为汪瑗之论平正通达，具有片言折狱的效果。才华横溢的纪昀也曾强调在解释"落英"

---

① （明）汪瑗撰《楚辞集解》，董洪利点校，北京古籍出版社，1994，第326页。
② （明）汪瑗撰《楚辞集解》，董洪利点校，北京古籍出版社，1994，第326页。

与"坠露"之时应当持论公允，不能依据诗文的表面词意来理解，他说："上句'木兰之坠露'，坠字又作何解乎？英落不可餐，岂露坠尚可饮乎？此所谓以文害词者也。"① 如若将"落英"坐实为"落之于地的菊花瓣"，既有悖文人"采菊"的事理，又不符合屈子诗文的本意。因此，总观《离骚》所述"落英""坠露"云云，旨在表现屈子高洁的人格品性，与"众皆竞进以贪婪兮，凭不厌乎求索"所描述的贪婪的人格形象形成鲜明的对比。

另外，《远游》篇曰"轩辕不可攀援兮，吾将从王乔而娱戏"，汪瑗释曰："二句非谓轩辕不可攀援，而王乔真可从游也。盖谓高阳邈以远矣，轩辕不可攀矣，而王乔庶几或将遇之而从之娱戏也。盖不得于彼，或得于此之意耳，读者不以词害意可也。"② "攀援"不能作实解，而有向上追溯之意，因此这两句话的意思是：轩辕皇帝离我们时代已经十分久远、不可攀附，故将跟随王乔一起娱乐游戏。汪氏这种"不以词害意"的注疏方式在各章中都有体现。

汪瑗在注解《楚辞》时多次强调"不以文害词，不以词害意"，他没有拘泥于字词的表面意义来推求诗句的含义，而是联系诗句上下文，揆情度理，以意逆志地推求屈子之意。汪瑗以后，蒋骥也积极地运用以意逆志的方法疏解《楚辞》。如《哀郢》一篇有"过夏首而西浮"之句，蒋骥曰："此舟行之径。小有曲折，而西面郢城。故感叹于龙门之不得见耳。孟子曰：'说诗者不以文害辞'，又可执是而疑其自东徂西耶。"③ 可见，蒋氏在注解《楚辞》时也强调"不以文害辞"。汪瑗秉持"不以文害词，不以词害意"的注解方法并结合自身的知识积淀、情感体验去深入钩考屈子的本意，探求《楚辞》的内容本意及其情感诉求，为《楚辞》研究提

---

① 崔富章编《楚辞集校集释》（第一卷），湖北教育出版社，2003，第202页。
② （明）汪瑗撰《楚辞集解》，董洪利点校，北京古籍出版社，1994，第262页。
③ （清）蒋骥撰《山带阁注楚辞》，上海古籍出版社，1984，第222页。

供了新的思路和方法。

（三）汪瑗主张用"以意逆志"的方法来解读神话

　　茅盾在其《茅盾说神话》中说："文学家采用神话，不能不推屈原为首。"①《楚辞》中保存了很多神话、传说，自汉代以来，楚辞学界对这些神话的态度褒贬不一。以儒家经典为圭臬的班固对此颇有微词，曾指斥屈原"多称昆仑、冥婚、宓妃、虚无之语，皆非法度之政，经义所载"②，尚雅崇实的班固用"宗经"的标准审视《离骚》中出现的神话，认为《离骚》多用虚无之语，不合经义；王逸则认为《楚辞》"依托五经以立义"，博远多才。而汪瑗曰：

　　　　屈子之所用昆仑、阆风、悬圃等山，即如《列子》之所谓蓬莱、方丈、员峤、方壶诸山耳，盖虽有是名，而本无是山。假设其号以为神仙清净高远之居也，又岂真有所谓昆仑山者哉？③

　　汪氏指出"昆仑"乃"神仙清净高远之居"，又曰"岂真有所谓昆仑山者哉"，将《离骚》中出现的诸多意象归之于神话。这就是汪瑗运用"以意逆志"方法的结果。他说："曰天帝，曰宓妃，曰佚女，曰二姚，其所访求之人，乃蹇修、鸩鸠之媒，望舒、飞廉、丰隆、雷师、鸾凤、皇鸟之使等类，亦或虚或实，或有或无，而并陈之矣。惜乎旧注不能以意逆志而解之，多牵强也。"④《离骚》中的许多意象都是虚实并陈，其中有的是真实存在的事物，有

---

① 茅盾著《茅盾说神话》，上海古籍出版社，1999，第5页。
② （明）汪瑗撰《楚辞集解》，董洪利点校，北京古籍出版社，1994，第9页。
③ （明）汪瑗撰《楚辞集解》，董洪利点校，北京古籍出版社，1994，第426页。
④ （明）汪瑗撰《楚辞集解》，董洪利点校，北京古籍出版社，1994，第430页。

的则无法在现实中找到其对应事物，如"朝发轫于苍梧兮"，"苍梧"是实有其名矣，而"吾令羲和弭节兮"中之"羲和"则为神话人物，这说明汪瑗已经充分认识到屈子《离骚》的文学性。如朱熹《楚辞集注》释"羲和"为"尧时主四时之官，宾日、饯日者也"①，汪瑗则针对朱熹的观点提出："此所用羲和，当如望舒、飞廉等号同看，朱子以为尧主四时之官名，非是。"② 朱熹将神话等同于历史，用"历史化"的眼光来注解《楚辞》，固然有助于提升《楚辞》的文学地位，但是以实就虚，难免解释牵强。但在汪瑗看来"吾令羲和弭节兮，望崦嵫而勿迫"是借神话表达屈子惜阴爱日、欲及时进德修业的含义。汪瑗以"以意逆志"的方法来鉴赏和理解《楚辞》，对于《楚辞》注疏无疑是一种进步，也为后人学习《楚辞》提供了一种正确的态度和方法。再如，汪瑗释"宓妃"曰：

> 按宓妃，王逸以为神女，是矣。《洛神赋》注以为伏羲女，洪氏引之，朱子从之……盖后世注此者，以宓妃为伏羲之女，故遂以骞修为伏羲之臣……则屈子以宓妃与天帝并为天上之人耳，未必有是人也。③

《楚辞集解》对"宓妃"进行了多方考证，认为上古流传下来的材料不足，已不得详其历史，因此无法确认宓妃是否为伏羲氏之女，故曰不足信；而王逸以神女的身份来阐释"宓妃"，则与文意相合，因此游国恩评曰："宓妃，《章句》以为神女，良是……盖此节求女，但喻求通君侧之人耳。其意不重在实事，不妨人神杂举。姚氏

① （南宋）朱熹集注《楚辞集注》，李庆甲校点，上海古籍出版社，1979，第15页。
② （明）汪瑗撰《楚辞集解》，董洪利点校，北京古籍出版社，1994，第71页。
③ （明）汪瑗撰《楚辞集解》，董洪利点校，北京古籍出版社，1994，第77页。

泥于下文有娀、二姚皆实有其事。"① 可见汪瑗观点是正确的。后之注《楚辞》者如游国恩也肯定了用神话来解读屈赋的方法。关于"路不周以左转兮，指西海以为期"的地名，游国恩指出："总之此等处但会古人幻想所存，不必强索其实义，斯为得之。"② 正如德国哲学家伽达默尔在谈到文本释义时曾说："一段文本或一件艺术品的真正意义的发现永远不会结束；事实上它是一个无限的过程。"③

汪瑗以意逆志，以己之意去钩考诗人之志，又结合《离骚》语境，知人论世，强调"不以文害词，不以词害意"的解诗方法，新见迭出，正反映了他以自身的切身体验去推测屈子的本意，取得了丰硕的成果。汪瑗运用"以意逆志"的方法解读《楚辞》，无疑为《楚辞》研究提供了一种新思路。

二 "以意逆志"解屈辞的局限

汪瑗继承孟子"以意逆志"的解诗方法注疏《楚辞》取得了很多成就，汪瑗在注解《楚辞》时由于本身的观念、阅历、时代等影响，并没有能够完全突破时代及自身的局限，因此有时难免曲解屈子本意，甚至以"明哲保身"的思想观点加以附会，认为屈原在辞赋中多次表达了隐遁归隐的想法。这说明《楚辞集解》注疏并没有完全做到"知人论世"与"以意逆志"相结合，"不论世知人，不了解诗的作者的时代和思想、生平，所谓'以意逆志'容易陷入主观臆断"④。汪瑗在疏解《楚辞》时没有完全做到突破时间的限制与情境的变迁来探求作者的情感，因此也提出了许多妄论，如他说：

---

① 游国恩著《游国恩楚辞论著集》第一卷，中华书局，2008，第 304–305 页。
② 游国恩著《游国恩楚辞论著集》第一卷，中华书局，2008，第 480 页。
③ 伽达默尔撰《真理与方法》，辽宁人民出版社，1987，第 265 页。
④ 李泽厚、刘纲纪主编《中国美学史》第一卷，中国社会科学出版社，1984，第 196 页。

平心易气而观之，要其指趣之所归，求其立言之本意，以意逆志，不以词害意，则屈子果去乎？果不去乎？果投水死乎？果不投水死乎？若泥口耳相传之言，执先入之说以为主，则吾亦莫如之何矣。①

否定"屈原投水死"的说法并非肇端于汪瑗，宋朝李壁在解读王安石的诗歌时就曾讨论过这个问题："予尝谓原自投汨罗，此乃祖来传袭之误。"② 至汪瑗，他不仅认为"屈原投水"这一观点没有价值和意义，甚至称其为"苟死"，他说："临渊自沉，身没名绝，是苟死也，孰谓屈子为之哉？"这无疑是宋明以来否定"屈原投水"论思想的一种极端体现。汪瑗仅从自身的认知出发，而没有经过严格的逻辑论证或者可靠的证据，包括文献材料的支持，就简单加以臆测，否定"屈原投水自沉"说，这无疑是汪瑗用"以意逆志"的方法解诗的不足之处。

汪瑗在运用"以意逆志"法注解《楚辞》时，不能准确把握屈原所生活的时代背景，甚至臆断出屈原归隐的结论，这既是明代学术氛围的体现，也是汪瑗自身思想认识局限的反映。当然，汪瑗吸收孟子"知人论世"与"以意逆志"的读书方法，将二者结合起来以注《楚辞》，其成就仍然是主要的。明代张孚敬在《杜律训解·再识》中亦曰："夫生于千百载之下，而欲得作者之志于千百载之上，不亦难哉！"因此，在《楚辞》的注解过程中要想准确无误地把握诗人本意并非易事，汉人董仲舒曾说过"诗无达诂"之语，汪瑗于其注疏的过程中就出现了一些附会和偏颇的观点，后之注《楚辞》者当以此为鉴，在注解《楚辞》时尽量臻于屈子的本

---

① （明）汪瑗撰《楚辞集解》，董洪利点校，北京古籍出版社，1994，第437页。
② （宋）王安石撰，（宋）李壁注，李之亮补笺《王荆公诗注补笺》，巴蜀书社，2002，第30页。

意，避免臆测之见。

第二节 以《楚辞》注《楚辞》训诂法

除了运用孟子"以意逆志"的读诗方法，汪瑗在《楚辞集解》的写作中还提出了"以《楚辞》注《楚辞》"的内证法，云："世之注《楚辞》者，不以《楚辞》注《楚辞》，而以己意注《楚辞》；论屈子者，不即屈子之言论屈子，而以己之闻见之言论屈子也。"[①] 简而言之，就是要根据屈辞上下文意或前后篇相互印证，从而推断其含义。这种方法可以尽量减少不必要的曲解与附会，逐步接近屈子的本意。洪兴祖在《楚辞补注》中亦曾偶然为之，如对于《离骚》"怀朕情而不发兮，余焉能忍与此终古"，洪氏曰："此言当世之人，蔽美称恶，不能与之久居也。《九歌》曰：长无绝兮终古。《九章》曰：去终古之所居。终古，犹永古也。"[②] 此例中，洪兴祖结合《九歌》《九章》来解释《离骚》中的词语，但洪兴祖只是在校勘字义时偶尔不自觉地以屈子之言论《楚辞》，并没有提出"以《楚辞》注《楚辞》"的方法，而汪瑗则形成了自己系统的方法论。

一 以《楚辞》注《楚辞》的方法

段玉裁指出："凡说字必用其本义，凡说经必因文求义，则于字或取本义，或取引申、假借，有不得而必者矣。"汉语字词之多，《说文》《尔雅》不能尽解，而且具体语境不同，字词含义也会有所变化，这就需要因文以求义，汪瑗在注疏《楚辞》时，往往通过分析文本本身的具体语言环境、联系上下文的方法来探求和诠释字

---

① （明）汪瑗撰《楚辞集解》，董洪利点校，北京古籍出版社，1994，第88页。
② （宋）洪兴祖补注《楚辞补注》，卞岐整理，凤凰出版社，2007，第30页。

义词义，这就是"以《楚辞》注《楚辞》"的注释方法。

（一）因上下文以求义

《离骚》"朝搴阰之木兰兮，夕揽洲之宿莽"一句，"阰"字《说文》无解，王逸和朱熹将"阰"注为"山名"，洪兴祖更明确指出此山在楚南，汪瑗否定了王、洪之注并自创新说，其注曰：

> 阰与坒同，亦作坒，音陛，地之相次而比者也。对下句洲字而言。可见楚南之阰山，未考其果有否，设有之，安知其非偶同乎？安知其非阰为山之通称乎？又安知其非因屈子之言而袭之者乎？六经之字，往往亦有古书之不能尽解者，读者当以意会也。或曰，阰何以为坒也？曰：如隄之与堤，陼之与堵，阝与土旁如此之类其通用者多矣，又何疑乎？或读作毗者，声之不同耳。以为楚之山名者，非也。[1]

汪瑗在注释"阰"字之时，首先考虑联系上下文具体语境探求词义，他从"洲"与"阰"相对成文的角度，推测"阰"为山的通称，并非指楚之山名；又指出"阰"作"坒"，意即"地之相次而比者也"。汪瑗以后，后世学者多从之，朱琦曰："《说文》无'阰'字，惟埼、陂、坻皆为陵阪之名，三字俱与'阰'音相近，疑即相类。观下句'洲'字，祇通言之，则'阰'亦未必有专属之山也。"[2] 朱琦从"洲"字是通称考虑，认为"阰"也未必专门指哪座山。王闿运亦认为"阰"指的是山坡相连处。俞樾在《读楚辞》中说："'洲'非水名，则'阰'亦非山名。'阰'者，

---

① （明）汪瑗撰《楚辞集解》，董洪利点校，北京古籍出版社，1994，第 308 页。

② 转引自游国恩著《游国恩楚辞论著集》第一卷，中华书局，2008，第 40 页。

'坒'之假字。《说文·土部》：'坒，地相次比也。'地相次比谓之坒，水中可居者谓之洲，皆非实有可指之地也。"① 可知朱琦、王闿运的观点在一定程度上与汪瑗相似，而俞樾则承袭了汪瑗的观点。游国恩评价时亦不同意王逸、朱熹等人的观点，认为汪瑗、俞樾之说更为妥当。汪氏主张用"以《楚辞》注《楚辞》"来阐释《楚辞》中的词语，故他能依据文本因文求义，得出一些合情合理的解释。他在"阰"字上的注疏方面发挥了"分析语境，探求词义"的先驱作用，推动了楚辞研究的发展。

（二）因用词习惯以求义

诗人往往有自己的用词习惯和句法习惯，故屈赋中常出现一些相似或重复的词语或诗句，而要以《楚辞》注《楚辞》就必须对屈赋融会贯通。汪瑗即将全部《楚辞》作品烂熟于胸，从整体着眼，运用文献统计法，将出现在屈辞各篇中的相同词语进行统计，然后根据这些词语出现的语言环境剖析该词词义，其文曰：

> 瑗按：前"吾令蹇修以为理"，朱子《集注》曰："令蹇修致佩缤以为理，则蹇修似是下女之能为媒者，然亦未有考也。"然朱子虽以蹇修二字无所考，而以理字即为媒字矣。《思美人》曰："令薜荔以为理，因芙蓉以为媒。"《抽思》曰："理弱而媒不通。"此曰："理弱而媒拙。"屈子每每以理与媒对言，则理者，亦媒之别名也无疑矣。②

汪瑗注意到屈子多次将"理"和"媒"相对而言，形成了相对固

---

① 转引自游国恩著《游国恩楚辞论著集》第一卷，中华书局，2008，第 40－41 页。
② （明）汪瑗撰《楚辞集解》，董洪利点校，北京古籍出版社，1994，第 390 页。

定的用词习惯，因此通过分析得出"理"就是"媒"的别称的结论，朱熹在阐释"吾令蹇修以为理"句时，也以"理"为"媒"，但在疏解《离骚》"理弱而媒拙兮"一句时，则因袭五臣注认为"恐道理弱于少康"①，并没有联想到"理"与"媒"的对应关系，而汪瑗则注意到屈子的用词习惯，列举屈辞中同时使用"理"与"媒"的诗句，认为它们已经成为屈辞中比较固定的用法，因此将"理"释为"媒"，汪瑗的这一观点被后之《楚辞》研究者广为接受，如蒋骥、戴震、郭沫若等皆从其说。

此外，汪瑗还通过以《楚辞》注《楚辞》的方法解读前贤时人未加注释的词语。如《离骚》"聊抑志而弭节兮，神高驰之邈邈"句中的"高驰"一词，王逸、洪兴祖、朱熹等皆无注，汪瑗则另辟蹊径，将屈辞中所有带有"高驰"一词的诗句进行统计，并总结出其含义，其注曰："高驰，谓远举之意。《少司命》篇曰：'高驰兮冲天。'《东君》篇曰：'撰余辔兮高驰。'《涉江》篇曰：'吾方高驰而不顾。'是也。"② 内证严密，释义准确。再如《湘夫人》"帝子降兮北渚"，汪瑗则结合《湘君》篇加以解释，其注曰："前篇《湘君》言弭节北渚，故此言帝子降于北渚，亦相应也。"③

综上，汪瑗善于列举屈辞中多次出现的字词，总结屈子的用词习惯，以推断未知词语的含义，形成了良好的以内证为主的注疏思路。这种解读诗文的方法发挥了先驱作用，对后来的注疏者产生了很大的影响，如钱澄之注解"高驰"即采用了汪瑗的方法。不仅如此，汪瑗将这种以《楚辞》注《楚辞》的方法贯穿于全部《楚辞集解》注释当中，从词语方面有"前世""远集""弭节""陆离""罹尤""上征""康娱""下女""丰隆"等，而从语素的角度而

---

① （宋）朱熹集注《楚辞集注》，李庆甲校点，上海古籍出版社，1979，第 19 页。
② （明）汪瑗撰《楚辞集解》，董洪利点校，北京古籍出版社，1994，第 104 页。
③ （明）汪瑗撰《楚辞集解》，董洪利点校，北京古籍出版社，1994，第 120 页。

言，则有"凭""谗""姱"等，成就十分突出。

（三）因语法习惯以求义

臻于屈子本意是每个《楚辞》注者孜孜以求的目标，为了达到这个目标，汪瑗提倡要具有整体眼光，从把握与提取屈辞的诗句与内涵的角度来论屈子、解屈辞，"夫读《楚辞》，论屈子者，不于其书而稽之，而顾援引他说以证之，不亦傎乎？呜呼！读六经者，不尊经而信传，多援传以解经，其来久矣，岂独《楚辞》也哉？吾于是乎深有所感也夫"①。汪瑗认为解读《楚辞》不能拘泥于个别字眼的理解，而应当从全部的屈赋作品出发整体把握与理解《楚辞》中的字词。此外，汪氏还善于运用语法知识来引文求义。

例如，解读《离骚》"汤禹俨而祇敬"句中"汤禹"一词时，汪瑗注意到本句运用了"倒文"的修辞方法，因此注曰："不曰禹汤，而曰汤禹者，倒文耳。后曰汤禹严而求合，是也。"② 汤禹当指商汤和夏禹，按二者出现的时代先后，应当先列举禹，后列举汤，诚如汪瑗所云当为倒文法，有的学者认为"汤禹"指一人，分析如下。其一，《离骚》中另有一处"禹汤"倒文的例子，如"汤禹严而求合兮，挚咎繇而能调"。下句的"挚""咎繇"分别指伊尹及皋陶二人，因此上句的"汤禹"也当为两人，而不当为"大禹"一人。其二，除了《离骚》中所提及的"汤禹"外，《九章·怀沙》中有"古固有不并兮，岂知其何故！汤禹久远兮，邈而不可慕"。王逸注曰"言殷汤、夏禹圣德之君，明于知人，然去久远，不可思慕而得事之也"③，亦将汤禹指汤、夏禹二人。故此"汤禹"

---

① （明）汪瑗撰《楚辞集解》，董洪利点校，北京古籍出版社，1994，第146页。
② （明）汪瑗撰《楚辞集解》，董洪利点校，北京古籍出版社，1994，第64页。
③ （汉）王逸撰《楚辞章句》，（宋）洪兴祖补注《楚辞补注》，卞岐整理，凤凰出版社，2007，第127页。

当不指一人而言。其三，《楚辞》之外，《汉书·宣元六王传》：
"大王诚赐咳唾，使得尽死，汤禹所以成大功矣。"[1] 此句中，"禹"
及"汤"所指亦为两人。又"唐则天武后《蔡州鼎铭》：'唐虞继
踵，汤禹乘时。'以上'汤禹'皆指夏禹与商汤，故不能说古书里
'决无倒言汤禹'之事，更不能说这都是'禹汤'的倒误。由此可
知，我们没有理由要把屈赋三例'汤禹'另解为'大禹'的，'汤
禹'与'禹汤'在上古是同时存在的"[2]。因此，通过以上分析，可
知汪瑗所说的"汤禹俨而祗敬兮，周论道而莫差"为倒文法是十分
有道理的。

蒋骥曰："凡注书者，必融会全书，方得古人命意所在。"[3] 注
释《楚辞》当需将《楚辞》全部融会贯通之后，方能更好地把握
诗人的创作意图。汪瑗将全部屈赋融会贯通，将两个"汤禹"联系
起来并结合语法修辞进行注释，言之有据，合乎诗文本意，为《楚
辞》研究做出了卓越的贡献。

二 以《楚辞》注《楚辞》的原则

"揆之本文而协，验之他卷而通"乃训诂学常用的方法，汪瑗
在以《楚辞》注《楚辞》的同时，也做到了以外证相结合，在字
词训诂方面取得了很大成就。

如"丰隆"一词，王逸以为"云师"，而朱熹在《离骚》《远
游》注为雷师，而在《思美人》中又注为云师，随文迁就，二三
其说，汪瑗则将屈子诗篇中所出现的含有"丰隆"的诗句进行统计
整理，采用内证辅以外证的方法以注"丰隆"，曰：

---

① （汉）班固撰《汉书》，中华书局，1964，第 3313 页。
② 黄灵庚：《"汤禹"构词试释》，《古籍整理研究学刊》1996 年第 4 期。
③ （清）蒋骥撰《山带阁注楚辞》，上海古籍出版社，1984，第 189 页。

据《楚辞》，则以丰隆为云师，得之矣。《离骚》曰："吾令丰隆乘云兮，求宓妃之所在。"《思美人》曰："愿寄言于浮云兮，遇丰隆而不将。"《远游》曰："召丰隆使先导兮，问太微之所居。"是亦承上句"掩浮云而上征"而来也。详此三言，则不待王逸之注，洪氏之辨，而丰隆之为云师章章矣。①

按，"丰隆"在《楚辞》中共出现三次，分别是《离骚》《思美人》《远游》各一次，且"丰隆"出现时，在同句或上句出现"乘云"或"浮云"一词，故汪瑗判定"丰隆"为"云师"。在内证以外，汪氏还运用外证法进行考察。如他列举《归藏》中"丰隆筮云气而告知"句，亦是"丰隆"为云师之证。此外，汪瑗还根据《淮南子》中"丰隆"所出现的时间论证其为"云师"："尝考《月令》，仲春雷乃发声，仲秋雷始收声。其发其收，皆在仲月，不在季月也。《淮南子》季春三月，丰隆乃出，以将其雨。安知其非云行雨施之谓乎？奚必雷而后雨也？"② 汪氏综合运用内证法与外证法，得出"丰隆"为"云师"的结论，理据充足，论证严密。清朝林云铭在注解《思美人》时亦说："《离骚》言乘云，此篇言浮云，与雷师无涉明矣。况求女结言，以礼为贵，若用雷威，是先自处于无礼矣，何怪宓妃之纬繣乎？注《屈》而悖屈，自非作者本意，不如以《屈》注《屈》之当。"③ 林云铭的论证思路与汪瑗相近。汪瑗关于"丰隆"含义的论证，既有内证，也有外证，论证严谨，有力地批驳了朱熹关于"丰隆"二三其说的随意性与不加考辨的迁就做法。

---

① （明）汪瑗撰《楚辞集解》，董洪利点校，北京古籍出版社，1994，第380页。
② （明）汪瑗撰《楚辞集解》，董洪利点校，北京古籍出版社，1994，第380页。
③ （清）林云铭撰《楚辞灯》，彭丹华点校，华东师范大学出版社，2012，第99页。

三 以《楚辞》注《楚辞》的影响

汪瑗"以《楚辞》注《楚辞》"的方法对后之注《楚辞》者产生很大的影响，自是而后，研究者都形成了内证意识，以内证的方法列举整理屈辞的相同或相似用法，从屈辞本身去探求屈辞的含义或者去探求屈子之为人。

汪瑗之后，李陈玉提出了"以《骚》注《骚》"的观点，当源自汪瑗的影响。其《离骚》小序曰："就《骚》解《骚》，方知作者当日命篇本意。而从来解者，皆妄添之名目也。《离骚》大意，只为'好修'二字与人异趣，为人所忌。"[1] 李氏将这种注释方法贯穿到屈辞的注疏当中。如《湘君》中"交不忠兮怨长，期不信兮告余以不闲"句，李氏笺注曰："此是《离骚》'成言悔遁''中道改路'注脚。"[2] 李陈玉"以《骚》注《骚》"的方法与汪瑗所说的"以《楚辞》注《楚辞》"的方法本质是一样的，当是承袭汪瑗"以《楚辞》注《楚辞》"的方法而来。

林云铭则提出了"以《屈》注《屈》"的观点，他在注解"丰隆"一词时，说："篇首'丰隆'，或曰云师，或曰雷师，即《离骚》'求宓妃'者。《集注》谓'雷威求无不获'，虽本于淮南、张衡、郭璞之语，但数子皆汉晋间人，在屈子之后，《离骚》言乘云，此篇言浮云，与雷师无涉明矣。况求女结言，以礼为贵，若用雷威，是先自处于无礼矣，何怪宓妃之纬繣乎？注《屈》而悖屈，自非作者本意，不如以《屈》注《屈》之当。"[3] 林云铭直接强调注

---

① （清）李陈玉撰《楚辞笺注》，见《续修四库全书》楚辞类第1302册，上海古籍出版社，2002，第8页。
② （清）李陈玉撰《楚辞笺注》，见《续修四库全书》楚辞类第1302册，上海古籍出版社，2002，第40页。
③ （清）林云铭撰《楚辞灯》，彭丹华点校，华东师范大学出版社，2012，第99页。

解要符合屈原本意，不能与之相悖，是在《楚辞》注疏思想方面的一大进步；而在方法上，实际上是通过列举整理屈辞中相同相似用法来注解屈辞本身，寻求最合理的解释，与汪瑗并无二致。

不管是汪瑗的"以《楚辞》注《楚辞》"，还是李陈玉的"以《骚》注《骚》"或是林云铭的"以《屈》注《屈》"，它们的前提都是要对屈辞了然于心、运用自如。汪瑗对《楚辞》融会贯通，在前人注疏的基础上，实现了内证与他证相结合的双重优势，为后世的《楚辞》解读提供了行之有效的思路。（见下表）

汪瑗"以《楚辞》注《楚辞》"例举表

序号	注解对象（《离骚》中诗题、字、词、句及整篇诗意）	所引诗歌标题	出现形式	页码*
1	诗题	《离骚》	余既不难夫离别兮，伤灵修之数化	35
2	"朝搴阰之木兰兮，夕揽洲之宿莽"中"朝、夕"二字	《九章·抽思》	善不由外来兮，名不可以虚作。孰无施而有报兮，孰不实而有获	38
3	"反信谗而齌怒"中"谗""齌怒"	《九章·惜往日》	信谗谀之溷浊兮，盛气志而过之	42
4	曰黄昏以为期兮，羌中道而改路	《九章·抽思》	昔君与我成言兮，曰黄昏以为期。羌中道而回畔兮，反既有此他志	43
5	"长太息以掩涕兮"中"长"字	《远游》	哀人生之长勤	48
6	"余虽好修姱以鞿羁"中"修姱"	《招魂》	姱容修态	48
7	自前世而固然	《九章·涉江》	与前世而皆然兮，吾犹何怨乎今之人	51

续表

序号	注解对象（《离骚》中诗题、字、词、句及整篇诗意）	所引诗歌标题	出现形式	页码*
8	进不入以离尤兮	《九章·惜诵》	欲儃佪以干傺兮，恐重患而离尤	53
9	制芰荷以为衣兮，集芙蓉以为裳	《九章·涉江》	余幼好此奇服兮，年既老而不衰	54
10	不吾知其亦已兮，苟余情其信芳	《九章·涉江》	世溷浊而莫余知兮，吾方高驰而不顾	54
11	高余冠之岌岌兮，长余佩之陆离	《九章·涉江》	带长铗之陆离兮，冠切云之崔嵬	55
12	"芳与泽其杂糅兮"之"芳、泽"	《大招》	列《大招》标题	55
13	"忽反顾以游目"之"游目"	《哀郢》	曼余目以流观	55
14	阐释悲怀故都之情	《离骚》	国无人莫我知兮，又何怀乎故都	56
15	阐释悲怀故都之情（同上）	《远游》	超无为以至清兮，与泰初而为邻	56
16	阐释悲怀故都之情（同上）	《涉江》	怀信侘傺，忽乎吾将行兮	56
17	阐释悲怀故都之情（同上）	《惜诵》	拆兹媚以私处兮，愿曾思而远身	56
18	鲧婞直以亡身兮	《惜诵》	行婞直而不豫兮，鲧功用而不就	58
19	鲧婞直以亡身兮	《离骚》	伏清白以死直兮，固前圣之所厚	58
20	鲧婞直以亡身兮	《离骚》	亦余心之所善兮，虽九死其犹未悔	58
21	鲧婞直以亡身兮	《离骚》	宁溘死而流亡兮，余不忍为此态也	58

续表

序号	注解对象（《离骚》中诗题、字、词、句及整篇诗意）	所引诗歌标题	出现形式	页码*
22	鲧悻直以亡身兮	《离骚》	虽体解吾犹未变兮，岂余心之可惩	58
23	鲧悻直以亡身兮	《怀沙》	人生禀命，各有所错兮。定心广志，余何畏惧兮。知死不可让，愿勿爱兮。明告君子，吾将以为类兮	58
24	"喟凭心而历兹"中"凭"	《思美人》	"扬厥凭而不俟"，凭字与此同义	60
25	汪瑗的"屈原非水死"论	《涉江》	吾与重华游兮瑶之圃	61
26	汪瑗的"屈原非水死"论	《抽思》	望三五以为像兮，指彭咸以为仪	61
27	汪瑗的"屈原非水死"论	《怀沙》	重华不可遻兮，孰知余之从容	61
28	汪瑗的"屈原非水死"论	《怀沙》	汤禹久远兮，邈而不可慕	61
29	"阽余身而危死兮，览余初其犹未悔。不量凿而正枘兮，固前修以菹醢"中的屈子处境	《惜诵》	矰弋机而在上兮，罻罗张而在下。设张辟以娱君兮，愿侧身而无所。欲儃徊以干傺兮，恐重患而离尤。欲高飞而远集兮，君罔谓汝何之？	68
30	"溘埃风余上征"中的"上征"	《远游》	掩浮云而上征	69
31	"吾令羲和弭节兮"之"弭节"	《离骚》	"不抑志而弭节"之"弭节"	72
32	"吾令羲和弭节兮"之"弭节"	《远游》	"徐弭节而高厉"之"弭节"	72

续表

序号	注解对象（《离骚》中诗题、字、词、句及整篇诗意）	所引诗歌标题	出现形式	页码*
33	吾令帝阍开关兮，倚阊阖而望予	《远游》	命天阍其开关兮，排阊阖而望予	74
34	哀高丘之无女	《九叹·逢纷》	"声哀哀而怀高丘兮，心愁愁而思旧邦"之"高丘"	75–76
35	"相下女之可诒"中"下女"	《湘君》	亦见《湘君》"将以遗兮下女"	76
36	"吾令丰隆乘云兮"句意	《思美人》	愿寄言于浮云兮，遇丰隆而不将	77
37	"求宓妃之所在"宓妃有无	《离骚》	周流乎天余乃下	77
38	朝濯发于洧盘	《远游》	朝濯发于旸谷	78
39	"保厥美以骄傲兮，日康娱以淫游。虽信美而无礼兮，来违弃而改求"之章意。	《抽思》	"骄吾以为美好兮，览余以其修姱"即此章意	78
40	"欲远集而无所止兮"之"远集"	《惜诵》	"欲高飞而远集"之"远集"	81
41	理弱而媒拙兮	《思美人》	令薜荔以为理兮，惮举趾而缘木。因芙蓉以为媒兮，惮褰裳而濡足	83
42	好蔽美而称恶	《离骚》	闺中既已邃远兮，哲王又不悟	83
43	及年岁之未晏兮，时亦犹其未央	《悲回风》	岁忽忽其若颓，时亦冉冉而将至	93
44	"神高驰之邈邈"中的"高驰"	《少司命》	"高驰兮冲天"中"高驰"	104
45	"神高驰之邈邈"中的"高驰"	《东君》	"撰余辔兮高驰"中的"高驰"	104

续表

序号	注解对象（《离骚》中诗题、字、词、句及整篇诗意）	所引诗歌标题	出现形式	页码*
46	"神高驰之邈邈"中的"高驰"	《涉江》	"吾方高驰而不顾"中"高驰"	104

　　* 此处"页码"指《楚辞集解》（董洪利点校，北京古籍出版社，1994）中的页码。

第三节　分析句法结构的释读法

　　《楚辞》以其独特的艺术魅力吸引了无数文人墨客的关注，然而他们在研究诗歌时对诗歌的语言文辞的研究缺乏应有的关注，离开了特定的语言形式，诗歌的艺术魅力就不复存在，"因此，我们在把握诗学精神时，自不能停留于情志、境象、气韵、趣味之类较虚的层面上，还要进一步将其落实于语言文辞"①。而汪瑗在研究《楚辞》时在修辞手法上开了《楚辞》研究之先，他主要抓住倒文法、参错文法、互文法三个方面进行分析，为研究《楚辞》的句法特征做出了突出贡献。

一　倒文法

　　古之"倒文"又称"倒装"，是古人在创作诗篇时为强调或突出某种感情或为求叶韵所采用的一种修辞手法，在《周易》《禹贡》《诗经》《论语》《庄子》《左传》等先秦典籍中皆有所用。《诗经·崧高》中"谢于诚归"一语，孔颖达疏："言'谢于诚归'，正是诚

---

　　① 陈伯海：《"言"与"意"——中国诗学的语言功能论》，《文学遗产》2007年第1期。

心归于谢国。古人之语多倒，故申明之。"《左传》中"盗所隐器"
当为"隐盗所得器"；《禹贡》中"厥筐玄织缟"当为"厥筐织玄
缟"，诸如此类，不胜枚举。运用"倒装"这种修辞手法可以增强
诗歌的表达效果，陈骙的《文则》即指出："倒言而不失其言者，
言之妙也；倒文而不失其文者，文之妙也。文有倒语之法，知者罕
矣。"①《楚辞》中即多处运用了"倒文"句法，达到了劲健要妙之
效果，汪瑗较早地使用倒文句法对屈子诗歌进行剖析，汪瑗将《楚
辞》中所用的倒字、倒句法称之为"倒文法"，即现代汉语所说之
"倒装"，为了更好地理解《楚辞》，更好地领悟伟大诗人屈原的感
情，分析如下。

（一）《楚辞》倒文的主要形式

诗人为了突出或强调某种特殊的情感，在创作诗篇时会有意改
变词语的语序，张弓在《现代汉语修辞学》中说："句法的同义形
式有的是构成各种修辞形式的条件，如倒装修辞方式是以句法的变
通词序为条件。"②其中，颠倒的成分恢复原位后，句意基本不变。
《楚辞》中多处用到了"倒装"句式，汪瑗于其《楚辞集解》中对
《楚辞》中的倒装句予以归纳分析，其曰：

> 汩余若将不及，愿俟时乎吾将刈，謇吾法夫前修，既替余
> 以蕙纕，忳郁邑余侘傺，延伫乎吾将反，其余与吾字，虽皆倒
> 在下，而意乃当在句首之上也。此类甚多。③

---

① 邓文彬：《中国古代语法研究的兴起与早期的语法研究》，《西南民族大学学报》（人文
　社科版）2004 年第 4 期。
② 张弓编《现代汉语修辞学》，天津人民出版社，1963，第 19 页。
③ （明）汪瑗撰《楚辞集解》，董洪利点校，北京古籍出版社，1994，第 369 页。

汪瑗不仅找出了多例使用倒装的句子，并且指出此类倒装的句子强调的重点"乃当在句首之上"，其宗旨是为了突出强调诗人的某种情感或语义内容而倒置语序，但汪瑗并没有将这些句子条分缕析地进行分类处理，下面将其分为主语前为单字和多字两种情况进行分析。

1. 主语倒置

（1）主语前为单字

第一，汩余若将不及兮。

关于本句，王逸、洪兴祖、朱熹并没有剖析它的句法结构，只是采用随句注的方法进行阐释，王逸《楚辞章句》曰："汩，去貌，疾若水流也。"① 对"汩余若将不及兮，恐年岁之不吾与"一句的解释，朱熹曰："汩，水流去疾之貌。言己之汲汲自修，常若不及者，恐年岁不待我而过去也。"② 而汪瑗则能不囿成说，勇于追求真知卓识，他指出其为"倒文"用法，曰："首句倒文耳，本谓余汩汩乎若将不及也。屈子多以余字倒在下，不能尽出，读者详之。"③ 汪瑗此说一出，激起学界关于《楚辞》句法的研究热情，刘永济、姜亮夫都认为此句为倒装，刘永济与汪瑗的观点相似，刘永济指出此句为"副词置句首"，可以调整为"予汩然若将不及也"④。姜亮夫曰："《方言》：'汩，疾行也，南楚之外曰汩。'汩余，即'余汩'倒言也。"⑤ 林素君、谭思健的《论〈离骚〉的几种特殊的语法形式》认为汪瑗此说"确能发千古之蒙"⑥。此句中，"汩"字是副词置于句首，指的是生命像流水一样汩然（水流极速

---

① （宋）洪兴祖补注《楚辞补注》，卞岐整理，凤凰出版社，2007，第 5 页。
② （宋）朱熹集注《楚辞集注》，李庆甲校点，上海古籍出版社，1979，第 4 页。
③ （明）汪瑗撰《楚辞集解》，董洪利点校，北京古籍出版社，1994，第 38 页。
④ 刘永济编《屈赋音注详解·屈赋释词》，中华书局，2007，第 398 页。
⑤ 姜亮夫编《重订屈原赋校注》，天津古籍出版社，1987，第 10 页。
⑥ 林素君、谭思健：《论〈离骚〉的几种特殊的语法形式》，《江西教育学院学报》2008年第 4 期。

貌）流去，表达了屈原那种时不我待，愿及时进德修业的紧迫感。

第二，耿吾既得此中正。

汪瑗认为"耿吾既得此中正"为倒装，他说："下句乃倒文，本谓'吾既得此耿然中正之道耳'。"[1] 金开诚等认可汪瑗的观点，称"耿"字为状语提前，耿意为明亮的样子，整句话指的是我心明眼亮地感到已经得到了正道，[2] 汤炳正也认为这句话是副词前置句法。本句突出了屈子忠贞不渝的节操及刚强不屈的骨气。

第三，謇吾法夫前修兮。

汪瑗曰："亦倒文耳，本谓余謇法夫前修也。"[3] 汪瑗对"謇"作了详细解释："洪氏训难易之难，是矣……谓己法前修而不畏其难，謇謇然勉强勤劳，虽颠踬困苦，极其万状，亦不休息，亦不悔怨。此所以为謇法前修，畏之意也。"[4] 朱冀曰："謇吾云者，用倒装句法也。章内数謇字皆从言，俗解从足者非。"[5]

第四，以"纷"开头的倒装句子。

在分析"纷吾既有此内美兮"时，汪瑗并没有明言其为"倒文法"，但他在梳理字句时解释说："纷，盛貌。内美，承上二章祖父日月名字而总结之……言己既有此盛美，而又重之以修能，以见才德之全备也。"[6] 汪瑗在分析句子时用"此盛美"点出了其为倒装句。"纷吾既有此内美兮"中的"纷"为"很多、众多"的意思，以此形容"内美"之盛，指屈原之内美并非只有一种，将此句理顺当为"吾既有此纷内美兮"，可以翻译为"我已经有这么多内在的美好品质"。姜亮夫在《重订屈原赋校注》中也认为这句话是

---

① （明）汪瑗撰《楚辞集解》，董洪利点校，北京古籍出版社，1994，第 369 页。
② 金开诚、董洪利、高路明编《屈原集校注》，中华书局，1996，第 84 页。
③ （明）汪瑗撰《楚辞集解》，董洪利点校，北京古籍出版社，1994，第 328 页。
④ （明）汪瑗撰《楚辞集解》，董洪利点校，北京古籍出版社，1994，第 328 页。
⑤ （清）朱冀撰《离骚辨》，引自游国恩《离骚纂义》，中华书局，1980，第 120 页。
⑥ （明）汪瑗撰《楚辞集解》，董洪利点校，北京古籍出版社，1994，第 37 页。

倒装句法，将"纷"解释为"纷然美盛貌"，并将这种修辞格式概括为"疏状字动字倒置于主词之前"①。但关于"纷"字的解释，《方言》曰："纷，怡喜也。湘潭之间曰纷怡。"《后汉书·延笃传》中有"纷纷欣欣兮，其独乐也"即此意。如果按扬雄《方言》所言，"纷吾既有此内美兮""纷吾既有此姱节"也可以按"怡喜"来阐释。但《九章·惜诵》"纷逢尤以离谤兮"中的"纷"训为"怡喜"则不妥，王逸于《楚辞章句》训"纷"为"乱貌也"则更合情合理。故注释"纷"字当灵活看待，而不能拘泥于《方言》之注解而以辞害意，可根据具体诗句灵活将"纷"理解为"盛多""频繁""杂乱"等。《大司命》中"纷吾乘兮玄云"与此结构相似，其中"纷吾乘"倒句为"吾纷乘"，将其结构理顺，可理解为"吾纷然乘兮玄云也"。

在《楚辞》中以"纷"字作为句子开头的句子凡五见，有《离骚》中的"纷吾既有此内美兮""纷独有此姱节""纷总总其离合兮"，还有《大司命》中的"纷吾乘兮玄云"以及《九章·惜诵》中的"纷逢尤以离谤兮"。这五个句子都是"纷"在句头作状语，而主语"吾"则倒置于其后，而《楚辞》中以"纷"开头的这五个句子就是屈赋中常见的倒装句法。

除了汪瑗所分析的几句外，《离骚》篇中的"溘吾游此春宫兮""阽余身而危死兮""邅吾道夫昆仑兮""忽吾行此流沙兮"以及《湘君》中的"沛吾乘兮桂舟"等都为倒装句。"溘吾游此春宫兮"中的"溘"意思为"快速地"，将此句话理顺，当为"吾溘游此春宫兮"，整句话的意思为"我快速地游览这个春宫"。"忽吾行此流沙兮"之句理顺当为"吾忽行此流沙兮"，意思是指"我迅速地行走在这段流沙地带"。除此之外，还有的倒装句主语前面有两

---

① 姜亮夫编《重订屈原赋校注》，天津古籍出版社，1987，第9页。

个字，如《涉江》中的"忽乎吾将行兮"当为"吾忽乎将行兮"。对这种现象，清人吴世尚做了深入的研究，他于《楚辞疏》中说："楚辞中凡施于句首之字，如纷、汩、忽、羌、謇、耿、溘、时云者，大抵多属方言。而其意之或承上，或总下，或发端，或继事，或转语，或证言，或正疏，或反仆，读者各就上下文义以意会之，斯可矣。"① 明代杜浚的《杜氏文谱》亦有："倒言而不失其言者，文之妙；倒文而不失其文者，文之妙。"② 屈子在辞赋中大量使用楚语，不但为《楚辞》平添了浓郁的南楚风貌，而且使其语言凝练生动、含蓄蕴藉，增强了《楚辞》的艺术感染力。

（2）主语前为多字

第一，忳郁邑余侘傺兮。

汪瑗指出"忳郁邑余侘傺"为倒文法，"忳郁邑"描写出诗人的忧思愁苦之貌，而"侘傺"则写出诗人彷徨失志之貌，此句将主语"余"字置于诗句的中间，如果将"余"字提前，当为"余忳郁邑而侘傺兮"。朱冀曰："此句倒句法，若顺解之，当云因我失志而逗留于此，故闷闷若是也。"③ 游国恩说："忳郁邑余侘傺者，即余忳郁邑而侘傺之谓也，言我忧郁而失志，无聊赖也。其主语不居句首而居句中者，在使句法多变耳。"④ 汪瑗之后，朱冀和游国恩都指出"忳郁邑余侘傺兮"为倒装句，此句运用倒装，不但体现了句法之变化，更主要的是突出了屈子忧思愁苦的心境。

第二，曾歔欷余郁邑兮。

"曾歔欷余郁邑兮"一句跟"忳郁邑余侘傺兮"结构相似，也

---

① （清）吴世尚撰《楚辞疏》，转引自游国恩《游国恩楚辞论著集》，中华书局，2008，第25页。

② （明）杜浚撰《杜氏文谱》，见王水照《历代文话》，复旦大学出版社，2007，第2467页。

③ （清）朱冀撰《离骚辨》，引自游国恩《离骚纂义》，中华书局，1980，第147页。

④ 游国恩著《游国恩楚辞论著集》第一卷，中华书局，2008，第147页。

属于主语"余"置于句中的倒装用法，描写出诗人郁邑而悲泣的样子，如果将此句理顺，当为"余曾歔欷郁邑兮"。"溘埃风余上征""延伫乎吾将反"以及《惜诵》中的"心郁邑余侘傺"亦属于此类句法。

以上诗句都是主语前三字连文现象，游国恩对这种三字连文的倒装形式进行了分析，他说："忳郁邑者，三字连文为词。本书《悲回风》篇之'愁郁郁''穆眇眇''莽芒芒''貌蔓蔓''缥绵绵''愁悄悄''翩冥冥''纷容容''罔芒芒''轧洋洋''漂翻翻'等三字联绵词甚多，（本篇下文亦有纷总总），恒以第一字为一义，余二字又为一词，以足上一字之义。故此文忳为忧义，'郁邑'当与忧义近，而用以重申其意者。合三字以为词义，若可分，若不可分，本书此例正多。又此文以余字位于句中，盖倒装文法。"① 游国恩将《楚辞》中的"三字连文"的倒装句式进行了归纳性总结，找出了其中的规律。

《楚辞》中有多例以形容词或副词充当状语成分倒置于句首而主语置于句中的情况，以强调或突出作者的某种状态或情感，这种反常的奇特句法，可以形成诗篇的波澜，使诗歌灵动多姿。

2. 宾语倒置

"在先秦古籍中，最突出的特殊词序是宾语在一定条件下要放在动词之前。"② 屈赋中有一些宾语前置的例子，汪瑗在《楚辞集解》中指出了此类句子，分析如下。

（1）不吾知其亦已兮，苟余情其信芳

汪瑗认为此二句："乃倒文法，本谓苟余情其信芳，则虽不吾知，其亦已矣，又何伤哉？"③ 汪瑗认为这句话为倒文并进行了阐

---

① 游国恩著《游国恩楚辞论著集》第一卷，中华书局，2008，第147页。
② 郭锡良等编著《古代汉语》（上），天津教育出版社，1986，第288页。
③ （明）汪瑗撰《楚辞集解》，董洪利点校，北京古籍出版社，1994，第55页。

释，闵齐华从之，曰："不吾知二句是倒文法，谓余情信芳，虽不吾知，其亦已矣。亦已者，不求人知也。"① 但汪瑗与闵齐华所解释均不够通俗易懂，没有五臣注简单直白，五臣注曰："言君不知我，我亦将止。"我们认为"不吾知其亦已兮"一句中的"不吾知"当属宾语前置，可理解为"不知吾"，这样更符合句意。

（2）吹参差兮谁思

这一句，汪瑗认为："二句乃倒文，本谓吾之吹箫，果谁思乎？"② 此句亦当为宾语前置，理顺顺序当为"吹参差兮思谁"，汪瑗对此句的解释不够清晰明白，本句是为了押韵才将"谁"字前置，刘永济阐释"吹参差兮谁思"曰："此以'思'协商'来'韵，顺言之则为吹参差兮思谁。"③ 刘永济的注解则更为透彻明白，但汪瑗将此句定为"倒文"，他的研究推动了《楚辞》句法研究的发展，其发蒙之功亦当永怀。

3. 句尾因押韵而倒装

诗歌往往讲求合辙押韵，《诗经》中诗句为了押韵，会调整诗句的正常语序，如《齐风·东方未明》有"东方未晞，颠倒裳衣"。其中，下句的语序应为"颠倒衣裳"，为了押韵，将二字颠倒顺序。《楚辞》是艺术化的语言形式，屈子为了押韵，往往调整诗句的语序。《楚辞》中除了主语倒装、宾语倒装，还有一类是在句子末尾因协韵而倒装。

（1）君无度而弗察兮，使芳草为薮幽。（《惜往日》）

汪瑗曰："薮，大泽也。幽，暗也。本谓幽薮而言薮幽，倒文

---

① （梁）萧统编，（明）孙鑛评、闵齐华注《孙月峰先生评文选三十卷》，选自《四库全书存目丛书》集部第 287 册，齐鲁书社，1997，第 346 页。
② （明）汪瑗撰《楚辞集解》，董洪利点校，北京古籍出版社，1994，第 116 页。
③ 刘永济编《屈赋音注详解·屈赋释词》，中华书局，2007，第 407 页。

以协韵耳。"① 屈子将"薮"与"幽"交换位置，以与"独鄣壅而蔽隐兮，使贞臣为无由"句协韵，同时符合整篇诗歌的押韵规律。

（2）宁溘死而流亡兮，恐祸殃之有再。（《惜往日》）

"恐祸殃之有再"句，汪瑗曰："本谓再有，而曰有再者，倒文以协韵耳。"②

除了汪瑗所分析的句子外，《离骚》中的"恐年岁之不吾与"，顺言之当为"恐不与吾之年岁"，"此以'与'协后'莽'韵，顺言之则为恐不与吾之年岁。'莽'，古音姆"③。"夫何茕独而不予听"句，"此以'听'协前'当'韵，顺言之则为'夫何茕独而不听予'"，此处之所以采用倒装法，当为与上句"众不可户说兮，孰云察余之中情"协韵。《湘君》中的"君不行兮夷犹，蹇谁留兮中洲"，此句中的"洲"字与下句的"沛吾乘兮桂舟"的"舟"字押韵，故将"洲中"改为"中洲"。为了协韵而将二字交换位置，不影响读者理解，而且读起来朗朗上口，增强诗歌的韵味。

（二）汪瑗研究倒文句的意义

在古代汉语中，倒装是一种常用的句式，《诗经》中经常出现。针对《诗经·汝坟》中"不我遐弃"句，孔颖达曰："不我遐弃，犹云不遐弃我。古人之语多倒，《诗》之此类众矣。"④ 孔颖达对《诗经》中的倒装进行了分析，而《楚辞》中的倒装亦多处可见，纵观《楚辞》中出现的倒装句式，有些句式有一定的规律可循，而形成了屈子句式的一种固定结构形式，是屈子追求表情达意的特殊效果的一种重要手段。

---

① （明）汪瑗撰《楚辞集解》，董洪利点校，北京古籍出版社，1994，第218页。
② （明）汪瑗撰《楚辞集解》，董洪利点校，北京古籍出版社，1994，第226页。
③ 刘永济编《屈赋音注详解·屈赋释词》，中华书局，2007，第406页。
④ 李学勤主编《十三经注疏·毛诗正义》，北京大学出版社，1999，第58页。

汪瑗分析倒装句法，首先可以使我们更好地理解屈辞。屈子将诗句中的形容词、副词或其短语变换常规语序置于主语之前的修辞形式，可以使诗篇句式更加遒健、灵动多姿。汪瑗找出屈辞中所使用的倒装句，并简单总结了其规律，可见屈子造句之妙，以前诸家于此缺乏关注，王逸、洪兴祖、朱熹皆未针对《楚辞》的句法结构进行研究，而汪瑗通过研究屈子诗篇的倒文句，不但可以帮助我们理解屈子的诗句，更对后世之研究《楚辞》者产生了很大影响，汪瑗功不可没。

汪瑗对屈辞倒装法的研究开启了后之《楚辞》研究者的热情，屈复于《楚辞新集注》中强调了倒装句法对于理解屈赋的意义，他说："如倒字、倒句、倒数句，神龙变化不可端倪，向者予不知用古之法，多不解，不知倒叙法愈不能解也。"① 可见，"倒文"之用法是古代汉语中常用的一种修辞方式，此外，朱冀、姜亮夫、刘永济、金开诚、汤炳正、游国恩都在"倒装"方面做了进一步研究，推动了对《楚辞》句法的深入研究。

倒装，从语序角度分析是指句中词序的颠倒，从修辞角度分析则是为了突出强调某种情感以增强诗歌的表达效果，我们在研究《楚辞》时只有关注倒装法的分析，才能更好地理解屈辞。

二　参错文法

参错文法，古已有之，所谓的"参错文法"即错综句法，指为了避免单调，句子打破原来的语序，重新组合，达到一种错落有致的修辞效果。清俞樾《古书疑义举例》曰："古人之文，有错综其辞以见文法之变者。如《论语》：'迅雷风烈'；《楚辞》：'吉日兮

---

① （清）屈复撰《楚辞新集注》，见《续修四库全书》楚辞类第 1302 册，上海古籍出版社，2002，第 322－323 页。

辰良'；夏小正：'剥枣栗零' 皆是也。"① 除了俞樾所举的《论语》《楚辞》中的例子，《楚辞》中还有其它参错用法之例，汪瑗不但指出了《楚辞》中所用的参错文法，并对使用参错文法的句子进行分析，使得句意变得简单明了。下面探讨一下汪瑗对《离骚》中参错句法的分析。

（一）交错语次

诗歌的美，贵均齐，同时也贵变化，屈赋中就巧妙地融合了句式的变化，使其错落有致，避免了单一呆板的弊端。所谓句式变换，就是将原本整齐匀称的句子进行变换，使其在结构上灵活多变，形成波澜起伏之美。这样参错的句式，读起来朗朗上口，既不失整句的整齐之美，同时也融入了散句的错落之美，以更好地表达作者的思想感情，增强诗歌的感染力。汪瑗在《楚辞集解》中列举的例子包括如下几个。

1. 吾令丰隆乘云兮，求宓妃之所在。解佩纕以结言兮，吾令蹇修以为理

汪瑗曰："按此章参错文法，本谓 '吾令丰隆乘云兮，求宓妃之所在。吾令蹇修以为理兮，解佩纕以结言' 也。"② 这属于整句诗歌交错语次之例，如果全诗以同样句式的文辞出之，易使人生倦，而将语句的顺序前后变动，这样就避免了句法的单调平板。上下两句交错语次，其宗旨是为了修辞上临时需要而变换句式，这使得诗歌奇峭生动，更富有表现力。

2. 蕙肴蒸兮兰藉，奠桂酒兮椒浆

关于"蕙肴蒸兮兰藉，奠桂酒兮椒浆"，汪瑗的解释为："此乃

---

① （清）俞樾撰《古书疑义举例》，中华书局，2005，第 7 页。
② （明）汪瑗撰《楚辞集解》，董洪利点校，北京古籍出版社，1994，第 77 页。

参错文法，本谓进献肴馔之物，而以蕙兰香草而藉之也。"① 而"蕙肴蒸兮兰藉，奠桂酒兮椒浆"一句中本来当以"蒸蕙肴"对"奠桂酒"，但屈子用"蕙肴蒸"对"奠桂酒"，明显属于错综句法，或者为汪瑗意义上所说的参错文法。宋朝沈括《梦溪笔谈》云："韩退之集中《罗池神碑铭》有'春与猿吟兮秋与鹤飞'。今验石刻，乃'春与猿吟兮秋鹤与飞'。古人多用此格，如《楚辞》'吉日兮辰良'。又'蕙肴蒸兮兰藉，奠桂酒兮椒浆'（俱见《九歌》）。盖欲相错成文，则语势矫健耳。"② 宋陈善在其诗话中云："《楚辞》以'日吉'对'良辰'，以'蕙肴蒸'对'奠桂酒'。沉存中云：'此是古人欲错综其语，以为矫健故尔'。"③ 沈括与陈善都提到了《楚辞》中的错综句法，说明到宋朝之时，已经注意到参错句法这种修辞格式，而至汪瑗在《楚辞集解》中则对《楚辞》中所用的错综句法进行详细分析。

3. 固时俗之工巧兮，偭规矩而改错。背绳墨以追曲兮，竞周容以为度

"此章本谓固世俗之工巧兮，竞周容以为度。背绳墨以追曲兮，偭规矩而改错。今以规矩绳墨二句横入于中，而首尾申之，盖参错文法耳。"④ 此外，汪瑗还从赋比兴的角度对这句话进行了分析，汪瑗指出首二句为赋体，而中间两句为比体。汪瑗还以《论语》为例进行分析，认为《论语》的"君子谋道不谋食。耕也，馁在其中矣；学也，禄在其中矣。君子忧道不忧贫"也是参错文法。

（二）同句内语序错综

古代作诗、作文讲究有起伏、有波澜，归有光在《句法长短错

---

① （明）汪瑗撰《楚辞集解》，董洪利点校，北京古籍出版社，1994，第110页。
② （宋）沈括撰《梦溪笔谈》（插图本），万卷出版公司，2008，第184页。
③ 吴文治主编《宋诗话全编》，江苏古籍出版社，1998，第5567页。
④ （明）汪瑗撰《楚辞集解》，董洪利点校，北京古籍出版社，1994，第50页。

综则》中曰："韩公作文，专以新奇为喜，故于句法层叠处，必变化数样，字有多少，句有长短，读之尤觉有起伏、有顿挫、有波澜。"① 屈子的诗篇中多处运用错综法亦达到了起伏顿挫之效果。

1. 仆夫悲余马怀兮，蜷局顾而不行

"悲、怀，哀念故乡也。亦参错文法。本谓己之仆夫与马而悲念故乡也。盖屈子自谓而托言于仆马也。"② 所以按汪瑗所言，此句可以整理为"仆夫余马悲怀矣，蜷局顾而不行"。汪瑗认为屈原并未直接表达自己悲伤的情怀，而是通过仆人和马来表达出自己的伤感之情。《论语》中的"迅雷风烈必变"就是一种参错形式，正常语序当为"迅雷烈风"，可见，在古代汉语中曾一度有用参错文法的习惯，采用参错文法，可以使结构参差新奇。

2. 浴兰汤兮沐芳

《九歌·云中君》有"浴兰汤兮沐芳，华彩衣兮若英"句，汪瑗分析曰："浴兰汤，谓以香草煎汤而澡其身也。沐，濯发而靧面也。不言汤者，承上文也……此句亦相错成文，本谓以芳兰香草之汤而沐浴也。"③ 此二句己言将修飨祭以事云神，乃先沐浴兰芷汤，衣五彩华衣，以示对神灵的恭敬，汪瑗的理解方式亦可作参考，而姜亮夫则认为此句为"省文"，他说："此句将解作'浴兰与沐芳'汤，古人自有此省文也。"④ 姑两存之，以俟博雅。

（三）因协韵而错综

诗歌有其韵律美，读起来朗朗上口，且有回环复沓之美，因此

---

① 归有光著《归震川先生论文章体则》，引自王水照《历代文话》第 2 册，复旦大学出版社，2007，第 1725－1726 页。

② （明）汪瑗撰《楚辞集解》，董洪利点校，北京古籍出版社，1994，第 105 页。

③ （明）汪瑗撰《楚辞集解》，董洪利点校，北京古籍出版社，1994，第 112 页。

④ 姜亮夫编《重订屈原赋校注》，天津古籍出版社，1987，第 184 页。

需要合辙押韵，古人为了达到诗歌这种韵律美，往往将诗歌中的个别字变换位置，因此出现了为押韵而产生的参错结构，《楚辞》即有许多这样的例子，其宗旨是安排韵脚、协调平仄。

《九歌·东皇太一》中"吉日兮辰良"这个例子，本来应为"吉日"对"良辰"，但《东皇太一》却用的"吉日"对"辰良"，明显是错综句法的例子。"吉日兮辰良"顺言之当为"吉日兮良辰"，之所以为"吉日兮辰良"当为押韵的需要，因为下句"穆将愉兮上皇"中的尾字为"皇"，为求押韵而将"吉日兮良辰"改为"吉日兮辰良"。关于此句，沈括曾说："吉日兮辰良，盖相错成文，则语势矫健。"① 沈括认为是取其语势矫健之效，我们认为当为押韵而相错成文。

三 "互文"法浅析

"互文"者，又曰"互言"，是古代诗歌及文辞中常见的一种修辞格式，常被历代注疏者用来分析典籍。古人因字数及音节的限制，诗句中常采用"互文"的修辞格式，《楚辞》《左传》《礼记》等古籍中多有其例，《诗经》中亦不乏互文以足其义之诗句，《豳风·破斧》中"既破我斧，又缺我斨"即用了"互文"的修辞手法，王先谦曰："斧言'破'，斨言'缺'，互词以喻四国破坏礼仪，乱我国邦。"② 这句话体现了"互文"所具有的"参互成文，合而见义"的特点。

屈辞中"互文"形式运用多样，包括本句互文、对句互文及隔句互文等多种形式，而汪瑗在其《楚辞集解》中找到并分析了屈辞中的"互文"句子，为更好地理解及分析屈辞开拓了新的研究思

① （宋）洪兴祖补注《楚辞补注》，卞岐整理，凤凰出版社，2007，第49页。
② 王先谦撰《诗三家义集疏》，中华书局，1987，第538页。

路。下面分析汪瑗所列举《楚辞》互文主要句式。

（一）本句互文

在《楚辞》中，有的互文是发生在诗歌的单句中，指同一句诗中的前后词语看似分而言之，实则词语之间互相配合、相得益彰，使整句诗表达的意思更为清晰完整，如"烟笼寒水月笼沙"指的是"烟雾和月光笼罩着寒冷的水和细沙"，其中的"烟"和"雾"属于各举一边而省文，属于"互文"之用法。《楚辞》中所用的"本句互文"分析如下。

1. 奏《九歌》而舞《韶》兮

"《九歌》，九德之歌，禹乐也。《韶》，九韶之舞，舜乐也。上曰歌下曰舞，互文也；非禹乐独可歌而舜乐独可舞也。"① 关于《韶》，《远游》篇有"二女御《九韶》歌"，言使二女侍侧，以歌咏《九韶》之乐章，所以汪瑗又曰："《离骚》曰舞《韶》，此曰歌《韶》者，盖乐有歌有舞，单言之者，盖举此以知彼，而文互见也。"② 中国古代，诗、乐、舞往往三位一体，今本《竹书纪年》云："帝启十年，舞《九韶》于天穆之野。"③ 《韶》作为一种舞蹈也是有音乐伴奏的，《史记·孔子世家》即云："与齐太师语乐，闻《韶》音，学之，三月不知肉味。"④ 《论语·述而》记载："子在齐闻《韶》，三月不知肉味。"《史记》与《论语》皆言孔子"闻《韶》音"，揭示了《韶》是一种以音乐为伴奏的舞蹈。同样也可以在奏《九歌》时以舞蹈相伴，屈原所写的《东君》中即有"翾飞兮翠曾，展诗兮会舞"的舞蹈描写，故汪瑗所说的"非禹乐

---

① （明）汪瑗撰《楚辞集解》，董洪利点校，北京古籍出版社，1994，第 104 页。
② （明）汪瑗撰《楚辞集解》，董洪利点校，北京古籍出版社，1994，第 272–273 页。
③ 马茂元著《晚照楼论文集》，上海古籍出版社，1981，第 1 页。
④ （汉）司马迁撰《史记》，中华书局，1963，第 1910 页。

独可歌而舜乐独可舞也"这句话合情合理，那么这句诗歌所用的互文之法也是成立的。

2. 左骖殪兮右刃伤

《国殇》中也有单句互文，如"凌余阵兮躐余行，左骖殪兮右刃伤"。汪瑗曰："言左右骖騑皆为敌人兵刃所伤而死也。"[1] 此处，当并非确指哪匹马受伤的具体的情况，而是概言左右马均被敌人所伤的惨状。

以上所举"当句互文"看似两件事分而述之，实则是互相呼应，互相阐发，为诗篇营造委婉幽深、简洁凝练的效果，使诗歌更富有表现力。

（二）对句互文

对句互文指的是诗歌的上下句之间的词语分别出现，但它们之间在表意上相辅而行，既丰富了诗歌语句的含义，又保证了诗歌语句的精炼工整。

1. 制芰荷以为衣兮，集芙蓉以为裳

汪瑗认为此句为互文修辞手法，曰："叶大可裁剪，故曰制。花小须补缀，故曰集。此虽细义，可见古人用字有斟酌不苟。但二句亦互文，谓取芰荷芙蓉以为衣裳也，非必芰荷可以为衣，而芙蓉可以为裳也。"[2] 屈复承袭了汪瑗的观点，他在《楚辞新集注》中对这两句的含义阐述甚明，他说："制，剪裁。集，补缀……上曰衣，下曰裳，言被服益洁，修善益明也。此与上[3]文即所谓修吾初

---

① （明）汪瑗撰《楚辞集解》，董洪利点校，北京古籍出版社，1994，第142页。
② （明）汪瑗撰《楚辞集解》，董洪利点校，北京古籍出版社，1994，第54页。
③ 屈复原文为"下"，但"复修吾初服"之句在上，故当为误写。

服，二句互文，谓取芰荷芙蓉以为衣裳耳。"① 这里指以荷叶荷花为衣裳的意思。

2. 汤禹俨而祗敬兮，周论道而莫差

汪瑗指出此二句互文，曰："此亦互文，非谓禹汤能祗敬而不能论道，文武能论道而不能祗敬也。"② 关于"汤禹俨而祗敬兮，周论道而莫差"这句话的注释，王逸于《楚辞章句》中曰："言殷汤、夏禹、周之文王，受命之君，皆畏天敬贤，论议道德，无有过差，故能获夫神人之助，子孙蒙其福祐也。"③ 五臣及朱熹从之，洪兴祖则认为"周论道而莫差"中的"周"当不止周文王，还当包括周武王，所说是矣，此句以"汤禹"与"周"对举，"汤禹"指的是殷汤、夏禹，自然"周"所指当为文武二人。故汪瑗认为"汤禹俨而祗敬兮，周论道而莫差"这句诗歌用的是互文的手法是很精当的，此句可理解为汤禹及周之文王、武王皆能俨而祗敬，汤禹及周之文王、武王皆能论道而没有过差，故此句当为互文手法。

3. 兰芷变而不芳兮，荃蕙化而为茅

关于此句，汪瑗曰："茅，恶贱之草，比喻当时小人也。二句参错，互文见意，本谓兰芷荃蕙变化而为茅草，不芬芳耳。指而斥之词。"④ 这句话指出在当时壅君执政的社会背景下，君子变而为小人，而原来的忠信之臣也变为邪佞之人，写出了当时社会的纷乱之象。

4. 余既滋兰之九畹兮，又树蕙之百亩

汪瑗曰："滋，以水灌溉也，一曰莳也……树，种植也。上言

---

① （清）屈复撰《楚辞新集注》，见《续修四库全书》楚辞类第 1302 册，上海古籍出版社，2002，第 313 页。

② （明）汪瑗撰《楚辞集解》，董洪利点校，北京古籍出版社，1994，第 64 页。

③ （宋）洪兴祖补注《楚辞补注》，卞岐整理，凤凰出版社，2007，第 20 页。

④ （明）汪瑗撰《楚辞集解》，董洪利点校，北京古籍出版社，1994，第 95 页。

滋，下言树，相备也。"① 汪瑗指出了"滋"与"树"之间相互补充、相互阐发的特点，屈原以种植各种香草比喻培养各种人才。清代王邦采在《离骚汇订》中也指出："滋与树为互文，滋者犹《泰誓》'树德务滋'云尔，无互相滋益之意"。② 王邦采或承袭或暗合汪瑗"互文"之说，汪瑗这一解释比王逸所分析的要明白易懂，颇有超越前人之处。

5. 步余马兮山皋，邸余车兮方林

《涉江》篇中此句，汪瑗将其归类为互文，曰："上曰马，下曰车；上曰山，下曰林，参差互文耳。盖谓乘此车马，驱驰于山林之道间耳。《楚辞》此类甚多，读者须以意会。"③ 汪瑗分析此句很精当，此句中上下两句中的词语相互补足，"既然'车''马'并举，'山皋'和'方林'虚化，马车既可缓行又可停驻，既然上下两句表达的是共同的内涵，那么'步余马兮山皋，邸余车兮方林'即采用了'互文'的修辞方式"④。"步余马兮山皋，邸余车兮方林"这两句诗陈述了屈子沿途的活动，描绘了诗人一路跋涉的艰难历程。

6. 朝濯发于汤谷兮，夕晞余身兮九阳

《远游》中"朝濯发于汤谷兮，夕晞余身兮九阳"。"濯曰发而晞曰身者，互文也"⑤。张衡的《思玄赋》有"旦余沐于清源兮，晞余发于朝阳，漱飞泉之沥液兮，咀石菌之流英"。张衡"晞余发"之语意或承袭了屈子之意。

7. 入景响之无应兮，闻省想而不可得

《悲回风》此句，汪瑗指出为互文手法，曰："曰入曰闻，互

---

① （明）汪瑗撰《楚辞集解》，董洪利点校，北京古籍出版社，1994，第44页。
② 王邦采撰《离骚汇订》，引自《楚辞校集释》，湖北教育出版社，2003，第179页。
③ （明）汪瑗撰《楚辞集解》，董洪利点校，北京古籍出版社，1994，第166页。
④ 韩召忠、王美玉：《"步余马兮山皋，邸余车兮方林"辨析》，《潍坊教育学院学报》2002年第4期。
⑤ （明）汪瑗撰《楚辞集解》，董洪利点校，北京古籍出版社，1994，第265页。

文也，本谓深入寻访，而绝无所闻耳。"① 本句言深入无所闻，写出了屈子独自身往荒寂之所，周围寂无人迹、与世隔绝，周围的一切对"我"都无回应，因而会有下文的"愁郁郁"与"居戚戚"。

（三）隔句互文

除了以上所说的本句互文、对句互文，还有一种形式是隔句互文，汪瑗对此也进行了分析。

1. 回朕车以复路兮，及行迷之未远。步余马于兰皋兮，驰椒丘且焉止息

《离骚》中此句，汪瑗注曰："上章曰车，此章曰马，互见也。"② 览屈子之伟辞，多处出现"车""马"之句，同时"车""马"往往于上下句或者隔句中并举，可见其所言之"马"是用来驾车的，那么"车"与"马"当为互文见义之修辞手法，在意义上互相阐发、互相补足。

2. 不吾知其亦已兮，苟余情其信芳……芳与泽其杂糅兮，唯昭质其犹未亏

汪瑗注曰："上章以情言，此章以质言，互见也。后屡以情质并言也。"③ 在《惜诵》篇中有"恐情质之不信兮，故重著以自明"之句。在先秦时期，"情质"并言的情况不一而足，《淮南子》中有"怀情抱质，天弗能杀"，屈辞中"情质并言"的情况亦多见，如《怀沙》中有"怀质抱情，独无匹兮"，《思美人》中有"情与质信可保兮，羌居蔽而闻章"。屈子多以情质对言，而《离骚》中此句将"情"与"质"分而言之，当为互文以见义者。

---

① （明）汪瑗撰《楚辞集解》，董洪利点校，北京古籍出版社，1994，第 245 页。
② （明）汪瑗撰《楚辞集解》，董洪利点校，北京古籍出版社，1994，第 53 页。
③ （明）汪瑗撰《楚辞集解》，董洪利点校，北京古籍出版社，1994，第 55 页。

3. 户服艾以盈要兮，谓幽兰其不可佩。览察草木其犹未得兮，岂珵美之能当？苏粪壤以充帏兮，谓申椒其不芳

汪瑗曰："曰不可佩，曰不芳，互文也。"[①] 此句中指党人以艾草充满腰身，以臭秽之物充斥香囊，却说幽兰、申椒不芳香而不可佩带，用以说明壅君亲近谗佞之臣，而远贤臣的昏聩之举。

古人为诗受篇幅之限制，因而其内容及思想感情在表达时不能事无巨细一一阐发，屈子采取"互见"之形式行诗，诗意凝练含蓄，增强了诗歌的意蕴。"互文"这种修辞手法可以使诗歌言约意丰，但"互文"本身的隐蔽性无疑成了理解诗歌的一种无形的阻力，而汪瑗通过"互见"解释其义，深得其解，极为精辟，可以帮助我们更加深入领会屈子诗句之意。

---

① （明）汪瑗撰《楚辞集解》，董洪利点校，北京古籍出版社，1994，第86页。

第七章
对《楚辞集解》的再评价

明嘉靖时期学者汪瑗撰有《楚辞集解》一书，归有光、焦竑等人曾予以极高评价。归有光谓："是集行，当如日月之明，光被四表，连城之璧，见重当时。"焦竑评曰："诚艺苑之功人，楚声之先导已。"① 自《楚辞集解》行世，明清时期闵齐华《文选瀹注》、钱澄之《屈诂》、屈复《楚辞新集注》、王夫之《楚辞通释》、林云铭《楚辞灯》、蒋骥《山带阁注楚辞》、戴震《屈原赋注》等，对汪瑗的见地或承袭或暗合，故其学术价值由此可见一斑。

然好景不长，有"读书门径，治学津逮"之称的《四库全书总目》（简称《总目》）对《楚辞集解》做出了新的评介，且皆为否定之词。其文曰："自汉以来，训诂或有异同，而大旨不相违舛。瑗乃以臆测之见，务为新说以排诋诸家。其尤舛者，以'何必怀故都'一语为《离骚》之纲领，谓实有去楚之志，而深辟洪兴祖等谓原惓惓宗国之非。又谓原为圣人之徒，必不肯自沉于水，而痛斥司马迁以下诸家言死于汨罗之诬。盖掇拾王安石《闻吕望之解舟》诗李壁注中语也。亦可为疑所不当疑，信所不当信矣。"② 此言一

---

① （明）汪瑗撰《楚辞集解》，董洪利点校，北京古籍出版社，1994，第3页。
② （清）永瑢等编《四库全书总目》，中华书局，1965，第1269页。

出，该书的流传受到很大阻碍，几成孤本。《人民日报》曾于1956年7月22日刊载介绍文章，其题目即为《一本珍贵的孤本〈楚辞集解〉》；当代《楚辞》研究大家金开诚也曾感叹《楚辞集解》不易见到，以至于将本属于汪瑗的创见归之于他人。游国恩曾认定《湘君》《湘夫人》为男女赠答之词是闵齐华之卓识，他说："故乌程闵氏论之曰：'《湘君》一篇，则湘君之召夫人者也；《湘夫人》一篇，则夫人之答湘君者也……以男遗女，故有玦有佩……以女遗男，故有袂有襟……'要其觑破《湘君》《湘夫人》之作男女之辞，则诚千古不磨之卓识也。"① 马茂元、苏雪林亦持《哀郢》为襄王二十一年所作，但二人明言所据为王夫之的观点，其实二人所据之观点当肇自汪瑗，诸如被张冠李戴的情况不一而足，不再一一列举，《总目》评介之影响略见一斑。

明、清两代评价如此之悬殊，影响之深远，不禁令人疑窦丛生。故本文拟以《总目》评介为线索，对《楚辞集解》的学术价值与汪瑗的治学方法加以探讨，并略析其未被《四库全书》收录的原因。

第一节　濯去旧见

《楚辞集解》是一部带有集成性质的《楚辞》学著作，汪瑗敢于冲决成见，力求真知，在字词训诂、名物考释以及《九歌》《九章》等的篇章注释诸方面都取得了突破性进展。对于《楚辞集解》的学术价值，当代楚辞学专家洪湛侯与金开诚已有所论述。洪湛侯评道："此书可视为王、洪、朱等家之后的一本重要注本，颇有参

---

① 游国恩著《游国恩楚辞论著集》第三卷，中华书局，2008，第351－352页。

考价值。"①

第一，训诂成果。

《总目》评："自汉以来，训诂或有异同，而大旨不相违舛。瑗乃以臆测之见，务为新说以排诋诸家。"② 四库馆臣的批评之语，道出了汪瑗为《楚辞》作注不囿于成说的创新精神。汪瑗注解《楚辞》，一方面在前注的基础上"濯去旧见，以来新意"，摒弃那些与屈子之意不符的旧意以除旧布新；另一方面则创立新说，针对前注未注之词语阐而释之。

金开诚及洪湛侯都曾总结过《楚辞集解》的训诂成就，所涉及词语包括"败绩""三后""康娱""理""申椒""羲和""女嬃"等词语，颇为后人所采纳，而后之研究者甚至将其归之为他人，金开诚先生曾指出清人对汪瑗的承袭，称："人们即使不相信清人注沿用了汪瑗说，但把这些说法的发明权归于汪瑗，想来总是应该的。"并对四库馆臣无视《楚辞集解》重大参考价值的做法表示不满，他说："然则《四库提要》把它说得一无是处，岂非太不公平?"③

上述所举诸例，已被目之为"名说"，除此外，相关的其他具体事例也极为丰富。然其训诂成果一一厘清着实不易，兹略举数例，如"终古""阤""初""直""攘""惟"等词语。汪瑗之前的《楚辞》注本出现一些谬误在所难免，面对谬误，汪瑗独立思考，改正谬者，使其更加臻于屈原的本意。汪瑗在训诂时揆情度理，于阙疑处不强作解，另外汪瑗还专辟《考异》一卷校勘版本、订正异文。

从训诂而言，汪瑗的这些做法无疑是对前说的一种超越，并为

---

① 洪湛侯编《楚辞要籍解题》，湖北人民出版社，1984，第 47 页。

② （清）永瑢等编《四库全书总目》，中华书局，1965，第 1269 页。

③ 金开诚、葛兆光：《汪瑗和他的〈楚辞集解〉》，见中华书局编辑部编《文史》第 19 辑，中华书局，1983，第 175 页。

后之研究者所采纳。故单从这些例子来看，《楚辞集解》足以昭示汪瑗的训诂成绩，也足以体现《楚辞集解》的学术价值。而《四库提要》却将其全盘否定，显然有失偏颇。

第二，篇章阐释。

训诂之外，汪瑗在屈辞各篇阐释上亦多有创见，取得了许多为楚辞研究者所瞩目的成果，集其成而不守旧。举其大端如下。

《九章》创作时地考察。关于《橘颂》，汪瑗于解题曰："乃平日所作，未必放逐之后之所作。"① 突破了王逸、朱熹等所提出的《九章》皆作于放逐之后的旧说，"此说一出，虽在古代响应者不多，清代主要有陈本礼，但在现当代，赞同者云集，比较著名的有陆侃如、郭沫若、林庚、马茂元、戴志钧、赵逵夫、金开诚等"②。《橘颂》外，汪瑗还提出《惜诵》《涉江》作于屈原未被放逐之前。汪瑗关于《惜诵》作于未遭放逐之说得到了学界普遍认可，几成定论，而关于《涉江》作于未放逐之说的观点则见仁见智。

关于《惜往日》，汪瑗提出其作于怀王十六年，这个说法突破了汉宋以来王逸、朱熹等皆认为《九章》作于顷襄王时的成论，后世之论《楚辞》者所言《九章》杂作于怀、襄之世或因袭汪瑗的观点。汪瑗之后，蒋骥提出："余谓《九章》杂作于怀、襄之世，其迁逐固不皆在江南。"③ 林云铭也将《九章》分为未放逐时、怀王放逐之时、顷襄王放逐之时三类，其二人之观点或受汪瑗影响。

关于《抽思》篇，汪瑗提出屈原曾被迁于汉北之说，突破了前注《九章》者将迁逐地只局限于"江南之野"的藩篱，被后世许多研究者所采纳。

从东汉以至有宋一代，诸家对《九章》创作时地研究基本还停

① （明）汪瑗撰《楚辞集解》，董洪利点校，北京古籍出版社，1994，第 227 页。
② 任强：《汪瑗〈橘颂〉"乃平日所作"说平议》，《安徽文献研究集刊》2013 年第 1 期。
③ （清）蒋骥撰《山带阁注楚辞》，上海古籍出版社，1984，第 217 页。

滞在班固的理论基础上，并没有太大的突破。而到明代汪瑗，则继往开来，推陈出新，提出了自己的一家之言，为后之研究者提供了新的思路。无疑，汪氏是深化《楚辞》研究的重要学者。

《九歌》创见。关于《九歌》的创作时间，汪瑗提出乃屈原平时所作而非"放逐之后"作品的观点，突破了王逸、朱熹《九歌》作于放逐之后的旧说。这也是汪瑗的创见，马其昶、郭沫若、金开诚、汤炳正等皆从此见。关于《九歌》的性质，汪瑗否定了王逸、朱熹的君臣讽谏说及义理之学，提出了《九歌》与君臣讽谏之说全不相关的观点，颇为后人所采纳。具体到有关篇目上，针对《湘君》《湘夫人》两篇，"前人解释总要牵涉虞舜及其二妃，汪瑗独以为'湘君者，盖泛谓湘江之神；湘夫人者，湘君之夫人'"①，提出"二湘"为配偶神之说，亦被后之学者所采信。另外，汪瑗还提出《礼魂》为《九歌》之"乱辞"说，颇为后人所采纳，只是在细节论述上仍需略作斟酌。

第三，从文学角度阐释屈辞。

汪瑗还注重诗篇之章法及血脉，注字释句、串讲章义，对诗篇的前后呼应、承上启下之阖辟处进行梳理分析，并于屈辞中找出其纲领之所在。另外，汪瑗还关注屈辞的文学影响，主要包括文体的影响、文学主题的影响及诗意、诗境方面的影响。

第四，运用多种方法注解屈辞。

从方法上，汪瑗还运用了"以意逆志"法、"以《楚辞》注《楚辞》"多重比较法、"以史证诗"、"以诗证史"等方法来解《楚辞》，这无疑对后之《楚辞》注者具有启迪作用。

《楚辞集解》虽有臆测之处，但于明代屈指可数的《楚辞》注

---

① 金开诚、葛兆光：《汪瑗和他的〈楚辞集解〉》，见中华书局编辑部编《文史》第19辑，中华书局，1983，第174页。

本而言，亦可谓独步当时，这种成就的取得源于《楚辞集解》本身的学术价值，亦源自于其中的真知灼见，其对楚辞研究的贡献明显大于过失，是继王逸、洪兴祖、朱熹之后的重要注本，治屈辞者足资参考。这些都体现《楚辞集解》卓越的学术价值与历史地位。而《总目》攻其一点，不及其余，将《楚辞集解》全盘否定，不免有采一叶以障目之嫌。

第二节　去谬存真

《总目》对汪瑗的治学方法进行了彻底否定，而焦竑为《楚辞集解》所作序言则客观公允，他说："新安汪君玉卿，少好词赋，浏览既多，洞其得失，勒为此编。核者存之，谬者去之，未备者补之。或有援据失真，词意未惬，即出自大儒，不难为之是正。至于名物字句，不惮猥细，一一详究，目之曰《蒙引》。诚艺苑之功人，楚声之先导已。"① 焦竑认为，汪瑗《楚辞集解》发挥了去谬存真的作用。此论与《总目》所谓的"排诋诸家"论简直截然相反，兹举《楚辞集解》中诸例以证之。

一　核者存之

汪瑗在《楚辞集解》中对王逸、朱熹、洪兴祖三者的观点择善而从，如《离骚》中"恐皇舆之败绩"句，王逸注曰："舆，君之所乘，以喻国也。"汪瑗用"是矣"两个字肯定了王逸的说法。再如，针对《离骚》中"反信谗而齌怒"句，王逸曰："齌，疾也。"洪氏曰："炊餔疾也"。汪瑗曰："古谓火球为火齌，此谓怒气之

① （明）汪瑗撰《楚辞集解》，董洪利点校，北京古籍出版社，1994，第3页。

盛，焰烁可畏，如火齑也。当从济音。朱子曰'字从火，齐声，在诣反'。是矣。"① 汪瑗否定了王逸、洪兴祖的注，而肯定了朱熹的注，解释"齑怒"为言怒气之盛如火也，且较之朱熹，汪瑗解释更加通俗易懂，使其与屈辞文义相合。此外，关于"恐修名之不立"句，王逸认为屈原贪留名于后世，洪兴祖说："屈子非贪名者，然无善名以传世，君子所耻。故孔子曰，伯夷、叔齐饿于首阳之下，民到于今称之。"汪瑗指出："洪说甚善。王说意圆而语滞也。夫圣人之所恶者，非恶名也，恶虚名也，恶伪名也。"② 由此可知，汪瑗择善而从，并非如《总目》那样一味地"排诋诸家"，而是融会诸家之善以为己所用，故《总目》所言并不符合汪瑗之研究实际。

二　谬者去之

汪瑗在参校前注的基础上，对于存在谬误的注解给予了校正。如朱熹在解《离骚》中"吾令蹇修以为理"句时，解"理"为"媒"，而在解"理弱而媒拙兮"一句时，则因袭五臣注说成"恐道理弱于少康"③，明显前后矛盾，而汪瑗则注意到屈子的用词习惯，找出屈辞中用"理"字的诗句，纠正了《集注》的错解，以理为媒，汪瑗的观点被后世《楚辞》研究者广为接受。再如，《礼魂》中有"姱女倡兮容与"句，汪瑗注曰："姱女，谓美好之女也，犹言嫔人、姣人、佳人、美人也。倡，倡首也，盖歌舞亦必有一人以为之倡，而众方随以和之也……朱子以女倡二字连看，谓女子为倡优者，非是。享天地山川之神，不应用倡优女子，况姱女二字相连，《骚》中往往有之。"④ 汪瑗分析合理，此中的"姱女"二

---

① （明）汪瑗撰《楚辞集解》，董洪利点校，北京古籍出版社，1994，第319页。
② （明）汪瑗撰《楚辞集解》，董洪利点校，北京古籍出版社，1994，第46页。
③ （宋）朱熹集注《楚辞集注》，李庆甲校点，上海古籍出版社，1979，第19页。
④ （明）汪瑗撰《楚辞集解》，董洪利点校，北京古籍出版社，1994，第145页。

字当连用，而"倡"当指《礼记》"一倡而三叹"之"倡"。面对前人《楚辞》注本中的谬误，汪瑗从不简单地承袭，而是改正谬者，使其更加臻于屈原的本意。

三 未备者补之

对于阐释不够清楚的字词，汪瑗尽量征引赅博详尽，将其解释得清楚完备，对于前注阙如的内容，汪瑗则进行阐释，以达到未备者补之的目的。《楚辞集解》中有《楚辞蒙引》两卷，对《离骚》篇中名物字句进行详细阐释，如"苗裔"一词，在《楚辞集解》"离骚卷"之"苗裔"注释为："苗裔，胤嗣久远之通称，屈原自道己为颛顼之子孙也。"仅仅 21 字，而《楚辞蒙引》之"苗裔"注释竟长达 338 个字。另外，对前注没有解释的字词，汪瑗用自己的方法进行阐释，于《离骚》"神高驰之邈邈"一句中的"高驰"一词，王逸、洪兴祖、朱熹无注，汪瑗则另辟蹊径，将屈赋中所有带有"高驰"一词的诗句进行统计，总结出其含义，曰："高驰，谓远举之意。《少司命》篇曰：'高驰兮冲天。'《东君》篇曰：'撰余辔兮高驰。'《涉江》篇曰：'吾方高驰而不顾。'是也。"①

从上述诸方面来看，汪瑗所作注疏并非如《总目》所论"排诋诸家"，而是有针对性地对旧注进行考辨，择善而从，不善则改，并加以拓展、补备，其宗旨乃为融会诸家之优长。这种认真细致的学术态度以及所取得的成绩，怎能一概抹杀？而且，汪瑗往往以说理的形式叙述自己的观点，虽然未必尽然准确，却也不能与"排诋""痛斥"之类的字眼强加关联。

---

① （明）汪瑗撰《楚辞集解》，董洪利点校，北京古籍出版社，1994，第 104 页。

第三节　言有臆测

新见迭出是汪瑗《楚辞集解》的一大特征。他说"学者观书，贵有真知独见，不可不求诸心，而徒傍人篱壁，拾人涕吐也"，希冀能"发人之所未发，悟人之所未悟"。这种求新求异，有时未免会有臆测之嫌。《总目》评道："又谓原为圣人之徒，必不肯自沉于水，而痛斥司马迁以下诸家言死于汨罗之诬。盖掇拾王安石《闻吕望之解舟》诗李壁注中语也。"① 从这一点看，《总目》所论"务为新说"是符合汪瑗研究之实情的。

其臆测之见，最明显的就是他提出屈原必不会自沉于水的观点。爱国诗人屈原，面对君庸臣奸、国势日危的黑暗现实，毅然投水殉国，而《楚辞集解》否定屈原自沉汨罗之事，且指出屈原的最终结局为归隐。"在《楚辞集解》里有 19 段文字比较集中地论及屈原投水问题，合计字数在 8500 以上"②，但汪瑗的这些论述既没有可靠的史实依据，又没有确凿的文献佐证，因此成为被《总目》批驳的焦点。《总目》曰："其尤舛者，以'何必怀故都'一语为《离骚》之纲领，谓实有去楚之志，而深辟洪兴祖等谓原惓惓宗国之非。"③ 汪瑗将"何必怀故都"作为《离骚》的纲领，确实如《总目》所言有失偏颇，屈子之"何怀乎故都"只是对自己愤激之情的流露，并非决绝之言，也并非要隐居以避祸，《哀郢》中"曼余目以流观兮，冀一反之何时"等语即是屈子放逐之后怀念故都的佐证。

---

① （清）永瑢等编《四库全书总目》，中华书局，1965，第 1269 页。
② 刘伟生：《〈楚辞集解〉辩驳"屈原投水说"的理路分析》，见《中国楚辞学》第 9 辑，学苑出版社，2007，第 185 页。
③ （清）永瑢等编《四库全书总目》，中华书局，1965，第 1269 页。

明人杨慎、焦竑、胡应麟在引古书以证时都曾删改其原文，汪瑗也有改窜古书的陋习，他将"路不周以左转"改为"路不周以右转"，还将《怀沙》"刓方以为圆兮，常度未替"改作"刓方以为圆兮，常度永替"，并为其改窜行为自圆其说，他说："刓，削也。常度，谓工师授受之常法，规矩绳墨之类也。永替，长废也。永诸本作未，非是。此以削方以为圆而弃工师授受之常法，以喻变节以从俗，而弃君子守身之常法也。"① 汪瑗还因错解问题，而妄自改动《悲回风》文本的次序，擅自变动第二章和第三章的次序，他说："此简旧在首章之后，今按宜在此，盖承上章末句而言也。"② 汪瑗仅仅依据自己的主观理解，就妄自篡改《楚辞》原文，是不可取的。

然而，《楚辞集解》在明朝末期及清朝前期都颇受学界重视，而之后却几近湮没，其中的原因，当与时代背景有关。从政治上讲，《四库全书》的编纂以服务清朝政府为宗旨，"然就事际言，则固高宗一人之私欲，为其子孙万世之业计，锢蔽文化，统治思想，防范汉人之一种政治作用而已"③。清廷编纂《四库全书》的作用，一言以蔽之即"巩固统治"，故而四库馆臣遵循"旧书去取，宽于元以前，严于明以后"④ 的原则，对明朝的书籍多所贬抑。从学风上讲，明代著述确实存在着空疏，甚至空谈心性的问题，故而后人对明代著述多所贬抑。实际是两种学术传统——汉学与宋学的冲突。宋学主理旨，汉学重考据，清代学人鄙视宋以来直至明代的理学思想的生发，而重视从文本实际出发的考据，推重汉代学统，因而"朴学"兴起。这两种不同的学术观念在对待汪瑗《楚

---

① （明）汪瑗撰《楚辞集解》，董洪利点校，北京古籍出版社，1994，第 196 页。
② （明）汪瑗撰《楚辞集解》，董洪利点校，北京古籍出版社，1994，第 236 页。
③ 郭伯恭编《四库全书纂修考》，上海书店，1992，第 2 页。
④ 于敏中：《于文襄论四库全书手札》，转引自郭伯恭《四库全书纂修考》，上海书店，1992，第 226 页。

辞集解》上必然有所反映。所以，《总目》所评，似乎汪氏之书都是由"舛者"及"尤舛者"构成，这无疑是择其一端而全盘否定的做法，有失公允。

正是由于《总目》对《楚辞集解》这种择其一端、全盘否定的态度，使得《楚辞集解》在清中期以后逐渐湮没无闻。以《总目》为代表的否定《楚辞集解》的官方意志，使得书商不敢刊行此书，由是后人甚至将汪瑗的研究成果错归于闵齐华、王夫之、戴震，等等，这正是《总目》没有一分为二地看待《楚辞集解》的严重后果。后世所谓"不易见到"与"妨碍流传"，便是《总目》评介所造成的消极影响。其实，汪瑗的真正影响，不仅仅在于他的创见被后世研究者所采纳，更主要的在于他敢于向权威挑战的精神、敢于创立新说的作风，以及他研究《楚辞》的方法，推动了《楚辞》研究的发展。《楚辞集解》作为一份文化遗产，我们应该取其精华、弃其糟粕，采取实事求是的态度来看待它。

参考文献

相关著作

1. （汉）司马迁撰《史记》，中华书局，1963。

2. （汉）王逸：《楚辞章句》，《丛书集成初编》，中华书局，1985。

3. （明）冯应京纂辑《月令广义》，戴任增释，聚文堂刻本，1602。

4. （明）归有光著《震川先生集》，周本淳校点，上海古籍出版社，1981。

5. （明）黄文焕撰《楚辞听直》，《续修四库全书》第1301册，上海古籍出版社，2002。

6. （明）汪瑗撰《楚辞集解》，董洪利点校，北京古籍出版社，1994。

7. （明）汪瑗撰《楚辞集解》，明万历四十六年刻本。

8. （明）王圻、王思义：《三才图会》，上海古籍出版社，1985。

9. （明）王世贞著《读书后》，文渊阁四库全书本，上海古籍出版社，1987。

10. （明）王守仁著《王阳明全集》，上海古籍出版社，1992。

11. （明）章潢：《图书编》，上海古籍出版社，1992。

12. （南宋）朱熹集注《楚辞集注》，李庆甲校点，上海古籍出版社，

1979。

13. （清）戴震著《屈原赋注》，褚斌杰、吴贤哲校点，中华书局，1999。

14. （清）段玉裁编《说文解字注》（附《六书音均表》），上海古籍出版社，1988。

15. （清）纪昀等：《四库全书总目·楚辞类》，《文渊阁四库全书》第一册，上海古籍出版社，1987年影印版。

16. （清）纪昀等编《四库全书总目·楚辞类》，《文渊阁四库全书》第一册，上海古籍出版社，1987。

17. （清）林云铭：《楚辞灯》，《续修四库全书》第1302册，上海古籍出版社，2002。

18. （清）王夫之：《楚辞通释》，上海人民出版社，1975。

19. （清）张廷玉撰《明史》，中华书局，1974。

20. （宋）陈振孙：《直斋书录解题》，上海古籍出版社，1987。

21. 白铭编《二十世纪楚辞研究文献目录》，学苑出版社，2008。

22. 陈来著《朱熹哲学研究》，中国社会科学出版社，1988。

23. 褚斌杰著《楚辞要论》，北京大学出版社，2003。

24. 崔富章、李大明编《楚辞集校集释》，湖北教育出版社，2003。

25. 崔富章编《楚辞书目五种续编》，上海古籍出版社，1993。

26. 戴志钧著《论骚二集》，黑龙江教育出版社，1990。

27. 方铭著《经典与传统：先秦两汉诗赋考论》，人民文学出版社，2003。

28. 方铭著《战国文学史论》，商务印书馆，2008。

29. 郭沫若撰《屈原研究》，《郭沫若全集》"历史编"第四卷，人民文学出版社，1982。

30. 郭维森著《屈原评传》，南京大学出版社，1998。

31. 洪湛侯主编，王从仁、冯海荣、曹旭编撰《楚辞要籍解题》，湖北人民出版社，1984。

32. 黄凤显著《屈辞体研究》，湖南人民出版社，2002。

33. 黄灵庚著《楚辞与简帛文献》，人民出版社，2011。

34. 黄中模著《屈原问题论争史稿》，北京十月文艺出版社，1987。

35. 黄中模著《现代楚辞批评史》，湖北教育出版社，1990。

36. 姜亮夫编《楚辞书目五种》，上海古籍出版社，1993。

37. 姜亮夫撰《楚辞通故》，云南人民出版社，1999。

38. 蒋天枢著《楚辞论文集》，陕西人民出版社，1982。

39. 金开诚著《屈原辞研究》，江苏古籍出版社，1992。

40. 李诚、熊良智编《楚辞评论集览》，湖北教育出版社，2003。

41. 李大明著《楚辞文献学史论》，巴蜀书社，1997。

42. 李大明撰《汉楚辞学史》，电子科技大学出版社，1994。

43. 李中华、朱炳祥撰《楚辞学史》，武汉出版社，1996。

44. 林庚撰《林庚楚辞研究两种》，清华大学出版社，2006。

45. 刘永济撰《屈赋通笺附录：笺屈余义》，人民文学出版社，1961。

46. 马茂元编《楚辞研究集成·楚辞要籍解题》，湖北人民出版社，1984。

47. 孟修祥著《楚辞影响史论》，湖北人民出版社，2003。

48. 聂石樵著《屈原论稿》，人民文学出版社，1982。

49. 潘啸龙著《屈原与楚文化》，安徽文艺出版社，1991。

50. 钱锺书撰《管锥编》（二），中华书局，1979。

51. 汤炳正著《楚辞类稿》，巴蜀书社，1988。

52. 汤炳正撰《屈赋新探》，齐鲁书社，1984。

53. 王力编《诗经韵读楚辞韵读》，上海古籍出版社，1980。

54. 闻一多撰《楚辞校补》，巴蜀书社，2002。

55. 闻一多撰《天问疏证》，上海古籍出版社，1985。

56. 吴宏一著《诗经与楚辞》，台湾书店，1998。

57. 易重廉撰《中国楚辞学史》，湖南出版社，1991。

58. 易重廉撰《中国楚辞学史》，湖南出版社，1991。

59. 游国恩著《游国恩楚辞论著集》，中华书局，2008。

60. 游国恩撰《天问纂义》，中华书局，1982。

61. 于省吾撰《泽螺居诗经新证·泽螺居楚辞新证》，中华书局，2003。

62. 詹安泰编《离骚笺疏》，湖北人民出版社，1981。

63. 张民权著《清代前期古音学研究》（上、下），北京广播学院出版社，2002。

64. 赵逵夫著《屈原与他的时代》，人民文学出版社，2002。

65. 中国古籍善本书目编辑委员会编《中国古籍善本书目·集部》，上海古籍出版社，1996。

66. 周建忠、汤漳平编《楚辞学通典》，湖北教育出版社，2003。

相关文章

67. 〔韩〕朴永焕：《南宋诗话中的评骚论点》，《中国典籍与文化》2000 年第 3 期。

68. 〔韩〕朴永焕：《朱熹的文学观和他注释〈楚辞〉的态度》，《天府新论》1995 年第 4 期。

69. 陈锦剑：《论朱熹王夫之等删增〈楚辞〉之失——〈楚辞〉中的汉人作品之价值研究之一》，《怀化学院学报》2009 年第 10 期。

70. 褚斌杰、常森：《朱子诗学特征论略》，《河北师范大学学报》（哲学社会科学版）1998 年第 2 期。

71. 方铭：《楚辞九歌主旨发微》，《深圳大学学报》2008 年第 25 卷第 3 期。

72. 冯海荣：《历代楚辞主要注本解题》，《语言导报》1986 年第

4 期。

73. 郝晓光、吕健、薛怀平、覃文忠：《〈山海舆地全图〉的复原研究》，《同济大学学报》2001 年第 10 期。

74. 何浩堃：《略论王阳明心学的崛起及其对程朱理学的否定》，《广东民族学院学报》1983 年第 1 期。

75. 黄建荣：《〈楚辞集解〉字词注释的新特点》，《中国文字研究》，2002。

76. 黄建荣：《汉至明代的〈楚辞〉注本概说》，《九江师专学报》（哲学社会科学版）2001 年第 1 期。

77. 黄建荣：《王逸、朱熹、蒋骥三家〈楚辞〉训释原因初探——王、朱、蒋三家〈楚辞〉注本比较研究之一》，《抚州师专学报》1992 年第 2 期。

78. 黄建荣、陈志云：《试论李陈玉〈楚辞笺注〉的体例、方式和标准》，《东华理工大学学报》（社会科学版）2012 年第 31 卷第 1 期。

79. 金开诚、葛兆光：《汪瑗和他的〈楚辞集解〉》，见中华书局编辑部编《文史》第 19 辑，中华书局，1983。

80. 李炳海：《〈九章〉人生忧患期心路历程的写照》，《沈阳师范大学学报》2010 年第 5 期。

81. 李炳海：《楚辞语词与楚地歌舞的关系》，《文艺研究》2001 年第 5 期。

82. 李炳海：《屈原名与字、姓氏与名字的纵横关联》，《中国文化研究》2013 年第 1 期。

83. 李金善：《楚辞学史的滥觞——〈四库全书总目〉之楚辞论》，《河北大学学报》1999 年第 3 期。

84. 李金善：《论屈原的生命意识》，《中国楚辞学》第 5 辑，2000年楚辞学国际学术研讨会论文专辑。

85. 力之：《楚辞学三题》，《广西师范学院学报》1997 年第 4 期。

86. 刘伟生：《〈楚辞集解〉辩驳——"屈原投水说"的理路分析》，《中国楚辞学》第 9 辑。

87. 卢川：《论汪瑗的楚辞学研究》，《长江大学学报》（社会科学版）2014 年第 3 期。

88. 罗建新：《〈楚辞集解〉训诂考据的成就》，《古籍整理研究学刊》2005 年第 6 期。

89. 盛兴军：《利玛窦编绘汉文"世界地图"之刊刻、流布及馆藏》，《上海高校图书情报工作研究》2006 年第 4 期。

90. 孙光：《从篇目选择看朱熹〈楚辞集注〉的注释原则》，《社会科学论坛》（学术研究卷）2008 年第 10 期。

91. 孙光、徐文武：《简论王逸、洪兴祖、朱熹楚辞注释的文献征引》，《内蒙古民族大学学报》（社会科学版）2007 年第 6 期。

92. 熊良智：《〈楚辞集解〉刻本的几个问题》，《四川师范大学学报》1994 年第 21 卷第 4 期。

93. 熊良智：《明人汪瑗在楚辞研究中的贡献》，《四川师范大学学报》1993 年第 1 期。

94. 熊良智：《屈原身世命运的关注与宋代士大夫的人生关怀》，《四川师范大学学报》（社会科学版）2004 年第 5 期。

95. 姚宁宁、田炳学：《〈楚辞集注〉直音研究》，《现代语文》（语言研究版）2009 年第 2 期。

96. 姚小鸥：《彭咸的"水游"与屈原的"沉渊"》，《中国楚辞学》2007 年第 14 辑。

97. 姚小鸥、杨晓丽：《屈原楚之同姓辨》，《文艺研究》2013 年第 6 期。

98. 张磊：《古代楚辞学重要论著及版本述评》，《大学图书馆学报》2001 年第 2 期。

99. 种亚丹:《试论汪瑗的〈楚辞集解〉》,《贵阳金筑大学学报》
    2002 年第 4 期。

100. 周秉高:《楚辞研究史上的一个另类——评汪瑗的〈楚辞集
    解〉》,《职大学报》2015 年第 3 期。

101. 周建忠:《屈原"自沉"的可靠性及其意义》,《贵州社会科
    学》总 185 期第 5 期,2003 年 9 月。

相关硕博学位论文

102. 〔韩〕朴永焕:《宋代楚辞学研究》,北京大学博士学位论文,
    1996。

103. 贝京:《归有光研究》,浙江大学博士学位论文,2004。

104. 陈炜舜:《明代楚辞学研究》,香港中文大学博士学位论文,2003。

105. 林润宣:《清代楚辞学史论》,北京大学博士学位论文,1997。

106. 林姗:《宋代屈原批评研究》,福建师范大学博士学位论文,2011。

107. 罗建新:《汪瑗〈楚辞集解〉研究》,安徽师范大学硕士学位
    论文,2004。

108. 罗剑波:《明代〈楚辞〉评点研究》,复旦大学博士学位论文,
    2008。

109. 孙光:《汉宋楚辞研究的历史转型——〈章句〉、〈补注〉、〈集
    注〉比较研究》,河北大学博士学位论文,2006。

110. 孙巧云:《元明清楚辞学研究》,苏州大学博士学位论文,2011。

111. 王长红:《〈天问〉研究通论》,山东大学硕士学位论文,2006。

112. 徐在日:《明代楚辞学史论》,北京大学博士学位论文,1999。

113. 杨峰:《归有光研究》,复旦大学博士学位论文,2006。

后 记

本书为作者 2017 年承担的河北省社会科学基金项目，项目编号：HB17ZW018。

今值此书即将付梓之际，手捧誊清之书稿，感慨万千。五年前，承蒙恩师方铭先生不弃，得以忝列门墙，治先秦两汉文学。读书为人之处，先生启余以诚正修齐之道；开题、答辩，先生指点迷津、引我前行。每有混沌，先生不重言、不苛责，其儒雅之风、圣哲之度，令人如沐春风。自侍坐方师以来，心智渐开，恩师谆谆之教，铭感五内。然自知秉性驽钝，又性懒意驰，于先生教诲，未能领悟十之一二，惭愧难当。非志无以成学，吾将以方师之学识品行为范，笃学敏行，以期能有所进益。

饮水思源，以不敏之质，幸有勤勉执着之双亲，资我求学多年，然慈父恍然离世如当头棒喝，自愧长女，未能尽孝于膝下。追忆当年养育恩，无以为报泪涌泉。自此，家母夙兴夜寐，勤勉持家，其所给予之关切，乃余之坚实后盾，无以回报，惟思铭记于心，今以管窥之见，编写此书，聊慰其心。

本书之付梓，须感谢者实为挂一漏万，且纸上数言，不能报大家恩情于万一，望来日可以继续得良师益友亲人之提携指点，引我前行。

赵 静

2018 年 6 月 于廊坊

图书在版编目（CIP）数据

发以辩理　悟以证心：汪瑗及其《楚辞集解》研究 /
赵静著. -- 北京：社会科学文献出版社，2018.10
ISBN 978 - 7 - 5201 - 2910 - 7

Ⅰ.①发… Ⅱ.①赵… Ⅲ.①楚辞研究　Ⅳ.
①I207.223

中国版本图书馆 CIP 数据核字（2018）第 126006 号

发以辩理　悟以证心
———汪瑗及其《楚辞集解》研究

著　　者 / 赵　静

出 版 人 / 谢寿光
项目统筹 / 杜文婕
责任编辑 / 杜文婕

出　　版 / 社会科学文献出版社·区域发展出版中心（010）59367143
　　　　　　地址：北京市北三环中路甲 29 号院华龙大厦　邮编：100029
　　　　　　网址：www.ssap.com.cn
发　　行 / 市场营销中心（010）59367081　59367083
印　　装 / 三河市尚艺印装有限公司

规　　格 / 开　本：787mm × 1092mm　1/16
　　　　　　印　张：17.25　字　数：224 千字
版　　次 / 2018 年 10 月第 1 版　2018 年 10 月第 1 次印刷
书　　号 / ISBN 978 - 7 - 5201 - 2910 - 7
定　　价 / 78.00 元

本书如有印装质量问题，请与读者服务中心（010 - 59367028）联系

▲ 版权所有 翻印必究